U1008926

空中隐约的耳语

KONGZHONG YINYUE DE ERYU

邹贤尧◎著

安徽师范大学出版社
ANHUI NORMAL UNIVERSITY PRESS
·芜湖·

图书在版编目(CIP)数据

空中隐约的耳语 / 邹贤尧著 . — 芜湖：安徽师范大学出版社，2020.11
ISBN 978-7-5676-3662-0

Ⅰ. ①空… Ⅱ. ①邹… Ⅲ. ①中篇小说 - 小说集 - 中国 - 当代 ②短篇小说 - 小说集 - 中国 - 当代 Ⅳ. ①I247.7

中国版本图书馆CIP数据核字(2020)第205766号

空中隐约的耳语 邹贤尧◎著

责任编辑：潘　安　责任校对：辛新新
装帧设计：丁奕奕　责任印制：桑国磊
出版发行：安徽师范大学出版社
芜湖市九华南路189号安徽师范大学花津校区　邮政编码：241002
网　址：http://www.ahnupress.com
发 行 部：0553-3883578　5910327　5910310(传真)
印　刷：江苏凤凰数码印务有限公司
版　次：2020年11月第1版
印　次：2020年11月第1次印刷
开　本：700 mm × 1000 mm　1/16
印　张：13.5
字　数：200千字
书　号：ISBN 978-7-5676-3662-0
定　价：58.00元

如发现印装质量问题，影响阅读，请与发行部联系调换。

目　录

爱传导

二十世纪初：池伯远和柏翠琼

一九一五年十月十五日早晨，我曾祖母柏翠琼从她家里偷偷跑出来，踏上青石板街道，去往城东的“池记布行”，我曾祖池伯远家。

十七岁的柏翠琼淡妆出现在秋风拂面的街头，唇轻点，眉微描，头发略有些随意地拢在脑后，淡青色对襟上衣，青布裤子，浅紫色麻布莲鞋。纤细的小脚迈出紧而细碎的步子，踩在缤纷的落叶上。许多鸟在树上和房顶上啾啾地叫，许多炊烟从瓦楞上腾起，许多晨曦照在柏翠琼清秀的脸上。许多墙上和树上，刷了亮亮的标语：

> 热烈庆祝沔城妇女天足会成立！
> 沔城妇女觉悟起来！
> 解放小脚劝禁缠足！
> 叫女子缠足的家长，狠如毒蛇猛兽！
> …………

柏翠琼低一低头，瞥一眼自己的小脚。她八岁时祖母给缠的。祖母用力将她的脚趾头掰弯，那股钻心的疼痛在这个清洌的早晨重又变得清晰。祖母一面缠脚一面哼歌：“一个大脚嫂，抬来抬去没人要，一抬抬到城隍庙，两个和尚抢着要。”

太阳在街道上空升起来，喧嚣声升起来。柏翠琼穿过铁匠铺里铁锤击打铁砧的当当声，染房里的吆喝声，酒肆里的划拳声，棉被店里弹棉花的哐当声，走向她的指腹为婚的、谋过一两次面的“夫君”。

比她出门早些时候，她的父亲和大哥去乡下收租了。柏翠琼认为她应该抓住这个机会，冒险去接触接触那个池伯远，看他是否真的抽大烟，看他抽大烟抽成了怎样的脸色和身子骨，看这桩命定的婚姻会带给她什么。她生活在一个严谨刻板的、有着异常严厉家规的家庭。她七岁时，祖父和父亲就教她《女儿经》，八岁缠足，九岁起一边习四书五经和《增广贤文》，一边跟她祖母和母亲学女红，学织布。她祖父死后，严厉管束她的是父亲和大哥，他们要她足不出户，不苟言笑，笑不露齿。倒是她母亲待她比较宽松，偶尔带她去逛逛庙会。在庙会上她看到那个跟自己订了娃娃亲的人，她看到他时他也正把眼光探了过来，她脸一红，忙低下头去。是母亲的侄女指给她看的。母亲那个家族有相对活跃而宽松的传统。有许多关于池伯远的信息从母亲家族人的口里吹到柏翠琼耳边：不太爱说话，写一手好字，带头剪辫子，爱抽大烟……“抽大烟”的消息使柏翠琼对在庙会上看上去不错的“夫君”生出一些恐惧，因为她见过抽烟抽得骨瘦如柴的母亲的表弟。一九一五年中秋节临近，意味着再过一年她就要正式进入婚姻，这一天趁父兄出去，柏翠琼大着胆子溜出家门，去城东池府周围碰一碰池伯远，也许叫人传话让他出来。她甚至没跟母亲说一声。

柏翠琼踩在青石板上，好奇，激动，心慌。走过大前年建的房子，叫邮政局，眼前堆积着一片绿色；走过一座圆形尖顶的建筑，母亲的侄女告诉过她，叫天主教堂，一个叫康乐尧的意大利神父前几年来建的，从里面传出唱诗的歌声；走过刚成立的女子学校，一些剪短发的女学生说着笑着走出来，向北而去。柏翠琼睁大眼看，不自觉地跟在她们后边，她知道这是与池府相反的方向——赶庙会时母亲的侄女带她去看过池家的商铺。女学生们来到了土地庙前，更多的人从四处赶到土地庙前。庙前搭的一个台子上有人在大声讲话，台上方一面巨大的条幅上写着“沔城妇女放足动员大会”。柏翠琼看见女学生们走上台，讲话的人停了，女学生们齐张了口，清亮的歌声响起来：“穿耳又缠足，一身不周全，可恨旧礼教，犹是铁锁链，讲三从四德，身陷地狱间……”歌声之后，有个中年妇女来到台的正前方，高抬起一只脚，爽朗地说：“你们看我这脚，放了之后，又好看又好走路。”一些小孩在柏翠琼周围窜来窜去，跳起来往台上瞅；一些年轻的眼睛有些贪婪地盯着台上妇女的脚；身旁不远处“扑通”一声响，柏翠琼看过去，见一长须老者跌倒在地，口吐白沫，断断续续吐出几个字：“不……成……体……统……”右手食指朝台上指着，嘴唇在发抖。有个年轻人上来扶起老者，柏翠琼眨一眨眼，看来人面熟，蓝布长衫，浆得很整洁，个子高，人收拾得很精神，大烟还没有抽黄他的脸……年轻人的眼光与她相触了，她心里禁不住咚咚咚一阵跳，头低下去，脸上泛起红晕。说得明白些，这一次进入她眼里的我曾祖父的形象，保持了在庙会上给她的好印象。跌倒的老者另有人扶走了，我曾祖母发现那人朝自己走过来，她的心慌慌的，跳得更快。好在周围人的注意力都在台上，我曾祖母挤出熙熙攘攘的人群，朝清冷的庙后走去。她在逃避我曾祖父，而事实上是在召唤他。我曾祖父很快来到她身边，但是在相距三四米远的地方停下了，两个人不声不响地站着，我曾祖母看着地上的一群蚂蚁。

“穿耳又缠足，一身不周全……”庙前的歌声传来。我曾祖父说话了，声音明显发颤，冒冒失失地说：“你，你也把脚放了吧。”

“那你把烟戒了，”隔了一会儿我曾祖母说。

“我一直想戒，没个恒心。你叫我戒，我一定戒了。”

“我回去也把脚放了。”我曾祖母抬起头说。

我曾祖母经过周周折折，终于在嫁到池家之前将脚放了。她和我曾祖父相互激励，一个戒烟，一个放足，这件事被记载到《沔城逸闻》里，传为美谈，鼓舞着许多青年男女戒掉吸大烟的恶习，除掉裹小脚的恶俗。

一九二六年，在他们结婚将近十年时，池家从沔城逃难迁到乡下。一九二九年高祖父病故后的池家，在曾祖父池伯远的支撑下，经营着通顺河两岸的二十亩水田、十亩旱田。每当稻子成熟、麦子丰收、棉花开花之时，曾祖父池伯远都要在田里摆上笔墨纸砚，他的儿子、侄子在一旁为他磨墨。他捻一捻须，摇一摇头，在稻香或麦香里长长地一吮吸，挥笔写下一些歌咏丰收的绝句或律诗。曾祖母柏翠琼迈着一双放过的脚，在田埂上悠然地走来走去。麦子绿绿时她捧一个热茶缸，稻子黄黄时她摇一把大蒲扇，棉花白白时她拿一件正打的毛衣。一九三一年大水汹涌而来，淹了低洼的水田，淹了高坡的旱地，漫过河坡，漫上台基，漫进屋里，将人们往大脚盆里撵，往几百年的老树上撵，往船上撵。呼喊哭号中人们逃命而去。大水过后重返家园，到处是烂了的稻茬和棉花的碎枝，散发着腐臭。曾祖父望望原野，望望裂了的砖房，抱头在院子的泥泞里蹲下。曾祖母在一旁絮絮叨叨："好在人没被冲坏，好在人没被冲坏。"

就是在这时候，有个在外做生意的乡邻找来，在老屋后头将几包罂粟种子塞给池伯远，说："种上它，能救灾。"池伯远自然知道罂粟就是鸦片，他本能地将它往地上一扔，就像它烫他的手。他说："你从哪儿弄到这种害人的东西？"乡邻笑笑："烟禁已开，外头又到处都是烟馆了。"池伯远望望狼藉的田野，望望裂了缝的房子，俯身拾起那包种子。

晚上，躺在后厢房潮湿的木板床上，在柏翠琼轻微的鼻息里，池伯远轻轻翻动身子，一种遥远的沉睡的嗅觉升起。他将左手伸到鼻子那里，用劲挥一挥，想以此排遣那从记忆深处浮上来的大烟的奇香。他努力进入另一种记忆，在戒烟时他把自己锁在房子里，两手用绳子绑着，牙齿咬得嘴唇和舌头血淋淋，头直往墙上撞，血溅出来，像用红色油漆涂墙，身子在地上直打滚。在新婚的那天晚上，他颤抖着双手在柏翠琼的身上抚过，停留在她刚放开的脚上，同时颤抖着声音在她耳边说："我再也不会吸大烟了。"记忆停顿在这里，池伯远抬起的手落在旁边的柏翠琼身上。他听到一声叹息，一惊，手机械般地弹起。柏翠琼翻身朝向他，将手搭在她胸前。

"你没睡着？"

"哪里睡得着？"

两个人的声音在黑暗里压得很低。“喂，”池伯远轻咳一声，“跟你商量个事。”

“你说。”柏翠琼的头发撩着他的前额。

“我想种罂粟。”

“什么，罂粟？”柏翠琼将手拿开，推了他一把，说，“罂粟不就是大烟？你怎么能种大烟？你怎么能种这种害人的东西！”

池伯远缓缓地说：“种上它，能救灾。”

黑暗中一段静默。柏翠琼低声说：“福贵找你就是说这？没有别的救灾的法子吗？”福贵就是那位乡邻。

两天后，池伯远和老实巴交的二弟池仲远掮着犁，牵着牛，穿过遍地的水洼，上到高坡的旱地，在淹死的庄稼中翻耕，撒下那些种子。田野里，受灾的人开始劳动。村道上，有人刚刚回来，有人拖儿带女踏上外出的路。十来天后，池家的高坡旱地里便拱出了绿色的罂粟秧子，池伯远看着这些绿色时脸上交叠着困惑与期望。他仿佛闻到了那久违的香气，鼻翼明显翕动了两下。

一九三二年的一日，第一阵罂粟的浓香袭来，柏翠琼被熏倒在自家的后院里。儿子开元看见了，尖叫一声“娘”，跌跌撞撞奔向地里，对正在收罂粟果子的池伯远喊：“爹，娘晕过去了。”池伯远一扔手中的竹篮，撒腿跑回自家的院子，俯身就去掐柏翠琼的人中，又端了水朝她头上脸上泼。柏翠琼醒过来，朝丈夫笑了笑，这笑像一阵微风一掠而过，随即她闭上眼睛，池伯远衣服上、手上罂粟的香，令她再次昏迷。池伯远忙抱了她去厢房的床上，又去掐她的人中……

初夏的南风吹拂的下午，我曾祖父池伯远背着手，绕着三亩罂粟走了七八圈，然后他走进红的、白的、黄的罂粟花里，高瘦的身子弯下去，手伸到亚麻布短衫口袋里，摸出一盒火柴来。他抖着手点燃了身下的罂粟。南风将火吹开，火像波浪一样汹涌，池伯远一屁股坐在田埂上，看着一大片灿烂的罂粟在火里噼噼啪啪地死去，感受着那股浓香在滚滚黑烟里散去……然后他站起来，拍了拍屁股上的灰，抄着手回屋了。他一径走到厨房里正在做饭的我曾祖母跟前，轻轻拍了拍她高耸的发髻，说：

“不会再有东西熏你了！”

二十世纪二十年代：池叔远和不知名的姑娘

车站是乱得不能再乱，闹哄哄一片，孩子的啼哭，大人的训斥，脚夫的吆喝，小贩的叫卖，士兵的呵斥……各种各样的抱怨，怨车迟迟不来，怨人太多，怨阳光毒辣，怨荆城的章统帅硬要打到沔城来，也怨沔城的谈统帅，怨这几年打来打去没个清静。喧闹中夹杂着远处铁轨上几只野狗争啃不知什么的骨头的狂吠声，以及铁轨边一个卖艺的瞎眼老汉咿咿呀呀的胡琴声和显得苍老喑哑的歌声。他唱的是沔城花鼓戏，纷乱的人群中有沙哑的声音说：“不吉祥，老头唱的是沔城的陈友谅被朱元璋打败的事，莫不是说沔城的谈统帅要被荆城的章统帅——”他的话没说完，人群一阵骚乱，拥挤始于西边，像波浪一样往东推进，一句话自西而东在人们口中传递：“揭示处那边有人打架。”“揭示处那边有人打架。”“揭示处那边有人打架。”一个浑浊的声音接住：“有人打架？叔远，抓住我的手。”粗大的手伸出来，越过一些头顶摸索着，一只细长白净的手迎过去，两只手在众多挥舞的手中握到一起。这是我高祖父池衍的手和我三曾祖父池叔远的手。他们等着上上午九点的火车离去，但是揭示处的黑漆板上标明火车晚点到下午两点。四天前，池家的大部分人由老大伯远、老二仲远带往乡下，就是三十里外的四号村。池衍想将商铺的两笔进账收齐了再走，小儿子叔远执意留下来陪他。但是打仗的风声越来越紧，他就顾不得收账了，带了叔远加入逃难的人群。

卖艺老汉咿咿呀呀的胡琴声停了，有粗鲁的声音在对他喊：“给你几个钱你快走吧，呜呜啦啦唱得人心烦。”有人却说：“让他唱，等车等得无聊，听听戏解解闷。”又有人说：“管他唱不唱呢，反正又听不清。”说话的是池叔远，他和我高祖父挤在一处，冲高祖父一笑说。像是对他的话的响应，咿咿呀呀的胡琴声又响起，但是听不清。

“哎呀，我的钱不见了，有人偷了我的钱！”一个女的尖细的叫声。“真不见了？真被人偷了？”一个男的焦急的喊声。“哪个杀千刀的，偷了我十几个大洋呢!”女人又伤心又愤怒又泼辣地叫骂。“你个瘟猪婆，叫你把钱给我拿着，你偏逞能自己拿。这下好，把你卖了也换不来那么多钱。”男的骂道。周围响起稀稀落落的笑声。“你们好没良心，别人丢了钱，你们还笑！都是你，没心没肝的，丢人现眼!”“哪个丢人现眼？你才丢人现眼!”周围一阵笑。一个浑浊的声音说：“算了算了，出门在外，互相谅解。钱也骂不回来了，两口子都消消气。”说话的是池衍，一边说一边抬起左手捻了捻须，右手在小腹那里着实摸了摸，自己的钱在，缝在内裤口袋里，小偷很难偷到这里。“这火车怎的还不来？真是!”他又说，他是想将话题岔开，给那对夫妇找台阶下。“就是，火车还不来!”有人附和。

铁轨上那几只争食的野狗连声狂吠。卖艺老汉的歌声变了，变成人们更熟悉的花鼓戏《李天保吊孝》，唱腔悲凉。有的人安静了，用心去听或者小声跟着唱。一阵拥挤从西边压过来，又听见池衍浑浊的声音：“叔远抓住我的手，什么时候松开的?”叔远像是有些不以为然地将手伸出去，忽然他的手似乎有了一种异样的感觉，柔软的，微凉的，抬眼悄悄看去，那手的主人穿一件蓝色卡其布外衫，头发用一根红头绳扎着，样子清秀。池叔远看到的是她的侧影。她被拥挤的人推着搡着，手半垂，身子被人推动，就是在这样的过程中与池叔远的手相遇了，她像是浑然不觉。叔远的手在那里停留了一会儿，拿开了，不好意思。这时池衍的喊声很焦急，他便将手向父亲探过去，指尖却在回味那份柔软而微凉。骚动平息下去，话传过来：“又是打架，打的是个流氓。”“那流氓趁着天热，女子穿得少，就在人丛里挨挨擦擦，摸来摸去……”池衍咳嗽两声，说：“真是乱世。”他看见儿子脸是红的——后来他知道儿子是因为牵了姑娘的手而脸红。“哎呀，真是撞鬼了，又是小偷又是流氓。”是刚才那个钱被盗的女子的声音。

《李天保吊孝》唱得愈见悲凉。狗吠声渐远渐弱。人群静默。蝉声清晰起来。有人蹲到车站的角落，靠着墙打起了瞌睡。有个男的从人堆里跑出来，大喊一声：“打仗就打仗，现在就打，挨枪子就挨枪子，等得心烦，烦都烦死了。”有人赶上去将他拉回，大概是他的家人或亲友，因为看见一个当兵的朝他举了举枪。更多的人发出同样的牢骚：“这个什么章统帅，还真不如现在就打过来，是死是活听天由命，省得这样提心吊胆。”“就是，章达和谈非，荆城的兵和沔城的兵，哪个输哪个赢，快快决断，比这样死拖活拖强。”“最好还是别打仗！”这一句是池叔远说的，他看着那个穿卡其布外衫的姑娘说。姑娘的面容发愁，看上去像是孤身一人。池衍注意到儿子异样的眼光，有些呆，有些柔。他顺着儿子的目光看过去，见到一个清秀而可怜的姑娘。回头看儿子的傻样，他有点想笑。就在池衍觉得儿子的神态有趣时，他的背被撞了一下，他这撞传给前边的人，不是叔远。叔远已经被挤开。“叔远，叔远。”他大叫两声。叔远的心思似乎正在那姑娘上，他听到父亲叫，机械般伸出手，不是递给父亲，而是朝向那姑娘。姑娘被推来搡去，被一些粗的男人和胖的妇人挤着压着。池叔远要去牵着她，让她少受些挤，他的手哆嗦然而坚定地抓住了那只无依无靠的白嫩的手：“我来牵着你。”声音又是颤抖又是果断。姑娘没有将手抽开，顺着手看叔远，又是疑惑又是羞怯又是感激的眼神。池衍已经奋力挤到儿子跟前，他朝他们点点头，一把抓住叔远的另一只手。他们三人就这样连着，抵御着拥挤。风波过后，三个人的手依然紧紧抓着。消息传过来，说骚动是因为一个有钱人打一个乞丐，又说是因为一个兵用枪托打了一个姑娘。叔远牵着的那个姑娘张了张口，大概是感到害怕。叔远更紧地抓住她的手，姑娘顺从地响应他。他们相互一笑后，姑娘连忙低下头去。池衍定定地看儿子和姑娘，他想他们倒是挺般配。他问姑娘：“你一个人逃难？”姑娘抬起的脸又是那副愁愁的样子，她怯怯地说：“我跟我爹一起，被挤散了。是昨天。”又补充一句：“我爹定是挤上昨天的车了。”周围又变得嘈杂。池衍大声说：“他在车上找不到你，会折回来找你的。”他明白他这样说是安慰姑娘，他听见儿子说话了：“你就先跟着我们。”他看见姑娘冲儿子点了点头。也许真是缘分呢，他想。忽然有人高呼：“火车来了！”大家都静默了，听，真有轰隆隆的声音。再次竖了耳朵听，清清楚楚的火车声。都欢呼，都往铁轨边冲。我高祖父池衍钳牢了我三曾祖父池叔远的手，池叔远钳牢了那姑娘的手，摆成蛇阵往前挤。

庞大的火车出现。人们扑向车门时听见几声枪响，跑在最前面的人看见铁轨边上几个巡逻的士兵倒下，稍后一点的人又看见前面的人倒下。人们在各节车厢的窗口和刚打开的车门口，看到了森然的枪口。人群出现混乱，前面的人拔腿往后撤，后面不知情的人依然往前涌。又有人倒下。“叔远！”我高祖父池衍一声嘶喊，他看见儿子和那姑娘手牵手倒在血泊中，他嘶喊着朝他们扑过去，被汹涌的人群往后挟裹去。前面又是一阵嗒嗒嗒的枪声。枪声过后是嘶哑的喊话声：“都站着，别动！我们章统帅不打老百姓！你们要听话！站着别动！中间让开一条道！”然后一队队士兵从车上下来，耀武扬威地从惊慌失措的人们中间走过。长长的队伍走了好一会儿。人们愤怒而惊慌地瞪着最后经过的士兵的背影。我高祖父池衍奔向那些躺在血泊中的人，找到了儿子和那姑娘，他们面对面像是在睡眠中，两只手紧紧地握着。池衍的眼泪扑簌而下。这一年（一九二六年），儿子才十八岁，那姑娘顶多十六岁。

二十世纪三十年代：池开元和杭青芸

《沔城县志》第十八页载：民国二十七年十月二十日，从武汉飞来三架日机对沔城轮番轰炸扫射，从中午十二时直到下午四时。毁民房八十余栋，炸死一百九十余人，伤三十余人。次日，日军一千余人入侵沔城。

我祖父池开元和祖母杭青芸都是这场空袭的幸存者。

那天池开元背着我曾祖父母，跟伙伴万石头搭便船上沔镇，想去看看城市看看池家的旧址。上岸后，两个乡下小子深一脚浅一脚地踩在青石板上，转着脑袋东看看西瞅瞅。池开元忽然提了提裤子说：“上哪儿撒泡尿？”万石头嘻嘻一笑：“就冲墙根尿。”池开元脸一红，说：“你等着我。”慌慌地在胡同间窜来窜去，拐进了一间阴暗空荡的破庙。这泡尿使我祖父躲开了死神。他在破庙里听到飞机离地面很近很低的轰鸣，接着从街上传过来的爆炸声、尖叫声，将池开元拉到一半的尿吓回去了。飞机的轰鸣声远去，池开元断断续续尿完，探头探脑出庙门，蹑手蹑脚回到街上，十八岁的他张大了嘴，一声尖叫。

他看到许多被炸塌的房子，断砖碎瓦间一具具血肉模糊的尸体。池开元吐了，突然在他吐的砖石下面伸出一只血淋淋的手，朝他无力地摆动，他尖叫一声，身子弹起来，随即吓晕过去。有人扒拉着弄醒了他，他又是一声尖叫，身子突然坐起，弄醒他的人被吓得也一声叫，往后跌倒。池开元疯了一般纵起身，拔腿往外奔。但是颤抖的腿影响了他奔逃的速度，甚至逼他停下来。他双手抱头，朝着远处模糊的夕阳“哇”的一声哭出来，喊着“万石头，万石头”。又一阵反胃，他掐着后颈低下头去吐时，看见一双熟悉的蓝黑布鞋，布鞋上的荷花图案分明是万石头的母亲独有的手艺。他去看那布袜子，袜子上也有荷花图案。去看断腿上的裤子，青灰色，后腿处有一个荷花图案的补丁。他哆嗦着手，脱去那鞋，看见六个趾头的脚。万石头的六趾脚。池开元哭叫着“万石头”，在尸体堆里一阵扒拉，他没再找到什么，万石头被炸得只剩下一条腿，他凭借那腿脚上的裤子鞋袜认出是万石头的。池开元流着泪抱起万石头残存的一条腿，瞪圆了眼深挖着天空，那上面出现过该死的飞机。

池开元在破庙前埋葬了这条残腿，天完全黑下来。他蜷缩在破庙的一角，在恐惧和悲伤中瑟缩睡去。醒来后听到街上杂沓的脚步声、鸡飞狗跳声、女人的尖叫声——酒井的部队轻易地攻占了沔城。他爬到破庙的窗口，看见一些荷枪实弹的日本兵在砸着店家的门，在追着没来得及逃开的妇女。池开元又恨又怕地缩在破庙的窗户后边看着，太阳当空照在街上。真是光天化日之下烧杀抢掠，他低声自语。饥饿感升上来，他从兜里摸出一个硬饼，矮下身子背靠到墙上，将饼伸进嘴里嚼。店门“吱呀”一声被打开，他身子一激灵，嚼着的饼一骨碌咽下去。他往墙角缩，手里摸到一块石头。一道光线射进来，他听到女人的喊叫声和夹杂了听不懂的、叽里咕噜的鬼子的淫笑声。鬼子端着枪把妇女逼进去，扑上前撕扯妇女的衣裤。妇女叫骂着打鬼子。池开元听到“嗷、嗷”的叫声，像是妇女咬了鬼子一口。他举起石头摸近鬼子，朝那颗正往妇女胸前拱去的头颅砸去。鬼子哼唧一声倒下。他俯身又补了一石头。他想，这一石头是为万石头报的仇。听到哧哧的响动，抬头看见妇女拿了刺刀在鬼子身上戳。这时城中心方向响起响亮的哨声，接着店外响起跑步声，池开元从窗洞里看见鬼子们排队跑去——是酒井在城中心广场吹哨子集合手下。庙外变得清静，池开元听见那妇女说：“赶紧走。” 临到门口妇女又折回身去，将自己散乱的长发捋成一绺，用手牵开去。“兄弟，”她说，“你用刺刀将我的头发削短吧。”池开元一愣，很快明白她是要把自己打扮成个男的，就从鬼子身上拔下刺刀，照妇女比画的地方削去。一头青丝委地，变了短而乱的发型的妇女解着自己的花格子外套说：“兄弟，把你的衣服脱一件给我。”池开元有些脸红，脱了外衣给她，妇女将外衣拿到墙角的泥地里揉一揉，皱巴巴的，穿上，两手在地上蹭了蹭，抬起来抹了一把脸。来到池开元身边，说：“兄弟，头低一低。”又抹了池开元一把。两个人一身叫花子打扮，出了庙门。

在料峭的秋风中，在鬼子的枪声和呜里哇啦的叫嚣声中，两个人蓬头垢面、一身臭味地逃出沔城。一身臭，是有意钻垃圾堆沾上的。有个瘦猴样的日本兵，用枪刺刀挑了挑池开元的破衣服，随即捂了鼻子，叽里呱啦地说了什么就走了。逃出沔城七八里远，到了一个无人的荒丘，妇女在一棵歪脖子楝树下蹲下来，随后池开元听到她嘤嘤的哭声。哭了一会儿后，妇女抽抽搭搭地说：“日本人，炸死了我男人，又想糟蹋我。”她转向池开元：“兄弟，多亏了你。”池开元两手在身上挠着，瓮声瓮气地说：“我的伙伴万石头也被炸死了。”“日本人！”妇女咬着牙骂，接着变成了哭。“我跟他一起进城赶集的，现在他被炸得尸体都找不到了，往后我一个人怎么过……”他们在楝树下哭了一会儿，骂了一会儿，身上的奇痒奇臭实在难以忍受，两个人走向荒丘下的小河。妇女洗的时候，池开元蹲在岸边给她放哨，淅沥的水声像一根羽毛轻轻撩拨着他年轻的心，他模模糊糊感到这个在他身后擦洗身子的女人，会跟他的生活牵扯点什么。洗完后他们穿了一身湿衣服上路，池开元磕磕巴巴地说：“要不，你先跟着去我们家。”

第二年，妇女——杭青芸成了我祖母。

我是听着上面的故事长大的，讲述者是我祖父母。“日本人真不是东西，”在夏夜的凉床上，在冬日暖烘烘的被窝里，祖父母中的一个这样开头，“他们从飞机上朝我们扔炸弹……糟蹋我们的妇女……我搬起石头朝鬼子头上砸……”另一个就接过话头：“你拿石头的手在发抖。”起先的那个提高嗓门：“你才发抖。”“你还是怕，你发抖。”“你才怕。”“你还是胆小。”“你才胆小。”很快争得一个脸红一个脖子粗。他们的孙子就笑，孙女就哭。两个人都去哄孙女，哄着哄着孙女破涕为笑，他们也相视一笑。故事听得多了，我们渐渐对他们的争吵更感兴趣。“鬼子是我砸死的。”“明明是我用刺刀戳死的。”“明明是我砸死的。”争到节骨眼上，他们还拉我们做同盟：“池耶，你做证，是爷爷砸死鬼子的。”“池诵，你记性好，你说，是奶奶刺死的。”“你，比我还大三岁，都是做我姐姐的人，还老是跟我争？”“你呢，你个大男人，大爷，还跟老娘争，羞不羞？”一个吹胡子瞪眼睛，一个拍大腿直跺脚，然后你看看我，我看看你，再一起看看我们，一起哈哈大笑，齐声说：“不争了，不吵了，是我们一起打死的。”然后都看着地上，他们是在想被日本兵炸死的万石头和祖母的前夫。

“日本人真不是东西，”他们中的一个像祥林嫂一样又开好头，准备讲下去时，我和妹妹池耶、弟弟池赋就像鲁镇人一样将话头接住：“他们从飞机上朝我们扔炸弹……糟蹋我们的妇女……我搬起石头朝鬼子头上砸……”他们中的另一个没有顺着惯常的话说下去，而是走向相反的路线：“叫你莫要提了，莫要提了！你这老东西还长不长记性啊？”“是想忘记啊，可是忘不掉，白天不去想，晚上做噩梦也会梦到。”“看来咱俩得离婚，不在一起了，看不到对方了，就不会记起这些来了。”“你个死老家伙，都快入土的人了，还想着离婚，想离了再找一个？没门！”说着一个去扯另一个的白胡子，一个去抓另一个的白头发。我们几个孙儿辈的就都用手指戳脸羞他们，笑他们比我们更像孩子。

两位老人是十多年前去世的，据父亲说，临死前他们也吵了一架。祖父先走的，祖母趴在垂死的祖父身边，抹着眼泪说：“你走了，我也不想活了。”祖父硬撑着挤出一句话：“你个死老婆子，你活得好好的，别犯贱。”祖母当即破口大骂：“你个该死的，到死也不放过我，到死你还骂这么难听。”祖父在老伴的骂声中微笑着死去。祖母很快垮下来，本来还算好的眼睛变得昏花而且呆滞，本来还算硬朗的身板变得虚弱。在祖父去世一个月后，祖母去了。他们孩子般的吵闹和欢笑，在池家的梁上久久萦绕。

二十世纪四十年代：池家玲和马拴

马拴的队伍在油菜开花时开进四号村。一群在村口玩耍的小孩看见他们挎着枪排着队过来时，藏到了油菜花丛里。有两个胆大的，留在路边，好奇地看着闪闪发光的枪刺刀。走在队伍旁边的马拴憨憨地笑着走近那两个男孩，伸手在他们头上轻轻拍了拍。高一点的、大眼睛的男孩突然朝马拴张开嘴巴笑，他"咯咯咯"笑得肩膀直抖，矮一点的男孩也跟着笑。他们的笑声将藏在花丛里的几个召唤出来，脸上、身上沾了花粉，围过来，也都冲马拴咧开嘴笑，笑得被呛住直咳嗽，笑得鼻涕流出来，笑得用沾了花粉的手抹出一脸金黄，笑得俯下身去双手按住小肚子，但仍是在笑。马拴的兵停住，左转身面对孩子们，一会儿也哄地爆出笑来。马拴憨笑着看看孩子们，看看他的兵。一个小个子指着他说："报告班长，他们是笑你的打扮。"

新四军班长马拴个头不高，胡子拉碴，深藏在茂密胡子中间的嘴上衔一支烟斗。穿一件灰色对襟褂，口袋里插着三支钢笔。从宽宽的皮带上垂下一根细绳，直到打了厚厚绑腿的膝盖，绳下拴一个墨水瓶，马拴一走动，墨水瓶就一摇一摇的，像钟的下摆。我七岁的父亲就是看了马拴的胡子和烟斗、皮带和细绳、绑腿和墨水瓶后，张开嘴巴笑个不止的。马拴轻轻拍拍我父亲的头，然后他粗大的、长满了老茧的手牵过我父亲的小手，别的战士牵了别的孩子的手，小个子抱了一个扎羊角辫的小女孩，他们就这样走进村子，走进我家的后院。连马拴一起十二个战士，全在我家宽阔的后院住下，在那里吃饭、开会、打地铺睡觉。我父亲和他们吃住在一起，开会的时候他安静地坐在一边，看马拴抽了钢笔在膝盖上的墨水瓶里蘸一蘸，在一个小本上写字。我祖母杭青芸送来热茶和煮鸡蛋，几个战士忙上去接住。有时是我姑母池家玲送来——我姑母那一年十六岁，大我父亲快十岁，是我祖父母收养的一个孤儿，她的亲生父母在一九三八年的那场轰炸中被日本人炸死。她头一次看见马拴时掩了嘴背过身去，从她肩膀的轻微颤动可以判断出她是在笑，马拴的奇特打扮让她忍俊不禁。她的出现让年轻的战士们眼睛都一亮，胡子蓬勃却年轻的班长马拴也憨憨一笑。

扮相古怪样子的憨憨马拴，经常被战士们推举了在我家后院的天井里唱花鼓戏，在他们合唱完了军歌之后，在召集村委会的人来开完了会之后。我父亲像是马拴的一条尾巴，跟在唱歌的马拴后边，模仿着他的动作；跟在为乡亲们挑水的马拴后边，在他往缸里倒水时，将小手伸到桶底帮一下；跟在帮农人耕地的马拴后边，小脚踩着翻松的泥土蹦着踏着；跟在蹲田头和老农一起"吧嗒吧嗒"抽旱烟的马拴后边，送上捡来的烟丝；跟在开会讲话的马拴旁边，看他握在手中的钢笔停留在空中，看他抬手挠挠头发，看他胡子蓬勃的脸一红，嘴巴嗫嚅："这个'袭击'的'袭'字忘记怎么写了？"我父亲也挠挠头上稀松的毛发，大眼珠子转了转，然后起身离开了一会儿，返回时右手藏在背后，到了近前，那手翻出来，凑到马拴眼皮底下，稚气的声音包不住兴奋地说："是不是这样写的？"马拴转着脑袋看了看，将他的小手摆了摆，说："你放倒了。"后来马拴的笔稍一逗留，我父亲就凑上去说："又是哪个字不会写？我教你。"马拴说了，他就一扬小脑袋，说去撒泡尿，回来后就将小手亮给马拴。有一次马拴做了我父亲的尾巴，他蹑手蹑脚贴着墙根跟在后边，见我父亲进了我姑母的房间，然后甩着右手出来。马拴马上赶回到原地，眼睛瞅着笔记本。但他后来还是揭穿了我父亲，他说："你姐识的字可是不少。"憨憨一笑，又说："她……她说了婆……婆家了吗？"有点结结巴巴。我父亲大眼珠子一转，看着马拴说："有好些人来提亲。"我七岁的父亲扯了扯马拴的络腮胡："你结没结婚？""没有。"马拴脸一红，"我教你一支队伍上的歌。"把话题岔开。

分手是在暮春。我祖父母和一些乡亲送走马拴的队伍回来，没看见我父亲。祖母在门前屋后喊了几声，扯了扯衣襟说："泉子准是去追马班长他们了。"边说边折回去寻，在村口她碰到我姑母池家玲。她没觉察到女儿的神色有些慌乱，只问她看到泉子没有，泉子是不是追马班长去了。池家玲说："娘，让我去寻泉子。"

池家玲在金黄的油菜花中奔跑。她上身的大红春装，使她看上去像是一只红蜻蜓在花上飞。正午艳阳中的油菜花有些晃她的眼。她没看见什么人影。她只是奔跑。从她怀里掉出东西到地上。她煞住步子弯腰拾起来，就拿在手上跑，是一双布鞋，她悄悄为马拴做的一双布鞋。她奔向通顺河渡口，口里叫着“泉子，泉子”，有两声喊成了“马拴”。

渡口几声稀稀落落的桨声。渡船划到河中心。船上静静的一对过河的年轻夫妇。对岸空茫茫一片。池家玲张着大眼直直地看着，急促地喘气，短促地喊了两声“泉子”，她旁边的芦苇丛里突地响起嘤嘤的哭声，我父亲从芦苇丛里站起身来，哭声变得嘹亮，一面断断续续地说：“姐，马拴他不带我走。”池家玲耷拉着拿布鞋的手，看着抽抽噎噎的弟弟，自己也恨不得陪着哭一场。“姐，这是马拴送给你的钢笔。”池家玲接过我父亲递上来的、握得汗涔涔的笔，将另一只手抬了抬，笔和布鞋聚到一处。池家玲弯下身，一把抱住弟弟，她的肩膀和着弟弟的肩膀一起抖动，她的抽泣汇进弟弟的哭泣。

第二年的春天，又是遍野金黄的油菜花开，我父亲带着一帮男孩在花中间玩打仗，有一个突然指着路上喊：“新四军来了。”我父亲先是一怔，随即撒腿奔过去，朝走过的战士一个个看过去，看到第四个开始问：“你知道马拴吗？你知道马拴吗？”一个一个地摇头。我父亲木头一样站在路当中，呆望着走过的队伍。有个高个子战士回头朝他跑来，喊：“小弟弟，你说的马拴是不是个子不高，满脸胡子？”我父亲两眼放光，连说“是的，是的”。高个子战士俯下身拍了拍我父亲的肩膀，转身离去。我父亲抢上去扯住他的衣服，说：“你告诉我马拴在哪里？”高个子战士看我父亲一眼，低声说：“他牺牲了。”我父亲的手一软，张了张嘴。当高个子战士赶上队伍时，他听见后面“哇”一声大哭。我父亲哭着朝家里走去，心里想着要不要将这消息告诉姐姐。

我父亲多次产生冲动，要将马拴牺牲的消息告诉我姑母池家玲，但他没讲。他见池家玲常常一个人站在村口往远处眺望，或站在渡口往河对岸望，手里抚弄着马拴送她的那支钢笔。我年少的父亲懂事地想：还是不要跟姐姐说，免得她太伤心。

二十世纪六十年代：池旺泉和郑向红

我父亲池旺泉是一九六五年腊月二十二晚上去车站接我大伯时，等老半天没等到，回来的路上遇见我母亲郑向红的。风很大，二十七岁的池旺泉裹着一件旧军大衣，脑袋直往竖起的衣领里缩。有好一段路，池旺泉逆风退着走，就是在这时候他看到路边楝树底下，穿一件大红春装、垂两条粗长辫子的郑向红。在冷寂无人的旷野，郑向红的身影显得异常单薄。池旺泉甚至没有问一下姓名，只一看郑向红在风中瑟缩的伶仃样子，就想起雷锋，脱了大衣叫郑向红披上。这时候他听到了她的哭泣声，在郑向红间断的哭诉里，池旺泉知道了她的来历。她是从四川逃荒逃到湖北的。随后池旺泉把郑向红带回村里，旺泉跑着在前面带路，这样暖和。

他们在昏黄的月光下走进村东头的一间小屋。池旺泉说，你休息，我去队里的牛屋睡。池旺泉一走，郑向红就过去插上门闩，她捣弄了门闩好一会儿，那门怎么也扣不严，便又找了两条板凳用力把门顶住，然后怯生生地在木板床上躺下，衣服也没敢脱。厚厚的被子渐渐带给她居家的温暖和安全感，倦意覆盖下来。突然她听到大门响动，一阵恐惧朝郑向红袭来，她赶紧跳下床，摸到墙角的鸡笼筐，罩在头顶上，紧贴壁角站住。门被用力推开，郑向红脑子里头一个闪过的想法，池旺泉是不是对她起了坏心。借着从窗户和门缝透进来的月光，她看见一个女人肥胖的身影蹑手蹑脚地窜进来，把门掩了，女人便在屋里乱摸一气。郑向红颤抖着双腿，大气不敢出，惊惶的眼睛透过鸡笼的框格，随着女人的动作而移动。这时候大门似乎又响了，当月光把一个人影投到门口时，郑向红确信又来人了，那个正在瞎摸着的女人显然也意识到了这一点，郑向红看见她慌慌地躺到床上。进来的是一个男人，一进门便把门扣上，同样蹑手蹑脚地一路摸过去，随后郑向红听到了来自床上的翻滚声，她隐约看见那两个人在扑打翻腾。我十八岁的母亲郑向红，把上半身埋在鸡屎味浓重的鸡笼里，脸上和身上沾满了鸡毛，甚至沾有鸡屎，双腿因为受惊也因为受冻而直颤抖。她大气不敢出，惊惧地、懵懵懂懂地看着屋内发生的一切。

当敲门声响起，进而“吱呀”一声门被猛地推开，惶恐至极的郑向红全身筛糠似的乱抖，身子更紧地缩进鸡笼里，缩进墙角。她几乎都不敢睁眼看，但她还是看到事件的结局。她看见一个汉子提着行李包闯进来，她看见床上两个人停止动作，似乎也在发抖。年轻的郑向红睁着大大的眼睛，看见汉子操了一根粗木棒，朝床上的两个人打去。

池旺泉是在第二天中午知道家里发生的事情的。那时候他正在牛屋睡得酣，被人唤醒。那人翻翻眼皮说：“你家出了事，你还在这儿睡得死。”旺泉从床上坐起，问出了什么事，那人又翻翻眼皮，“嘿嘿嘿”一阵笑，笑得旺泉傻愣愣的，那人才说：“你哥把章二杆和成二妈痛打了一顿，在你们家的床上。”旺泉觉得简直是在开玩笑。当确信是事实后，旺泉头一句问的是：“我带回来的那个姑娘呢？”

事情一直作为一个笑谈四处传开。整个事情过于巧合，人们充满浓厚的兴趣，对章二杆和成二妈又是戳指头又是打趣。大伯随队里的文艺宣传队到外面巡回演出，托人带信，腊月二十二赶回来过年，偏巧大妈带了孩子回娘家了。父亲旺泉去接大伯，偏巧大伯他们乘的车中途坏了没接上，却带回了郑向红。隔壁的成二妈看见大妈回了娘家，旺泉出了门，她偏偏就没看见旺泉带郑向红回来，就窜进去偷东西。偏巧在成二妈偷东西时，老光棍饲养员章二杆跑了来。他听说旺泉带了女娃在家住，便起了色心，撒谎出来，溜到我大伯家，想对郑向红下手。章二杆其实不算多老，他比我父亲还小两岁。我父亲池旺泉原跟大伯住一起，大伯结婚又添孩子后，池旺泉就搬出来跟章二杆住到牛屋，也是两个老光棍能说到一处。成二妈见有人进来，以为是我大伯或父亲回来，慌乱中摸到床上装睡觉，章二杆把她当成郑向红扑上去时，她做贼心虚不敢叫喊，只有默默反抗。大伯在月影西斜的时候赶回了家，敲了几下门没有反应，进屋后看见一对男女躺在床上，他以为那是弟弟和妻子，愤怒地操起木棒。当听到章二杆浑浊的声音时，他知道那不是弟弟，但仍是下力地打。成二妈尖亮的嗓门哭喊着说：“别打了，我没偷东西。”大伯的棍棒才停在空中。大伯弄清楚了事情的原委，哈哈笑着走向他老丈人家去接大妈时，我父亲走向他的爱情。大队书记问郑向红，是送她回四川，还是有别的什么打算，十八岁的郑向红羞怯地看了郑旺泉一眼，说：

“他要是未结婚，要不嫌弃，我嫁给他。”

池旺泉头一晕，险些跌倒，他显然承受不了这从天而降的巨大喜悦。大队书记一拍桌子，郑向红身子一缩，但听到书记说："好啊好啊，阶级感情深似海，贫下中农相亲相爱，有缘千里来相会，为了共同的目标走到一块。"

章二杆将自己的铺盖卷抱到牛窝，跟牛睡一处，让出牛屋给池旺泉。章二杆摸着自己的伤疤，说："旺泉真是憨人有憨福，娶了个小九岁的嫩媳妇。"我父亲池旺泉憨憨一笑："这叫'做好事有好报'。"有人打趣章二杆："新人住你的牛屋，这下你可方便了。"章二杆脸一板，一本正经地说："你们把我看成什么人了。朋友妻，不可欺。"

二十世纪八十年代：池诵和朱音

一九八五年我中专毕业分配到沔城机械厂当挡车工，按我父亲的说法，是池家终于在我这里回到城市。他暗示我，要找一个城里女孩或至少是城市户口，以便池家的一支在城里繁衍下去。我带了这样的使命，走进机械厂的大门，住进四人一间的职工单身宿舍。一天的忙碌过后，我们在闲聊中进入睡眠。头发有些自来卷的余音绕，聊邓丽君的气声唱法影响了李谷一、王菲。头发有些蓬乱的季咏，聊他的手抄本诗，说他们上学时如何挑灯夜战，传抄北岛、舒婷等的诗。说有一次搞晚会，八个婀娜多姿的女生上台，有一个窈窕窕窕地跨前一步，亮着嗓子说："我们给大家表演诗朗诵《生活》，作者北岛。"另七个就齐声诵道："网。"就下台了。和我一样剪平头的景朔放，聊他的武侠小说，金庸或者古龙。我主要是听他们聊，在心里默记英语单词。

两个月后我们开始聊爱情，是在看了电影《庐山恋》后。余音绕弹着吉他，唱起《庐山恋》的主题曲，一面像郭凯敏那样颤抖地喊了一声："我——爱——你。"季咏走来走去地朗诵："我是人，我需要爱，我渴望在情人的眼睛里，度过每个宁静的黄昏。"景朔放扫一眼众人，粗声粗气地说："谁谈过恋爱，说出来听听。"我主要是听他们聊。

第二天我午睡醒来，眼前黑压压一片，余音绕三个全围在我床跟前，都发出了高深莫测的笑。"我睡觉的样子很可笑吗？"我朝自己浑身上下瞅瞅。"不，很优美，说的梦话也很动听。"余音绕慢悠悠地说。"朱音是谁？你在梦中深情呼唤的朱音是谁？"季咏扑闪着眼睛，饶有兴致。景朔放骑坐在椅子上，双手支着下巴，不说话，洞穿一切似的看我。

“什么朱音？哪个朱音?”我一定脸红了。“瞧你脸都红了。”季咏将他的小圆镜伸到我眼前。我避开镜子，瞥见余音绕一脸狡黠，右手在往背后伸，随后在他背后响起“朱音，朱音”两声叫，我听出是从他的小录音机里发出来的。“你不会想到我们把你的梦话录下来了吧?”“现在你该坦白了吧。朱音是谁?”“进展得顺利，说出来有福同享。进展得不顺利，说出来有难同当。”景朔放说话了，依然不动声色。

我说：“把磁带清洗了。”朝三人脸上一路看过去。“清洗了，”景朔放说，“现在你给我们讲你的事。”三个人都含了期待看我，样子很热忱。我便说：“我也不知道她是谁，大概是中心小学的老师。”于是他们问出我不过是单相思，问出朱音很漂亮。余音绕过去呷了一口茶，将他床上的吉他弦拨响，高声说：“我们来帮你追朱音。”

一个迷蒙的黄昏，在中心小学附近的一条小路上，出现一个躲躲闪闪的身影。那自然是我了。多少次我出没在朱音回家的这条必经之路上，惶惶地等她靠近，可当她真的到了，我又躲到路边，远远地看她。这次我得硬着头皮迎上去，把揣在怀里的厚厚一本情诗塞给她，是季咏花了一个下午和晚上写成的，我虽然明显写不出来，但读出那确实是好诗，很能打动人，季咏写的时候一定是当成他在爱朱音了。余音绕看了也连声称好。景朔放对诗没什么感受，但也同意先拿诗来试一试。我是被他们硬推到马路上献诗求爱的处境里的，余音绕说“你这样扭扭捏捏怎么谈得成”，季咏说“要不我来替你给”，景朔放说“不行，让他自己来”。他们藏在一棵粗大的树后边，给我壮胆。

我的腿直打哆嗦，捧着诗本的手跟腿赛着发抖，甚至连牙齿也上下直抖。穿天蓝色上装的女主角上场了，脚步轻捷，目不旁视。我左顾右盼，瞥见树后边的三个在朝我努嘴，朝我扬手，朝我挥拳，我艰难地回转身。近了，季咏诗里所说的那个“拥有了我眼睛的专利权”的人，来到了我的眼前。我的心快要从嗓子眼里跳出来了，腿一软，掉转身，蹲到路边，我装着翻看那本诗。朱音要是往路边看，她会注意到这个蹲在路边的人浑身筛糠般地抖。

献诗求爱的失败，并没有冷却余音绕三个的热情，他们又花了三个晚上制订新的计划，一个一个地出台，一个一个地被否定，兴致勃勃地一直计划到天亮，然后抹一把脸去上班。反倒是我，在他们的讨论中迷迷糊糊地睡去，隐约听到余音绕说要加急教会我弹唱一支曲子，到朱音走的路上去弹唱，以吸引姑娘的注意，被另外两个否决了。季咏说把那一本情诗邮寄给朱音，被另外两个否决了。然后我就睡着了。我记得他们似乎还差点吵了起来。

又一个黄昏，我又在朱音经常走的那条路上踌躇。夕阳沉落下去，夜雾已然升起，我所等的人没有如期出现。我追着一个香烟盒踢，不断地去路口，朝小学的方向眺望。小学的大门明显关了，街上的行人明显少了。落叶在晚风中飘零，街灯在不觉之中亮起。

朱音是不是察觉了我的行踪？是不是改变了回家的路？

“怎么还不来？”我听到附近有说话的声音，很耳熟。“别说话。”分明是景朔放的声音，而先前的声音是季咏的。他们像是有点鬼鬼祟祟的，我很快把这跟他们下班时神神秘秘的样子联系在一起。

天色已经暗到面前的景物看不分明，看来朱音是不会出现了。“没戏了。”是余音绕在说。随后从花坛后边走出三个戴“狗钻洞帽”的人，那是沔城人冬天爱戴的帽子，蒙住整个脸部，只露出嘴和眼睛。可单看下面的身子，一个高瘦，一个矮胖，一个高而且胖，就知道是那三个。“你们这是做甚？”我看着他们的脸从帽子里钻出来，说。 “我们做甚？”余音绕拍拍“狗钻洞帽”，拍拍我的肩，“回去慢慢说。”他们架着我往厂宿舍走，我忍不住回头看。“不会来了，”季咏咳嗽一声，“我们也盼着她来，好将她劫持了，你当然会上去救，我们佯败，让你演一出英雄救美的戏。你有勇气上去救吧？”余音绕接过话头：“这是我从琼瑶小说里看来的招数。高明吧！”“高明！”我当街骂起来了，“你们会吓坏她！你们别再瞎起劲！”我认真地说。“狗咬吕洞宾！”景朔放粗鲁地甩开我，认真地生气，说，“八字还没一撇哩，就不认朋友了。”有几个行人朝我们看。

最后我采取了景朔放的提议，骑了一辆自行车去撞朱音。这是景朔放精心构思出来的计策，将朱音撞倒（当然不能撞得厉害），然后把她扶到（最好是抱到）医院，精心照料她，借此培养感情。余音绕说行不通：他连一本情书都不敢给她，还敢去撞她？季咏说他怎么舍得去撞她？景朔放一拍桌子："舍不得孩子套不住狼，老这么婆婆妈妈的，几时能追到？池诵，是男人你就按我说的去做！"与其说我采纳了景朔放的计策，倒不如说我被他所激将。我们四人四骑上街，他们三人和我保持五十米远的距离跟在后边。一个音响商店反复播放着时下的一首流行歌曲《泉水丁冬响》，我的心里也丁丁冬冬响。穿天蓝色上装的朱音的背影在前面出现，她附近不远处走着两三个路人。有人捅了捅我的背，是景朔放骑了上来。"抓住机会，撞上去。"他小声地命令，然后落到我后边。我踩快踏板撞向朱音，在距离目标一米来远的时候我将车头猛地掉开，朝向远离朱音的方向。我连人带车撞到一辆迎面开来的汽车上。

我吊着腿躺在医院的病床上。穿天蓝色上装的朱音端了一碗直冒热气的肉丝面走向我。我被汽车抛起来时，朱音回头惊呼一声，惊惧中看见三个年轻人冲过来。后来景朔放直接找到中心小学，向朱音摊牌：说我如何不采纳他的计策，他的计策如何最终害了我，我如何不忍心撞她，结果将自己撞到了医院。两天后，朱音找到医院来。

二十一世纪二十年代：池冲和斯问

家族中的某些因素会在后代沿袭，或直接延续，或隔代遗传，长相自不必说，某个"前浪"的性格气质、爱好特长、生活方式以至人生境遇，会在某个"后浪"那里复制粘贴，激起回响，荡开涟漪。

比如，我三曾祖父池叔远和那个不知名的姑娘的朦胧情愫，在我姑母池家玲和新四军战士马拴那里沿袭。

再如，我妹妹池耶的女儿池冲和女婿斯问，复制了我祖父母池开元和杭青芸的"争吵式婚姻"。

听池耶说，他俩相识于大学考研教室的一次争吵。大二下学期的某个周三，池冲像往常一样，吃过饭就去学校西北角的考研教室。她从第二食堂出来，穿过一片鸟声鼎沸的密林，到湖边的一座墙上满是爬山虎的老教学楼，进到三层最东边、专门供考研复习的教室，在熟悉的、靠窗面湖的座位坐下来，看到桌上一本红彤彤的学生证，她把它移到桌角，就打开厚厚的文艺理论书看起来。看了一页书，她有点掩不住好奇，抬手伸向桌角的学生证，就在她的手要落到证件上时，一个声音响起："美女，这是检查证件呢？"

池冲侧过身，抬起头，看向说话的人："是你的证件自己长脚跑到我桌子上来的。"

对方迎视池冲的目光："你的桌子？写你的名字了，还是刻你的印章了？"

"我一直坐这儿好不好，我的书一直就搁桌上。"

"你的书可以占座位，就不兴我的学生证占座位？"

池冲不动声色地翻开学生证，盯着看，一字一顿地念道："斯问，女，医学院药学专业二〇一四级。"

"你是高度近视还是不认识字，把个'男'字读成'女'字。"

"你原来是男生呀？有男生跟女生抢座位的吗？何况这一直就是我的座位。还斯文，一点都不斯文！"

正在气头上的斯问忍不住笑了。池冲自己也笑了，看看学生证上的照片，再看看斯问，撇撇嘴说："照片还挺帅，本人咋就反差那么大？"

"你的确近视，明明都帅，本人更帅好不好！"

两个人就这样不打不相识，慢慢交往起来，比较快地发展成恋人，共一张桌子复习，共几个菜碗吃菜。

然后池冲研究生初试上线了，分数还很高。斯问却落榜，连调剂的可能性都没有。在考研教室外面的湖边，池冲举着复试准考证看了看，突然挥动两手，窸窸窣窣将准考证撕成碎片，撒向湖里。斯问愣了一下，已来不及上去制止，随即劈头骂了一句："你神经病啊？你疯了？"

池冲带着哭腔说："我就是疯了，我弃考！"

斯问一激动，帅气的剑眉拧成一个疙瘩："你脑子进水啊！有得上不上！你是在我面前显摆吗？讥讽我考得差吗？"

池冲拂过一两根下垂的柳树枝条，"啊——"叫着冲上去，擂起拳头冰雹般砸向斯问的身上："你个没良心的，我还不是舍不得你，还不是想跟你厮守在一起！"

"你就是你名字里的'冲'，冲动！不冷静。"斯问嘴里这样说，胳膊却张开来，一把将池冲揽在怀里，紧紧地抱住。

池冲在斯问怀里挣扎了两下，反过来将后者抱得更紧。

湖里两只黑天鹅扇动翅膀，从水面翩然掠过，湖面上激起一些涟漪，池冲的准考证碎片随涟漪荡开去。

"我怕我是研究生，你是本科生，我会甩了你。"池冲看着远去的证件碎片，幽幽地说。

"你敢！指不定谁甩谁呢。"斯问的眼睛也看向湖里。

"你说我是我名字里的冲动，那我就冲动给你看，咱俩下星期三就去把结婚证领了，带着毕业证结婚证离校。"

"为啥是下星期三？"

"因为咱俩是星期三认识的。"

两个人真的去领了结婚证。红彤彤的结婚证，先于蓝色的毕业证到来。接着又都领了工作证，在同一个中等城市，一个在医院上班，一个在中学教语文。

现在这结婚证在她的舅舅我的手上，池冲担心两个人吵架吵得厉害，一冲动就去把婚离了，就把证远程寄存在我这里。我叫他们的舅妈朱音收藏好了，朱音将它们跟我们的结婚证放在一起，与它们做伴的，还有我们的房产证、毕业证、英语等级证、资格证、职称证、获奖证等，它们囤积在那里，五颜六色，围绕着、衬托着最鲜艳、最崭新的池冲和斯问的结婚证。

一星期前，池冲打电话来说要拿结婚证回去，朱音跟我说："你要当舅公了，池冲是要拿去给孩子办准生证了。"

池冲在电话那头听到了朱音的话，她直接喊话朱音："不是的，舅妈，是相反，斯问他，他要跟我离婚。"

朱音立刻紧张起来："你俩又吵架了？"

"他！说好的一生一世，现在连十分之一都不到，他就在外面有人了，他还让那个不要脸的打电话给我，他两个还发亲热的视频给我，这两个渣人！"接着电话那头，骤然而起的哭声淹没了说话声、叫骂声。

我和朱音正在组织词语准备安慰她，她忽然又说话了，说话声裹挟着哭声。

“离就离，谁怕谁啊！谁又离不得谁啊！离了我再去找个好的！”虽是咬牙切齿地说，却分明哭得很是可怜。

朱音的眼泪也像是被逗出来，但她脸上呈现出挂着眼泪的笑窝，她像是安慰自己，更像是安慰我：“他俩离不了的，现在因‘新冠’封城，池冲在娘家出不去，斯问在上班出不来，没法去办手续。等这阵子过了，两个人又会好得不得了的。”

我正准备将结婚证快递给池冲时，妹妹池耶打电话来：

“斯问他根本没有小三，他是骗池冲的，他和医院好几个人都报名支援抗疫去了。那个帮他一起骗池冲的，是一个小护士，也报名支援抗疫去了。小护士最终把真实的情况告诉了池冲：斯问是怕池冲担心，做了最坏的打算，故意请小护士帮忙拍了个亲热的视频，故意跟池冲说要离婚的。我的好女婿斯问……”

“池冲现在怎样？”我和朱音不约而同地对着手机发问。

“她把自己关在房间里，没日没夜地哭，饭也不吃，觉也不睡，只是没完没了地哭，没完没了地流泪，房间里一地的纸巾，一床、一桌的纸巾，湿答答的，全是沾满她泪水的纸巾。她放了寒假就来到我这里，等着斯问放假了也来我这团聚，结果因‘新冠’封城……”

手机里只剩下哭声，池耶的说话声完全中断。

然后电话挂断，我的手机“嘟”的一声响，一条微信进来：

哥，这是那位小护士转发给池冲的：

亲爱的老婆，冲：

当你看到小常转发给你的这条微信时，我可能不在人世了。小常是我们医院新分来的护士，和我一起参加医疗队来支援疫区。是我请她帮忙配合我来骗你的。我想，与其让你知道为我担心，不如让你生气更让你好受。你本来就像你的名字一样冲嘛。提出跟你离婚，半真半假。假，是骗你——我可不想跟你离，这么好的老婆我才不舍得离，再说，跟你离了，我跟谁去吵架？真，是放手——我万一不在了，你一定要好好活下去，幸福地活下去，再找个和我一样爱你的人，生个和你一样漂亮可爱的女儿。

我们相识于我用学生证占座的“争吵”，牵手于你撕掉准考证后立即去领结婚证。万一，我死了，我希望你替我将我未活的生命活下去，将我失掉的赚回来，就像露丝延续杰克的生命一样。朱丽叶“死”了，罗密欧饮毒药陪着死去，苏醒过来的朱丽叶见到死去的罗密欧，也不愿独活，拔剑自刺。悲怆是悲怆，感人是感人，但这样的结局还是太冰冷，缺乏温度。梁山伯死了，祝英台钻进坟墓也要和他在一起，然后双双化蝶，翩跹飞舞，凄美则凄美，浪漫则浪漫，同样也有点冷，不够温暖。我喜欢泰坦尼克号上的杰克与露丝，我们所经历的这场疫情也一如泰坦尼克号水难，沉落的人是不幸沉落了，但是上岸的人一定要好好活下去，我希望越来越多的人在岸上。人，有责任和牺牲、温暖和爱。

亲爱的冲，愿你在岸上朝着幸福直冲！

永远爱你的，问

家族中——扩而大之，人类——的某些因素，在后代沿袭，在相互传递，那是爱，像能量一样传导。

深呼吸

店里不来一个顾客，这种情况有八天了。老板急得鼻尖直冒汗，他的蒜头型的鼻子上挂满愤怒的汗珠。粗大的右手直擂着柜台，仿佛在柜台上练拳击，口里发出凶凶的咒骂：“‘非典’呀‘非典’，你也太恶毒了，闹得人都不敢来吃饭了。”左手也加入进来，如同擂鼓一样敲击柜台：“一个个饭都不敢来吃了！”梁晴在柜台旁的桌子后边说：“哥，你怎么又嚷了？”接着她补充了一句，“哥，你又忘记戴口罩了，你口罩都不戴，谁还放心来吃饭。”

老板娘倒是乖乖地戴着口罩，她又在洗手了，据我所知，这是她今天第二十次洗手。肥胖的手上涂满黏黏的洗手液，两手搓了又搓，伸到水龙头底下冲了再冲。老板愤怒地抢上去，一把将水龙头关了，骂道：“神经病，浪费水！”老板娘瞪老公一眼，到餐桌上撕了一片餐巾纸，认真擦那两只肥手。“非典”以前，老板娘并没有洗手的习惯，我常常看见她把抹过鼻涕的手在一块抹布上随便擦擦，就去择菜切菜。或刚刚点过钞票，直接就用这沾满铜臭的手撮一些葱花、紫菜放到碗里，弄成汤了端给顾客。“非典”让老板娘变得很听话，乖乖地照着电视上报纸上说的，勤洗手，并在流动的水里冲三十秒。报上说的是出门回来后、饭前便后什么的洗手，我们的老板娘则是在自己屋里随便碰了什么，就在手上打上肥皂或涂上洗手液。我发现那两只肥手都被搓破皮了。没有顾客上门，老板娘很高兴，她甚至主张干脆将店门关了，理由是：“进来的顾客说不定就有‘非典’哩。”她一张嘴说话，店里便飘着一股大蒜味。她老公黑着脸骂她：“放屁！放着生意不做！”她顶一句嘴：“你才放屁！”说完咳嗽了一声，立刻脸色变了，慌忙抬手去摸自己的额头，又拿这肥手在小姑子梁晴的额上贴了贴，再返回自己的额头，口里叫一声：“我好像在发烧！”老板气得五官都扭曲了，骂道：“神经病！”梁晴在桌子后边说：“你俩能不能不吵？”

我坐在门口。长期以来，这两个家伙变着法子克扣我的工资或总找借口不给涨工钱。要不是为了梁晴，我早跳槽了。他们利用我对梁晴的心思，剥夺我的汗水和睡眠：我屁颠颠大清早去买菜，屁颠颠给客人端酒、送茶、上菜，屁颠颠擦扫桌椅、收拾碗筷，屁颠颠洗菜、洗盘子，忙到连小D发过来的短信都顾不上看。说句不合时宜的话，是“非典”让我难得现在这样清闲。我坐在门口，有时候看看电视，节目大多是关于“非典”的。老板往往烦躁地“啪”一下将电视关掉。更多的时候我闲看着街上，满街的口罩，直晃人眼。空荡荡的公交车开过去。偶尔有两三个乘客，离得老远坐着。平时填充这车厢的人，现在移到车外的自行车上。有人当街打一个喷嚏或咳嗽一两声，往往就如扔了一枚炸弹，引得人纷纷逃窜或企图逃窜。已有二十个非典型肺炎病例的疫情，使城市的空气充满了恐慌的味道。我看见马路对面以往门前冷落的中药店，现在生意红得发紫，出现过好多次抢购口罩和中药的风潮了。我见其价格不断上涨，抢购的人如潮水一样。人潮退去，药店老板春风得意的脸露出来，伙计像弄潮儿一样，雄赳赳站在我对面的“沙滩”上。在散开的中药味里，那对年轻的民工夫妻经过。他们像先前那样有说有笑，只不过嘴巴上多了个口罩。男的慢慢蹬着三轮车，车把上的小喇叭放着唱歌一样的吆喝声：“回收冰箱、彩电、电风扇、洗衣机、空调。”他让它兀自叫着，自己偏过头来，看着他老婆越来越大的肚子笑。他老婆昂首挺胸，走在三轮车旁。男的凑过去说了句什么，女的抬手在老公胳膊上轻轻捶了两下。我出神地看着他们，腰间的手机响了，小D发过来的，有关“非典”的短信息：

有阳光照耀的地方就有我默默的祝福。当月光洒向地球的时候就有我默默的祈祷。当流星划过的刹那我许了个愿：祝愿正在看短信息的你远离“非典”，平安健康！

梁晴又在那里祈祷。她穿一件天蓝色上衣，长发垂肩，静静地坐在桌前，双手交叉握在胸前，长长的好看的睫毛覆盖着微闭的双眼，美丽的嘴唇在口罩后面轻轻蠕动。她先是默默地祷告，渐渐发出声音来：“保佑我们战胜‘非典’，保佑‘非典’病人，保佑医护人员……”梁晴虔诚的祷告将我带到初到这个小饭馆的那个下午——我第二次高考落榜后，一天的后半夜，窜进自家的猪圈，将我老爸精心喂养的一头猪偷出来，摸黑赶到镇上卖了，然后我怀揣这头猪换的五百来块钱，来到城市。老爸肯定清楚他精心捣弄的猪的失踪跟他儿子的失踪密切相关。他一定会为他的猪落泪，一定不会为他的儿子伤心。所以我心安理得地在城市流浪，逛了该逛的一切景点，到我两次都没考上的大学转了几圈，花高价看了两场演唱会。兜里的钱只剩下两张五十元的了。我曾经对这两张纸币研究半天，希望它俩有性别而且不同，我就好让它俩交配，繁殖一大批儿女。但我的计划落空。我像一只无头苍蝇在城市里乱窜，寻找赚钱的门路。最后这只苍蝇扇动着翅膀，停落在“又一村”小饭馆。老板没将我拍死，还答应将我留下，我嗡嗡嗡叫着表示对他的感谢。我决定留下来，三分是老板正招伙计，七分是因为他妹妹梁晴。我是在午后小饭馆没有生意时走进去的，他们三人正准备吃饭，梁晴在做饭前祷告，她穿一件洁白的上衣，长发垂肩，好看的睫毛覆盖着微闭的双眼，双手交叉握在胸前，肩膀有一些颤动。梁晴一尘不染的样子，宁静的、不加修饰的美将我吸引，我当即决定：就在这里打工。

老板烧菜，老板娘收钱，我和梁晴招呼客人。客人有身体不舒服的，梁晴吃饭前为这些客人的健康祷告。店里来了乞丐，老板和顾客都将乞丐往外轰，梁晴却总是拿了些钱或吃的送过去，完了还为这乞丐祈祷。有人在街当中逮住了一个小偷，一伙人上来对小偷拳打脚踢，梁晴见了，奔过去拨开人群，求人们不要再打。事后我好几次见她为这小偷祷告。饭馆右边的十字路口出了交通事故，一个年轻的女教师被大卡车从身上碾过，梁晴为这个陌生的死者流泪祷告了一星期。我还听见梁晴祈求她的上帝，让他哥嫂改掉说脏话、爱吵架的毛病。梁晴为我和我的家人祷告，因为她的祷告，我给老爸写了信，说是在城里打工，还咬咬牙给他寄去五百块钱，算是还他那头猪。我感到梁晴不属于这个饭馆。她会逼着她哥嫂将酒菜的价格往下压再往下压，或者自己拿笔在价格本上直接改了；她会逼着他们将我的工钱往上涨再往上涨。用他哥的话说，就是"吃里扒外"。我知道这是她心里的善念在起作用。

这些天，梁晴每天做完晨祷，就用事先买来的酒精认真在店里消毒，又叫我在纸上写了"店内已全面消毒"几个字贴到门口，还督促他哥嫂和我都戴上口罩，既是让顾客放心，又是对自己负责——事实上她嫂子不用督促就会自觉戴上。但总是不见客人来。梁晴坐到桌子跟前去读书。老板烦躁地拨弄算盘珠子。老板娘在厨房专注地煎药，屋里弥散着浓浓的药味，以及从老板娘口里呼出的、口罩都盖不住的大蒜味。我顶着大蒜味看小D发过来的一则短信息：

> "非典"的各种选择、各种活法：若你现在上班，你是战士；若你现在逛街，你是勇士；若你现在聚会，你是斗士；若你躲在家里，你就没事；若你看了短信不回，那你是烈士。若你直面"非典"，奋力对抗，那你是真正的战士、勇士、斗士。

小D是我买菜时认识的老乡，他在一个汽车城洗车。我和他一同去买了两部廉价手机，此后他就屁颠颠地将短信息一拨儿一拨儿地发过来，自然都是转发别人的。就像他告诉我的那些关于"非典"的稀奇古怪的说法——说病毒是外星人弄来的，目的是要灭掉人类，好让他们成为地球的主宰；又说是从动物身上来的，人将什么动物杀了吃了，动物要复仇了；又说可能是什么国家制造出来的生化武器……都是小D从洗车的顾客那里听来的谣言，来历不明，无从查考。

这时柜台上的电话丁零零响了，老板娘从厨房窜出来，抢在老公之前抓起话筒——她现在听电话很积极，总觉得会有关于"非典"的最新消息从那里传出来。她相信小道消息超过相信电视、报纸。只听她“啊啊啊”叫，第一声短促，第二声尖厉，第三声走调。与叫声相应，她的脸色先是绿，再是白，最后是死灰色。她兀立在那里，手里的话筒“哐当”掉下去，摇摇晃晃地碰着柜台脚。老板骂一句“神经病”，拾起话筒扣到话机上。老板娘回过神来，嘴里说：“坏了，坏了……”她一连说了五个“坏了”才正式说：“有个‘非典’病人从隔离室里溜出来，逃出医院，现在不知窜到哪儿去了。公安局正在通缉他。”一边说，一边从桌上拿起一颗大蒜头，松开口罩放到嘴里嚼(她吓得都忘了洗手)，一边往厨房里退，一边说：“小杨，快把店门关了。这个逃出来的病人没准窜进我们店里来哩！”“放屁，”老板对我说，“小杨，你别听她放屁！”梁晴离开桌子，认真地生老板的气：“哥，你到什么时候才能不说脏话？”说着走到厨房门口，柔声安慰老板娘：“嫂子，你不要太紧张，都会过去的，电视上报道的病例不是一天天在减少吗？手机短信里也在说局势缓和了。”

老板噼噼啪啪很响地拨动了几下算盘珠子，拿起算盘往柜台上一扔。我听见玻璃破碎的声音。然后是老板骂骂咧咧的声音：“他妈——”，他把“的”字吞了下去。妹妹梁晴瞪着眼在看他。“这‘非典’要是一直弄下去，我不一直没有生意？”梁晴脸色缓和下来。她上前安慰她哥：“哥，生意不好也就这些天嘛，你不要太性急。”老板没吭声，从柜台后走出来，经过梁晴身边，经过我身边，大步走到街当中。我看见他粗大的手臂突然伸出去，一把抓住一个过路人的胳膊，将那人死劲往路这边拽。那人抖着身子企图挣脱，口罩后边的嘴巴瓮声瓮气地说：“你，你要干什么？”老板声音粗大而语气坚定：“我要你来我店里吃饭。你肯定饿了，你得来我店里吃饭。”对方口罩后边的声音嗡嗡的：“你，你——”有几个行人停下来观看，但离得远远的。有身影从我旁边闪过，是梁晴。娴静的梁晴矫健地跨到路当中，将他哥哥的手往外掰。梁晴的说话声不大但不容置疑：“哥，你松手！”我也从店里出来，看见老板的手放开了那个过路人。那人甩了甩胳膊，撒腿逃去。老板兀自站在那里，嘴里依然唠叨：“我的菜烧得很好，你们得来我店里吃饭！再说我们都戴着口罩，还天天消毒。你们得来我店里吃饭！”

我先回店里，一进门就闻到一股味，跑进厨房一看，药罐里的水烧干了，那些甘草啊橘皮啊什么的被煎煳了，不见老板娘的踪影。梁晴兄妹跟进来。我说："刘姐不见了。"老板从鼻子里哼一声："别管这个神经病。"梁晴到厨房里看了看，静静地坐到桌子跟前。老板在柜台旁的椅子上一屁股坐下，给自己倒了一杯酒，从柜台下摸出一碟花生米，将口罩摘了，气鼓鼓地吃喝。我坐回门口，看见对面药店门前出现几个穿制服的人，从制服上面的标志我辨认出他们是工商局的。药店老板点头哈腰在赔笑脸，工商局的人最终将药店查封了。过了一会儿，我听到那个熟悉的吆喝声："回收冰箱、彩电、电风扇、洗衣机、空调。"那女的挺着肚子，从我面前走过。他老公蹬着三轮车陪她散步。

路上开过去两辆公交车、一辆出租车，老板娘还不见回来。梁晴说声"我去看看"，出门向左。我知道她是去旁边的公共厕所"看看"。第三辆空荡荡的公交车开过，梁晴回来了，脸上写着焦虑："嫂子这几天足不出户的，会到哪儿去呢？"老板从鼻子里哼一声："她神经兮兮的，别管她。"又一辆出租车过去，司机戴着口罩，车里没有乘客。老板将杯里的酒干了，戴上口罩，从柜台后边拐出来，说："我去看看这个神经病。"出门向右。我猜他是到平时他们玩牌玩麻将串门的地方去"看看"。有好一会儿没见一辆车子开过，老板回来，脸上慌张："这个神经病，她死到哪里去了？"梁晴开始祷告，保佑别出什么事。老板坐在椅子上闷闷地抽烟。我肚子咕咕叫了，进去厨房弄晚饭。

我正在切姜片，听到门口"扑通"一声响，接着是"呜哇"一阵哭，是老板娘。我扔下菜刀出来，见老板娘靠在门边，披头散发，衣衫不整，口罩也歪了，两手抱着头，号哭不已。梁晴上去扶住她。老板摁灭烟头，吼一声："你神经兮兮号个什么丧？你死到哪里去了？"老板娘抬起头，两眼呆滞地看了看她老公，然后双手抱头，发出两声长号："我不想活了，我没脸活了。"我们都注意到她脸上有伤。我上去帮梁晴将老板娘扶到靠里边的桌旁坐下，老板娘肩膀抽搐着，头埋在胳膊里，声音从头发下边升上来："我被人……"我看一眼老板，发现他的脸变得很可怕。

“我去上厕所，”老板娘抽抽搭搭，“碰到一个男的，自称是派出所的民警，”老板娘断断续续地说，“说我脸色发红，像是感染了‘非典’，”老板娘死劲抓自己的头发，“说防疫站的人在派出所警务室测体温，查‘非典’，”老板娘两手握成拳，“我就信了，他用自行车把我带到一间空房——”老板娘哭着说不下去了。

梁晴把嫂子的头揽到自己怀里，泪水扑簌簌掉下来，落到嫂子的头发上。

黄昏降临，街灯初上，梁晴坐在小饭馆昏黄的灯光里，轻轻摩挲着老板娘的头。

我和老板戴着口罩，一人骑一辆自行车，赶到公安局报了案。从公安局出来时，我的车子撞了一个人，那人兴冲冲地赶路，前胸撞上我的自行车前轮。我认出是那个回收旧家电的民工，他没骑三轮车，一个人，手里拎一个塑料袋。他将身子往旁边闪了闪，从口罩后边发出笑声：“对不起，我太高兴了，我老婆生了！”随手从塑料袋里抓出一把糖，放到我手里，又抓出一把，放到老板的手里，口罩后边的嘴巴叽叽咕咕：“是个丫头，名叫抗典，抗击‘非典’。”一边说，一边大踏步朝旁边的妇保院走去，走出几步，回头丢下一句：“是我起的名！”

我看着他的背影消失在妇保院大门后边，然后跟着老板狠劲踩着自行车踏板，窜进大街小巷，追查那个嫌疑人。

（原载于《长江文艺》2003年第8期，略有改动）

献给旅鸽

去年冬季的一个雪天，街心动物园一只名叫霹雳虎的黄毛黑斑的老虎突然撒野，奋蹄撞开铁栅栏闯出去，跑到大街上，站在交通岗上，扬了扬高傲的头，高亢地吼了一声，纷扬的雪花很快将他变成一只白虎。变白了的霹雳虎穿过纷纷跑开的人群，奔城北而去。两个月后有消息传来，说是霹雳虎逃到了远离城市的梁山上。又过一月，有消息说霹雳虎在山头立了一块"替兽行道"的牌子，打出"人逼兽反，兽不得不反"的口号，招募兽们上山。

聪明猪是在今年三月知道霹雳虎和梁山的。他和一群不认识的猪一起被网在一个货车厢拉到城里去，他知道要去的地方叫屠宰场，但他不动声色。驾驶室里传出"别让快乐走了吧吧吧"的歌声，聪明猪情不自禁地和着节拍扭动起来。一头老猪冷眼看了看他，撇撇嘴说："真是不知死活。"聪明猪不介意地继续扭摆，甚至直起了身子。这样他看见司机左手握方向盘，右手在往嘴里送一根叫火腿肠的玩意儿，他知道这是用同伴的肉做成的，就用目光狠挖了司机一眼。接着他听见驾驶室里"嘀嘀嘀"响，司机将剩的火腿肠一口塞进去了，腾出手来拿起一个人们称作手机的东西凑到耳边，就听司机"哼哇"叫。车子慢下来，聪明猪伸头朝路旁看了看，是展开的稻田，有几个老农妇在撒种，几个老农在耕地，其中一个络腮胡子的高扬起鞭子朝一头老黄牛抽去。聪明猪从鼻子里哼出一声：“可怜的老牛。”车子颠了一下，驾驶室里响着谁谁说的相声，聪明猪听见司机“嘿嘿”“哈哈”傻笑，轻蔑地撇了撇嘴。相声之后，聪明猪听见有关霹雳虎的报道：“去年从街心动物园逃到梁山的霹雳虎，属于国家保护动物，谨告各位公民不得伤害——”他竖起耳朵听，但是司机换了台。他矮下身，看了一眼陌生的弟兄，有两三个呼呼睡着了，最后将目光落在刚才说他不知死活的老猪身上，压低了嗓音说：“我们逃往梁山。”没有什么反应。“要想不被宰，就逃往梁山。”聪明猪又说了一遍。有几个弟兄的眼睛一亮，有一个瓮声瓮气地说：“梁山是哪里啊？”聪明猪轻轻“嘘”一声：“解开网绳。”他小声说。网绳解开时，车子颠了一下，众猪兄弟感到车子的“突突”声小了下来，车似乎是停了。“是不是被发现了？”聪明猪仰了仰头，朝驾驶室看去，司机正打开车门下车，走到路边上了，走进树林里了，脱下裤子蹲下去了。“他解手去了，快打开车栏下车。”聪明猪低声喊，抢上去解车挂钩，那头老猪上来帮忙。有两个弟兄去解另一头的挂钩。车栏打开了，猪们往下跳，两个胆小的慑于车厢的高度，腿直打哆嗦，已在地上的就接他们下去。一个憨头憨脑的还没睡醒，被聪明猪囫囵推下去，被下面的接住后，他打了个呵欠：“你们推我干吗？”有一小片笑声。聪明猪是最后跳下车的。“伙计们，赶紧上山。”一边喊，一边带头往路边的山上冲。他们一窝蜂窜上山后，那个司机从林子里出来，吹着口哨将车子开走了。一辆满载着人的客车开过来，在刚才的地方停下。山上的聪明猪看了，从鼻孔里哼一声。那个憨头憨脑的、睡眼惺忪的猪问聪明猪：“你叫什么名字？”聪明猪说叫聪明猪，那位便将迷蒙的眼睁开了，上上下下打量了一番聪明猪，扬起头说：“你叫聪明猪，那我们叫什么？叫‘笨猪’？”聪明猪避开锋芒，平和地说：“大伙都叫聪明猪。”他指指山下公路上，语气变硬：“称我们‘笨猪’的是他们！假如我们不起来反抗，他们将我们剥了宰了，肉吃了骨髓吸干了，还指着我们说：‘看，这是笨猪！’”众猪的情绪被调动起来。那个老猪叹了口气，说：“拉到城里是死，逃到梁山，霹雳虎要吃掉咱们，也是死。”聪明猪眨巴眨巴眼睛，底气十足地说：“他现在正缺将士，我会让他热烈欢迎我们的。”老猪点点头：“好吧，事不宜迟，去梁山的路我熟。”

两个星期后，霹雳虎在空荡荡的梁山迎来了第一批将士。他努力收敛自己天生的威严，显出一副慈祥的、开心的样子，招呼猪们就座。聪明猪见梁山像一座荒山，草矮树稀，沟浅水低，资源短缺，不便藏身……好在电台播了不准伤霹雳虎。他想，等以后再问他为啥选了这么个地方，就把眼光落到山头的牌子上，朝霹雳虎点点头，微笑着说：“虎将军，‘替兽行道’是不是还不够全面，是不是改为‘替动物行道’要好些。‘人逼兽反，兽不得不反’也就成了‘人逼动物反，动物不得不反’，在这条之外再加一条‘反贪人，不反廉人’好。我们要尽量缩小敌对面，有一部分人是保护动物的，我们不能指望争取他们，至少要避免与他们发生冲突。”他看霹雳虎频频点头，表情是真诚的。他礼貌地停顿了一下，接着说：“我冒昧地向您提议，您要做一个素食主义者。坦白地说，几位兄弟来投您时，是存了戒心的，怕被您吃了。您要成为一个真正的素食者，让外界都知道，那就会有越来越多的弟兄上山，我们的事业就发扬光大了。”一席话说得霹雳虎眉开眼笑，他一跺脚——赶紧又收住，有三四个猪兄弟变了脸色，身子向后一缩。“对不起，俺这是高兴，”霹雳虎爽快地说，“这位兄弟说得好，说到俺霹雳虎的心里去了。真正要素食，俺刚来时山上还有些野鸡野兔的，一见俺，就跑光了。不光俺要素食，上山来的弟兄们都要素食。自己动手，丰衣足食，开荒地，种果树，还要提高警惕，共同对付敌人。”他往山外一指，“俺被他们关在笼子里，供他们玩耍，他们朝俺扔石子，扔香蕉皮。俺失去了自由和广阔的天地，在小里小气的假山上窜来窜去。俺的家族正在被他们消灭殆尽，还有俺所有的动物弟兄们。这是一群贪婪的人，他们砍森林，开矿山，使俺能呆的地盘越来越小。俺找来找去找不到比梁山更好的地方了，都被他们破坏了。俺要坚守这最后的阵地，和他们誓不两立！俺是虎，不是玩物！”众猪从霹雳虎的话里感受到一股凛然之气。霹雳虎换了轻松的语调，说：“今儿高兴，大伙上山，俺来一套‘霹雳拳’助兴。”

“忍”猴一家，这几年跟着要猴人黄鹏走南闯北，去了一些地方，见了世面，帮黄鹏挣了不少钱，挨了不少鞭子。二十一岁的猴父，叫忍字当头，瘦削的脸上布满皱纹，突出的额下深藏一对浑浊的眼睛。小他两岁的猴母，叫是可忍，忽闪着一对清澈的眼睛，披一身灰黄色的毛，扇动着不安分的长尾巴。她越来越不满意自己的丈夫，越来越不满意这个叫黄鹏的家伙。许多年以前，是可忍比现在年轻十岁的时候，那个自称神猎手的黄鹏闯进了他们的二人世界，黄鹏的枪口对准了正在蜜月旅行的他俩。丈夫总说黄鹏是出于不忍心而放下了枪，又是出于不忍心而只是打伤了他的腿。她认为，黄鹏要么是枪法臭，要么就是有偷窥癖。“那时候你是多么爱我呀！”在后来漫长的走穴岁月里，是可忍这样对丈夫说：“你明明腿上血流如注，但你撑住身体挡在我面前，为我承受罪恶的子弹。你说‘我掩护，你快撤’，可我怎么忍心丢下你，没有什么可以拆散我们！就这样小人黄鹏乘机抓住了我们，训练我们为他赚钱。”说到黄鹏，是可忍柳眉倒竖，口气由柔婉变为愤慨：“想想黄鹏怎样对待我们！他全靠鞭子，我们被鞭打了，又蹦蹦跳跳努力讨取欢心。我心上的疤痕远比身上的鞭痕重，因为你变得这样麻木，这样甘心受耍弄。你总以为挨几下鞭子、受几声呵斥，比在深山里被老虎吃掉强，比被猎杀在枪口下强，还可以见一见世面，感受什么现代文明的气息。可我受不了人们看我们的眼光。与其在大街上展览千年，不如在悬崖上和你拥抱一晚。”说到这里，是可忍用尾巴轻柔地摩挲着丈夫的肩，他们的孩子绕着他们欢快地跳，是可忍眼里溢满了母爱的光：“在昆明的滇池，我们有了孰不可忍，在古城西安，我怀上忍无可忍，在杭州的西子湖畔，我产下无须再忍。三个孩子都合我的脾性，不像你。那次在上海滩表演，黄鹏用鞭子死劲抽你，每一鞭子都像是抽在我的心上，我真是……老大孰不可忍绕到黄鹏背后，跳起来夺过鞭子，远远扔在一边。老二忍无可忍甚至拾了鞭子朝黄鹏抽去，他抽得好啊！就连才三岁的无须再忍也拾起石子投向黄鹏。你蹲在那里傻笑，因为儿子们的行为意外地博得了满场的笑声，他们以为这是事先排演好的，是节目当中本来有的。黄鹏满场转着，捧在手上的碗意外滚进大批钱币。凭什么我们卖力，黄鹏得钱？黄鹏的钱里凝聚着我们耻辱的泪。我们一没对口形假唱，二没偷税漏税，三没闹绯闻炒隐私，但是我们要罢演，罢演，说三遍，罢演！”

聪明猪们归附梁山后的第十五天，是可忍率领她的丈夫、孩子风尘仆仆赶来。迎下山来的霹雳虎和聪明猪们看到，走在前面的是可忍神采飞扬，中间的忍字当头被绳子绑着，几个孩子架着他走。听见是可忍豪爽地喊："儿子们，还不快将老爸放了。老公，委屈你了。"后面一句的语调滑向柔和，使从未有过爱情体验的聪明猪心里一颤，使曾经热恋过的霹雳虎心里一酸，眼前飘过早死的爱妻的倩影。

很快，山上的兽们从是可忍爽快的嘴里得知，一个老是挥着鞭子的人，姓黄名鹏，在半夜里烂醉如泥又睡得像死猪时（是可忍赶紧止住，拍了拍自己的嘴巴，连说该打该打，随即改口"睡得像死人"），被是可忍吩咐她的两个大儿子把他绑起来，又松开，剥去了他全身的衣服重新绑，拖到桥上面绑在桥栏杆上。天亮的时候，这个耍了十几年猴子的人，将可笑地被别的人看。老二忍无可忍还拿鞭子抽了几下赤裸裸的黄鹏，睡死过去的黄鹏竟然呼噜打得更响。在绑黄鹏之前，他们先捆住了忍字当头，怕懦弱的他坏了事。众兽听了哈哈大笑，那个憨头憨脑的猪打着呵欠说："这个黄鹏，比我还能睡！"在重新响起的笑声里，霹雳虎亲自弄来许多山泉，兽们开怀地喝下去。

荒原狼经过梁山脚下，淡淡地向上望了一眼，踱着步子走开了。他来到另一座山头，矗立在凄厉的北风中。看看黑绰绰的梁山，又看看远处灯火通明的人的城市，荒原狼冷冷地看着这些，明亮的眸子在黑夜中发出幽蓝的犀利的光。他转过头去了，眼里似乎闪着莹莹的泪花。他可能是在眺望那丧失殆尽的、成为传说的草原。人将楼房越修越高，挡住了他极目远眺的视线。人在将生活的空间伸向草原和森林的腹地，他被逼得无处可藏身。他可能想起了一个一个倒下去的兄弟，他们的皮毛被人做成了裘衣，他们的器官被人制成了药。他可能看到了自己在旷野里奔跑的、与人群周旋的孤独身影……荒原狼高扬起头，看见深空里一颗孤星，他咬了咬冷冷的牙，发出两声撕裂般的长啸……

电线上停着两只爱情鸟。他们在行人和车辆的上方挑衅地大声说着情话。

暴风雨冷不防来了，人们纷纷逃向商店、亭阁，钻进出租车。爱情鸟冷笑着看了看人群，打两声和谐而清亮的呼哨，扑腾着翅膀飞进风雨里。昨晚他们听到了荒原狼的长啸，感受到荒原狼深深的孤寂，他们更加亲密地偎依。爱情鸟飞向云霄，银色的翅膀掠过炮火腾起的硝烟，闪过猎者贪婪的枪口，穿过从各种烟囱里蹿上来的滚滚浓烟，拂过飘扬的灰尘，荡开汽车屁股冒出来的尾气，避开各种喧嚣的噪声，冲出电磁波的辐射……他们精心呵护着在高处的爱情。

外号叫“高原骑士”的野牛在一场偷猎中侥幸逃出来，三十九个同伴全部死于长矛、毒箭和猎枪之下，其中有他挚爱的情人达吉。他扑向倒地的达吉，情人已闭上了双眼。悲愤欲绝的高原骑士发疯般地嘶吼着冲向人群，奋力撞翻了两个持矛的家伙，锋利的角刺瞎了一个拿箭者的双眼。眼瞎者尖叫的同时响起枪声，高原骑士的肩部挨了一枪。他咆哮一声，回头悲怆地看了一眼达吉，看了看血泊中的同伴，负着痛，负着一支插在背上的箭，向森林深处窜去。身高 2.0 米、体重 1600 千克的雄壮的高原骑士，眼泪扑簌而下，在他逃窜的路上汇成一条小溪。

从此，性情温和的高原骑士眼里射出仇恨的光，他踏上了漫长的孤独的复仇之路。他孤独的身影出现在各地。在他行进的路上，河流变得一天比一天污浊，他在水里闻到各种垃圾的腐臭气味。森林在远方出现，可当他抵达时，他见到的仅是一些树桩；草矮而稀，他看到了饥馑和死亡的阴影。他没有看见和他相同的身影。在夜晚，在荒芜的山坡上，高原骑士悲哀地想：自己这个种族是灭绝了吗？他登上高处，眺望令他伤心的故乡。

高原骑士躲过了一次又一次的猎杀，回到西双版纳，熟悉的土地令他百感交集。他打探到他的许多同类现在生活在西双版纳自然保护区，据说人们对他们挺友好。但他抹不去心头那重悲伤的阴影，决计不肯和解。他们本来过得与世无争，从不捕杀别的动物，更不去冒犯那被称为万物灵长的人，可是一些人向他们伸出了魔爪，将他们宁静的生活打破，更将他兄弟姐妹的生命拿走，他如何能熄灭心头的仇恨之火？这时候高原骑士听到了霹雳虎啸居梁山的消息，而且江湖上盛传霹雳虎现在是一个绝对的素食者，和高原骑士一样吃野草、枝叶或竹笋，霹雳虎的军师聪明猪订立了“建立动物大同世界”的纲领，梁山上女英雄是可忍的盛名也传到高原骑士耳中。

高原骑士在丛林里立了一块“爱妻达吉之墓”的碑，拜了三拜。藏了一撮故园的泥土，朝梁山进发。在路上，他有意捣毁一些农田，吃掉一些秧苗、旱谷和成熟的种子。于是他认识了叫黄昏牛的母牛，这便是聪明猪见过的被老农鞭打的那头牛。高原骑士一见到她便有一种似曾相识的感觉，很快他感到她像他的达吉。他的眼里涌出了泪花。他听到有个严厉的声音在朝黄昏牛呵斥，他看见那是一个长着络腮胡的老头，他吼叫着朝那老头扬了扬锋利的角。老头被吓退了，高原骑士领了黄昏牛在黄昏里散步。

“作孽呀，”高原骑士说，“我们野牛被逼得走投无路，快要灭绝。你们家牛被鞭打，被驱使，起早摸黑地耕作，到头来却逃不了被宰杀的命。”

黄昏牛默默地走路。

“吃的是草，挤出来的是奶，”高原骑士深情地看一眼黄昏牛，“不是被拉到屠宰场，就是被拉到祭坛上，再不就是被拖到赛场上斗来斗去供人欣赏……”

黄昏牛默默地走路。

“随我去吧，随我到那没有阴谋、没有污秽、没有自私自利、没有人的地方去吧。我要和你，和着你的声音，一同跳进那没有边际、没有限制的自由里去！”

“你要俺去哪儿？”黄昏牛略略抬一抬头，小声说。

“梁山。”语气里透着激动。

“俺不能去。”停了一会儿，黄昏牛说，“村东头的杨大爷去年丢了一头耕牛，值一千元钱，很快到某机关报了案，几个月过去了，没一点消息。大爷却没心思再找他了。大爷说，这几个月，俺光是管办案人员吃喝就花了一千多块钱，找着找着，相当于又丢了一头牛。打死俺，俺也不找了。”

“这跟你走不走有什么关系？”高原骑士深深地看一眼黄昏牛。

“俺家大爷打俺骂俺，但他自己也过得很苦。俺不忍心让他丢一千块钱。”

黄昏牛迎视高原骑士的目光。

“可你就甘心被鞭打被驱使?”

说着话，他们来到了林中的一小片草地。高原骑士退到了一旁，让黄昏牛先享用。黄昏牛抬眼看看他。夜色笼罩下来，高原骑士慢慢走近黄昏牛，用自己的大耳朵轻轻摩挲黄昏牛的耳朵，用鼻子轻轻去碰她的鼻子，用舌头轻吻她的脖子，她终于响应了他的抚摸……

这一群野鸡是随同高原骑士和黄昏牛上梁山的。有两只甚至站在高原骑士的背上而来。一只黄毛花冠的似乎是鸡群的首领，她大着胆子走到霹雳虎跟前，感到霹雳虎确如江湖上传的那样礼贤下士，于是清了清嗓子，大声说:“虎将军，我们全心归顺你，你指到哪里我们打到哪里。我们要向那些人讨回公道，讨个说法。他们不仅将我们杀了吃了，还侮辱我们。凭什么把妓女叫‘野鸡’?”一个年轻的猪凑过来跟带头野鸡亲热地拉话:“请教妹妹芳名?”野鸡娇声说:“小女子贱字波丝小姬。”

有探子（一个新入伙的名叫小岛兔子的野兔）上山来报:“那边又打起来了。”很快有洪亮的声音响起来:“下山去，趁乱攻打他们!”众兽看过去，说话的是魁梧的高原骑士。兽们纷纷响应:“对，下山去!”“趁乱攻打他们!”“报杀父之仇!”“报洒家一箭之仇!”“虎将军，下命令吧，侬指哪阿拉打哪!”几个野鸡高呼:“为名誉而战!”“为肖像而战!”

“诸位，停一停!”霹雳虎咳一声，转过头看聪明猪:“军师，你的意思是——”聪明猪抽一抽大鼻子:“不宜鲁莽。我们的势力还单薄。要黄鼠狼和臭鼬也上山来，他们从肛门里喷出的臭气即‘屁弹’，顶得上‘爱国者导弹’。要步行甲上山，他尾部发射出的雾状物胜过‘催泪瓦斯’。要‘鸟中之王’雕入伙，他的双翅展开有2.5米宽，飞得极快，视力极好，是人眼的8倍，他可以对付F型隐形战斗机。要说动猎豹入寨，他时速可达180千米，地上数他跑得最快，可封他为‘神行太保’。要请河狸来水寨，他用门牙砍树筑巢，形成拦水堤坝。大家知道，洪水有多可怕。要劝袋鼠入伙，他用前肢防卫，用后腿出其不意踢对手。我们派他去参加拳击，不用咬耳朵就能赢，为兽争光，为梁山争光……”“军师所言极是，”是可忍插话，“常言说得好：‘君子报仇，十年未晚。’现在贸然去攻，必败无疑。”“好吧，”霹雳虎看一眼众兽，“依军师所言。不过俺也不能这样坐等弟兄们到来呀！”聪明猪抽了抽大鼻子：“我正在考虑这个问题，我想和高原骑士大哥出山走一趟，赚得弟兄们入寨。”

高原骑士驮着聪明猪一路跋涉，所到之处，动物寥落。他们蹚过大河蹚过小溪，河水呈黑褐色，河面上漂浮着死鱼。高原骑士迎着臭味在水中游，聪明猪拿了树枝拨开汹涌的塑料袋、塑料饭盒、饮料瓶、西瓜皮、香蕉皮、烂菜根、烂鱼虾、香烟头、避孕套、血染的卫生巾……没有见到想象中河狸建造的堤坝，岸上光秃秃的，拿什么筑堤？吃的都没有。聪明猪在上山前看过一些动物类、环保类节目，听说河狸是珍贵的毛皮兽，河狸香是极为名贵的香料。想来这“珍贵的毛皮兽”是被偷猎得差不多了，别指望找到这位“水利工程师”了。没见鸳鸯戏水，鸳鸯的肉好吃，羽毛又太鲜艳。没见天鹅展翅，电视里说，天鹅被非法偷猎、拾卵、收购、贩运。没碰见蝴蝶飞来飞去，蝴蝶被捉到花鸟市场卖去了，制成美丽的标本了，夹进书页里了。没听见青蛙呱呱的叫声，他这会儿大概是在案板上叫。聪明猪想起曾经见过的一张“大众畜牧野味单”，什么活孔雀、活火鸡、斑鸠、蜈蚣、蚂蚱、金蝉、蜗牛、山龟、骆驼掌、骆驼峰……应有尽有，真所谓“天上有翅的除了飞机，地上有腿的除了桌子，能吃的都被吃了”。只见到枯死的芦苇、被农田围起来的干涸的湖泊、烂掉的鱼虾、不断汇进河流的污水、塞住河道的砂石淤泥……好几次他们被人兜头泼废水，聪明猪被熏得差点憋过气。

他们赶往草场，一阵风沙首先袭来，风沙过后他们来到一片草群低矮、大面积裸露的地方，这便是向往中的草原。高原骑士嗅到一股劣质草的气息，饥饿使他不去计较，埋头便嚼。但聪明猪见他不断停下来，“扑扑”往外吐东西。聪明猪想这大概是所谓反刍，却听高原骑士说：“沙太多，碜牙。”又一阵风沙席卷过来，高原骑士叫聪明猪藏到自己背后，风沙弄得他们睁不开眼，聪明猪趺趺撞撞，索性躺倒。能够睁开眼睛时，他已经被沙埋住大半边身子，掉头去看高原骑士，他简直成了一头沙牛。两兽你看我我看你，哈哈笑起来。

高原骑士嘟哝："娘的，这是草原还是沙漠？"绕着草场走了一圈，他们甚至连一只羊也没看见，更别说会有猎豹、斑马美丽的斑纹和颜色出现。没有野马狂欢的嘶鸣来到聪明猪的耳边，只有曾经听过的电视里低沉的声音："如今，野马在自然界已经灭绝。"聪明猪看一眼身下的高原骑士，想起另一些解说词："如今，野牛在欧亚大陆几乎绝迹……""草原雕，多年来草原大面积灭鼠，二次中毒，大量死亡，又加之乱捕滥猎……""乌雕，森林砍伐，缺少了筑巢条件和食物来源……"聪明猪抬起头，看见大群的乌鸦飞过。

他们走向远方的森林，经过的是荒山秃岭，听见砍树的声音、炸山的声音、枪响的声音、惊鸟的声音或炮轰的声音。接着他听到雷的轰鸣，很快大雨就泼下来，高原骑士驮着他爬进一个高而结实的岩洞。当他们被疲劳击得迷迷糊糊进入睡眠时，洞下面噼噼啪啪响，聪明猪一激灵，睁开了双眼，小心将头探出洞外，看见泥水裹着碎石从下面滚过，距离岩洞100米远的地方出现两块刚才没有的大石头。似乎有说话声。

"还好，一次小型泥石流，流程短，速度也慢。"

"那两块大石头刚好滚到前面停住了。这算是这次出来经历的最小危险了。"聪明猪听出来：声音来自岩洞上面。

"泥石流、滑坡、崩塌、尘暴、沙暴、洪水、地震、酸雨、飘尘、废气、噪声、辐射、臭氧层空洞、化学污染、气候变化、物种灭绝……我是不抱什么希望了。"过了一会儿，一个高亢的声音说。

"又要说你是悲观论者了。"先一个低沉的声音说。

"乐观得起来吗？南加利福尼亚猫狐、东袋狸、西袋狸、北美白狼、巴巴里狮、墨西哥灰熊、德克萨斯红狼等，上个世纪灭绝了那么多动物。十多年前，平均每四天就有一种动物灭绝；现在，每四小时就永远消失一种动物。再下去，会剩不下啥了，就只有人了，人也没有可以吃的了，那就……"

"有一种重要物种正在灭绝，这就是人类！"

"卡斯特罗的这句话绝不是危言耸听，恐龙是毁灭于外星和地球的碰撞，人的灭绝是来自自身，来自对大自然的贪婪攫取，来自对生态环境的严重破坏。"

聪明猪听到头顶上一阵狂风的呼啸，然后他看到一高一矮两个人影从他面前往下飘落，肩上好像都挎了旅行包。高亢的声音说："叫你不要拉我，这下把你也拽上了。"低沉的声音说："莫非我俩这就要'灭绝'了？"高亢的声音说："这次要不死，可以写成一本《地质学家生态学家历险记》。"

聪明猪焦急地探头往下看，他呼出一口气，那两位科学家安全地落在地上。

秋天到来的时候，聪明猪和高原骑士回到了梁山，他们带回来一只城市红狐、一只哈扎尔袋鼠、一匹黑骏马。黑骏马因为向往草原生活，从一个赛马场逃出来，路上与聪明猪相遇，被鼓动而来，被霹雳虎封为"神行太保"。城市红狐和哈扎尔袋鼠都是在公路上发现的，他们都被车子轧成重伤，肇事的司机开着汽车跑了。这加深了高原骑士的仇恨。而聪明猪自从听了野外考察的地质学家和生态学家的对话后，消除了对相当一部分人的敌视，他甚至产生了响应招安的想法，或者至少要改变策略，专门对付那些与动物为敌的人。他准备找个适当的机会跟霹雳虎提提。

霹雳虎以春天栽下的果树、种下的花草，犒劳军师、骑士、新入伙的弟兄。聪明猪叫大伙都入席，梁山上一片觥筹交错之声。是可忍和丈夫、儿子们为大家表演了精彩的节目，在波丝小鸡等众野鸡的合唱伴奏中，忍字当头四父子身穿拿破仑军服，头戴军帽，成单行绕一周。戴将军帽的是可忍出场，她拖着长长的尾音喊了一声口令："立——正！"她家里的男猴们都将前肢垂下，贴着裤缝。"向左转——"便都看向高高的忍字当头。"向右转——"又都转向低低的无须再忍。接着更换队形，忽双行，忽单行，忽纵列，忽横列，都有些歪歪倒倒的。是可忍突然一声令下："卧倒！"男猴们一齐趴下。"前进！"都匍匐向前。一家猴在笑声、掌声中退场。孰不可忍回到场中间，他从军服里掏出一大卷白纸，展开来，上面密密麻麻写满小楷。他清了清嗓子念道：

梁山英雄座次榜

天魁星霹雳虎
天机星聪明猪
天英星是可忍
天勇星高原骑士
天雄星黑骏马
天杰星哈扎尔袋鼠

地魁星忍字当头
地机星城市红狐
地英星波丝小鸡
地勇星黄昏牛
地雄星睡不醒猪
地杰星川岛兔子

他本来想把自己也排进去，但怕别的兽说他一家搞关系，就没有排上自己。

最先做出反应的是波丝小鸡和城市红狐。他们点点鸡冠，扬扬狐尾，表示赞同。聪明猪沉吟，他似乎在想别的。霹雳虎沉下了脸："谁搞的这个座次表?"

"我!"孰不可忍响亮地回答。他没有注意到霹雳虎的神色不对。

"把它毁掉!"霹雳虎严厉地说："俺不搞个人崇拜，不分等级。凡入寨的兄弟姐妹一律平等，大伙一起大碗喝酒，大块吃肉。"聪明猪从旁递一句："不是'吃肉'。""对，对，"霹雳虎说，"大碗喝酒，大块吃果子。"

"可人那边常常搞排行榜，"孰不可忍小心地坚持着，"诸如十大金曲排行榜，十大'快男'排行榜，20世纪文学大师重排座次……"

"人搞的那套俺不搞!"霹雳虎站了起来。

"我有个建议，"聪明猪看看孰不可忍，看看霹雳虎，说，"不排英雄榜，我们树一块碑，刻上已经灭绝了的兄弟姐妹的姓名。”

第二年春天，梁山上那块“替动物行道”的牌子旁边，立起一座石碑，碑上的文字是：

兄弟姐妹死难册

旅鸽

南加利福尼亚猫狐

东袋狸

西袋狸

北美白狼

巴巴里狮

墨西哥灰熊

德克萨斯红狼

…………

榆树上的鸟窝

一

今天是艾彬彬上小学的第一天。早上，他爸爸艾陕北五点半就把他从炕上拉起来，看着他刷完牙，他妈妈蔡金花已经做好了糁子汁和鸡蛋夹馍，端上来。六点钟，天蒙蒙亮，山上起了一阵风，七岁的艾彬彬走出他家的窑洞，走向他的学校。

吃饭时，艾陕北在他的小耳朵旁咕噜咕噜说了一大通。出门时，艾陕北问:“说的话都记住了?”艾彬彬点点头:“记住了。瞅准我媳妇，别让她跟别的男孩玩。”“小子，别的没记住，这句倒记住了。”艾陕北拍拍儿子的小脑袋。

艾彬彬往山上走，山风把他的鼻涕吹出来，他掏出小手绢擦了又擦。小手绢叠得四四方方的，艾彬彬很讲究。艾彬彬听见几只山雀叽叽喳喳叫，盯着树上看了好一会儿，找了一颗石子扔过去。山雀仍是叫，他又找了一颗石子扔过去，山雀不叫了，扑打着翅膀飞走了。艾彬彬继续往山上走。到蒙家岭小学要翻过三座大山，艾陕北要送他。他说:“我自己去，你送我，我就不去。”

山上风停了，艾彬彬已经翻过山头下到半山腰，看见一户人家，一间砖房两间土房，是刘德贤家。艾彬彬知道。艾彬彬经常到山上玩。

艾彬彬抱着书包，从刘德贤家门前走过。他的书包是空的。没有书和本子，等着上了学老师发；没有笔，要到学校旁边的商店买。只有两个硬硬的饼，那是他的午餐。刘德贤家大门开着，艾彬彬偏着小脑袋朝里看。

“去，去，看什么看，有什么好看的！”

艾彬彬本来是边走边看，现在停下来，转过身子正对着屋子，盯着看。

“这小孩子有毛病，叫你不看你偏看，叫你走你偏不走。”

艾彬彬不说话，只盯着刘德贤看。

“别对小孩子出气，还是先想想咋办。”是刘德贤的爸爸在说话。

“没办法，他俩后天就要结婚了，没办法！”

艾彬彬见刘德贤没再冲他喊，就转过身离去，甩着书包往前走。

甩起的书包停在空中，艾彬彬眨了眨眼睛，折回来，悄悄走到刘德贤家的大门旁边，紧贴墙壁站住，小耳朵紧张地竖起来。艾彬彬知道一点刘德贤的事。刘德贤的媳妇跟自己的姐夫好上了，这事蒙家岭人差不多都知道。西沟张忠孝的三个女儿张水水、张珍珍、张香香在八九岁时说给了北沟的黄国华、东沟的刘德贤、南沟的许志强。张水水已经出嫁四年，有了一个三岁半的女儿。今年年初张水水又怀上了，张珍珍去照看姐姐坐月子，竟然跟姐夫好上了，两人闹着要结婚。艾陕北和蔡金花天天嘀咕这事，艾彬彬能不知道？艾陕北一面嘀咕一面叮咛儿子：“你小子可要把媳妇看好！”艾彬彬的媳妇叫张爱爱，今年七岁，与张珍珍同在西沟。据艾陕北透露，张爱爱这次也上学了，跟艾彬彬同班。

艾彬彬想，刘德贤跟他爸正在谈论张珍珍的事，他们打算咋办？艾彬彬想知道，全蒙家岭的人肯定都想知道，现在他将是最先知道的。艾彬彬很兴奋，贴着墙壁，屏着呼吸仔细听，生怕漏掉一个字。

“找一帮人去闹，让这小子结不成婚，起码也结不安宁。”

“不行，要打起来了不好收场。”

“这不行那不行，我媳妇就白给这二球抢走了？”

“你才二球，自己媳妇都看不住！”

“怨不得德贤。珍珍又没过门，叫德贤咋看住！”这是德贤妈的声音。

“就是，说早结婚不早结婚，都是你没钱给我结婚！”

“你这小子没球本事，倒怪起我来了！”

“他黄国华抢了老二珍珍，我去抢老三香香！”

“作孽呀，香香小你十岁，她爸妈能同意？她本人能同意？再说，香香也早说了人，志强家能同意？”德贤妈说。

“我不管，我去找香香！”

“能行！老二没指望，试试老三。男大十岁不为大。”德贤爸说。

脚步声朝门口响过来。艾彬彬蹑手蹑脚贴着墙根跑开，回回头，不见有人出来。艾彬彬放慢脚步。去不去跟许志强说？许志强大艾彬彬三岁，两个人在山上玩时是好朋友，是一帮孩子的头。去不去跟许志强说？

二

艾彬彬磨磨蹭蹭直到中午，爬上了第二座山的山顶。这中间他又回刘德贤家的大门旁边，贴着墙根听了好一会儿，只有喝玉米糁子一阵响，艾彬彬觉得无聊，便离开那儿往山下走。艾彬彬还在想那个问题：去不去跟许志强说？那次他爬到榆树上掏鸟窝，榆树枝摇摇晃晃快要断，是许志强上去扶他下来的。现在刘德贤要去夺许志强的媳妇，这条重要消息去不去跟他说？

这条重要消息就艾彬彬一个人知道，全蒙家岭的人都不知道。对艾陕北也不说，对蔡金花也不说，除非他们答应给他买一双又白又亮的球鞋。艾彬彬因此很兴奋，就学树上的斑鸠叫，斑鸠马上“咕咕、咕咕”呼应他。艾彬彬一时兴起，将书包朝地上一撂，爬上树去掏鸟蛋。爬到一半他停住了，阳光从树叶缝隙漏下来，照得他眼睛睁不开。他突然意识到太阳快当顶了，快到中午了，而他还在上学的路上，离学校还远。

艾彬彬溜下树，拾起书包往前走。到了山顶，艾彬彬往下看，五六户人家，靠南边那间窑洞是许志强家的，许志强家的窑洞正冒着炊烟。艾彬彬突然感到肚子有些饿了，他在一块石头上坐下来，从书包里掏出硬饼吃。硬饼屑掉到他的蓝格子裤子上，他连忙用手指弹掉。手指碰到一个硬东西，伸进裤兜里掏出来，是一枚一毛钱硬币。艾彬彬想了想，将硬币摇了摇，一扔，是正面。艾彬彬站起来，自言自语："去告诉许志强。"

许志强家的窑洞门半掩着。艾彬彬学一声斑鸠叫，没有动静。又叫一声，许志强端了碗出来。

"是艾彬彬，啥事？"许志强用筷子把碗里的面条挑起老高。

"没啥事，找你说说话。"艾彬彬努力不去看挑起的面条。

"没啥事，我可进去了，我可有事哩！"

艾彬彬有些失望，他满以为许志强会立刻跑过来问他有啥话说。他害怕许志强进屋去，因为他现在非常想把那条重要消息告诉许志强，看他咋办。所以他连忙说："你会后悔的！"

"后悔就后悔！"许志强快走到门口了。

艾彬彬急了，说："有人要抢你媳妇！"

"谁抢我媳妇？"许志强转过身，朝他走过来。艾彬彬很兴奋。

但是许志强脸色平静，并不像艾彬彬想象得那样惊讶。艾彬彬有点失望。

许志强淡淡问一句："谁想抢香香？"并不看艾彬彬，只认真地用筷子搅动碗里的面条。

"这事我对谁都没说，"艾彬彬还是觉得很神秘，他把嘴巴凑近许志强的耳朵，"我只跟你说，你要先答应我，不跟别人说是我说的。"

许志强懒洋洋地说："好，我答应你。"

"是刘德贤要抢香香，"艾彬彬故意停顿一下，咳嗽一声，"是我亲耳听见的。刘德贤跟他爸说，黄国华抢了他的珍珍，他要去抢你的香香。"

许志强拍拍艾彬彬的肩头，说："你是我好朋友。"艾彬彬很激动。

许志强蹲下身，艾彬彬也蹲下身，一眼瞥见许志强碗里油乎乎的面条，他不自觉地咂了咂嘴巴。

许志强偏偏吃得"叭叽、叭叽"响，说："你上学了？"

"嗯。你呢？"

"这学期我上三年级。你书发了？"

"嗯。"艾彬彬含含糊糊回答。

"你本子发了?"

"嗯。"艾彬彬想，许志强偏偏不问他吃饭了没有。

许志强又拍拍艾彬彬的肩，说："你是我好朋友。"站起身，又说："你跟我来。"

艾彬彬跟在后边，朝许志强家高高的窑洞走去。艾彬彬想：是慰劳，给一碗面条吃吗？不吃！艾陕北和蔡金花说了，不要别人的东西，不吃别人的东西。

走进窑洞后，艾彬彬想：许志强真要我吃，他爸妈也真要我吃，我还是吃，肚子真是饿了，太阳都偏西了。

许志强说："艾彬彬，你看那是谁?"艾彬彬朝桌旁边看去，有个十二三岁的女孩，短头发，很漂亮，正在往口里扒面条。"嘻，是香香。"艾彬彬喊了一句。

许志强拍拍艾彬彬的肩头："你是我好朋友，我说给你听吧。香香已经接到我家了，刘德贤想抢？他上哪儿抢?"许志强看着香香，一脸得意。

"谁要抢香香?"许志强的爸爸从里间出来，手里抱一个茶缸，"香香已经是许家的童养媳了，谁敢抢香香?"

艾彬彬走出窑洞。许志强拍拍他的肩头，说："童养媳，你懂不懂?"艾彬彬走出几步远，被许志强叫住："艾彬彬，你是我好朋友，我告诉你，你要把你媳妇看住!"

艾彬彬没接着翻第三座山。太阳已经偏西了，可能放学了，艾彬彬往回走。他在山上转了转，坐在山顶上吃完另一块硬饼，爬到两棵榆树上捣了两个鸟窝，跟一个放羊的老汉说了一会儿话，又去贴着刘德贤家的墙壁听了一会儿，什么也没有听到，走过门口时才发现门锁着。太阳快落山时，艾彬彬回到家。

艾陕北说："小子，学了几个字？书发了吗?"

艾彬彬说："一个字没学。老师说明天发书。"

三

第二天，艾陕北早上五点半就把艾彬彬从炕上拉起来，看着他刷完牙。蔡金花已经做好了玉米糁子和鸡蛋夹馍，端上来。六点钟，天蒙蒙亮，山上起了一阵风，艾彬彬走出他家的窑洞。

翻过第一座山，来到半山腰，艾彬彬朝刘德贤家瞅了瞅，门关着，艾彬彬在门口站了一会儿，往山下走。

翻过第二座山，来到山下，艾彬彬朝许志强家的窑洞瞅了瞅，门关着。艾彬彬站了一会儿，翻第三座山。

艾彬彬刚刚翻过山头，就听山下闹哄哄的。艾彬彬甩着书包小跑下山，是张珍珍家门前闹哄哄的。他看见刘德贤和他爸。

“亲家，”刘德贤他爸说，“珍珍本是我家刘德贤的，黄国华他占了，占了就占了，没办法了。现在香香也叫许志强家接走了，接了就接了，香香本来就是许志强的。但我家刘德贤咋办？亲家，你说该咋办？”

“珍珍把我涮了，我刘德贤哪点不如他黄国华？黄国华吃着碗里看着锅里。”刘德贤嚷嚷，“珍珍把我涮了，叫我上哪儿再去找媳妇？”

“亲家上屋里坐。德贤，屋里坐。”珍珍妈说。

刘德贤和他爸在珍珍家窑洞门口的一棵老榆树下站着。珍珍爸一旁蹲着，闷闷地抽旱烟。旁边站着几个邻居。珍珍爸站起身，将烟袋递到刘德贤爸面前：“亲家，抽一口。”

“不抽，”刘德贤爸说，“亲家，你看咋办？”

刘德贤嚷嚷：“黄国华吃着碗里看着锅里，叫我上哪儿再去找媳妇？这里女子八九岁就订了娃娃亲，剩不下谁了。山下又没有谁愿意嫁上来。我刘德贤要打一辈子光棍了。”

艾彬彬躲在不远处一棵粗大榆树的后边。这时候他看见窑洞里走出来一个三四岁的小女孩，跟着又出来一位三十来岁的妇女，怀里抱着一个婴儿。艾彬彬想，这大概是张水水和她的孩子。

刘德贤又嚷嚷：“我在珍珍身上花了一两万了，九岁定亲花了三四千，逢年过节，遇上啥事，又送礼，又送钱，他黄国华结婚我还给张水水送了两百块钱！算起来不下一两万了！我刘德贤现在是人财两空。”

珍珍妈说：“亲家上屋里坐。德贤，屋里坐。”

刘德贤嚷嚷：“不上屋里坐。我刘德贤反正已经人财两空了，也不怕丢人现眼了。”

“德贤，”珍珍爸回头看见大女儿出来，他说话了，“亲家，德贤，看这样子能行不？德贤一个人，水水现在也一个人，德贤要是不嫌水水——”

邻居在一旁帮腔：“这倒是件好事。”

艾彬彬注意到刘德贤扫了一眼水水，又扫了一眼水水的两个孩子，嚷嚷开：“我刘德贤咋就这么惨？捡了个二手货。我刘德贤没结婚，孩子就老大了！水水大我十岁哩！”

刘德贤爸沉默了一会儿，说：“能行！”转过去对刘德贤说：“水水大是大了点，倒还不错，我看德贤你就应了吧，再不应你真要打一辈子光棍了！”

刘德贤又看一眼水水，咕哝着：“水水大我十岁哩！”

艾彬彬听到这里，抬头看看山顶，太阳光已经射到山顶上了，该上学了。艾彬彬从树后大模大样走出来，从刘德贤他们旁边经过，甩着书包往前面的学校走去。

艾彬彬来到学校的时候，正好打铃上第三节课。他在厕所旁边碰到了好朋友周发发。周发发把他带到一年级教室。

班主任苗老师罚艾彬彬站了一节课，还罚他放学后打扫教室，因为开学第一天他旷课，第二天他迟到。艾彬彬站在讲台旁边，眼睛瞅着第三组第三排，因为那儿坐着他的媳妇张爱爱，他媳妇张爱爱和一个男生同桌。

第四节课，艾彬彬坐到第四组最后一排，一个人坐，因为他来得迟，只剩下那个座位。艾彬彬个子不高，他把新发的书垫在屁股底下，从前面学生的脑袋缝隙里看张爱爱和她的同桌。

下午，第一节课是自习课。艾彬彬透过众多脑袋的缝隙看张爱爱，她没跟男同桌讲话。艾彬彬一边削着铅笔一边想。男同桌朝张爱爱转过身来了。艾彬彬在屁股底下又垫了一本书，屏住呼吸往前面瞅。男同桌没跟张爱爱讲话。

第二节课还是自习课。艾彬彬翻了翻语文课本，又翻了翻数学课本，然后都垫到屁股底下，拿出铅笔来削，时时往张爱爱那儿瞅。他们好像在讲话。艾彬彬不削铅笔了，屏住呼吸盯着他们。那男同桌是在找张爱爱借橡皮，他从张爱爱手中接过橡皮时碰了一下她的手。他碰了张爱爱的手了。“他碰了我媳妇的手了！”艾彬彬说出声来。

坐在艾彬彬前面的一个女生回过头，古怪地看了他一眼。

下了课，艾彬彬在操场上找到张爱爱的同桌，他盯着那男孩看了好一会儿，说：“你碰了张爱爱的手了，你碰了我媳妇的手了！”

艾彬彬举起削尖的铅笔朝那男孩晃了晃。

（原载于《延河》1997年10期，略有改动）

陀　螺

手机响过三遍后，葛式弘按下接听键，一个陌生的号码，一个陌生男人的声音。

“喂，你好。”声音有点沙沙的。

“你好。”

“你好，葛式弘。”

“你是——”

“我啊，我是葛式弘啊！”

“无聊。”葛式弘“叭”一下挂断电话，埋下头继续校对新一期杂志的稿子。

手机铃声再次响起，执着地一直响着，葛式弘不耐烦乃至恼怒地接起来。

“我很忙呃，你不要骚扰好不好？”

“你先别挂，你听我把话说完，”语气显得诚恳，甚至带一点央求，“我真是葛式弘，我以为自己的名字很独到，最近上网搜索了下，能搜的都搜了搜，果真叫葛式弘的很少，出来的都是你的信息。”

葛式弘的手机悬留在耳边。

“同名同姓的虽然多，但姓我们这个姓，叫我们这个名字的，估计没有第三个！”

葛式弘禁不住笑了：“噢，是这样啊。”

“我搜索到你后，打电话到你们单位，得到你的号码。”

“哦，嘿嘿。”葛式弘傻笑了两声。

“我们啥时见个面吧，难得有这么巧，我想见见另一个我啊，哈哈。”

葛式弘被对方沙哑却爽朗的笑声所感染，附和道：“好啊，哈哈，我也想见见。”

“那咱说好了，见见！”

“见见！”

秋天到来时，葛式弘踩着缤纷的落叶走进D市湖滨路的格林咖啡屋，由穿蓝色制服的服务小姐带到405包厢。

座位上，一个留着齐耳短发的很精神的女孩，一件鲜艳热烈的火红的毛衣。

葛式弘赶紧不自觉地往后退，连声说：“不好意思，不好意思，我走错门了。”

女孩一脸清澈，亲切地笑着说：“你走对门了呢，我是葛式弘啊。”短发潇洒地一甩，沙沙的嗓音说，“别愣着啊，快坐下啊！”

葛式弘睁着狐疑的眼，挪动步子走近座位，在一桌食品、饮料前落座。

“我已经替你点好了奶特咖啡、沙朗牛排、麦香鸡翅、薯条，你看对不对你的胃口？看看我们的口味是不是也一样？哈哈！”女葛式弘指点杯盘，热情洋溢。

葛式弘被感染了，“嘿嘿”笑两声：“谢谢！”

细长白皙的手突然伸过来，将葛式弘面前的奶特咖啡等撤到桌角，抬手在空中划了一道优雅的弧线，说：“我只是说着玩呢，你重新点吧，点你自己真正喜欢的。”

葛式弘笑一笑，伸手将桌角的饮食移到原位，有滋有味地呷了一口咖啡，看着女葛式弘说：“真对我口味。”

白皙的手再一次伸过来，却在中途停住，折回去拍拍自己的脑门，连连说："任性了，任性了，我又任性了。自作主张替你点菜是一任性，现在硬要撤去是二任性。"

"哪里任性了，挺好的啊！"葛式弘一脸真诚。

"不好，不好，不好，"女葛式弘连声说，并以幅度较大的摇头强化否定语气，"其实我不叫葛式弘，要说也叫葛式弘——"

"叫不叫葛式弘有什么关系呢，姓名不过是一个代号。"葛式弘摊开两手说。

"大有关系了，你不懂的，"说着竟是闭上了眼，长长的睫毛盖住好看的眼睛，秀气的脸上显出肃穆的宁静，但是睫毛的抖动泄露了平静下面的波澜。编辑出身的葛式弘敏锐地感到这异常的平静，预感到这个看似爽朗而单纯的姑娘，可能有并不简单的人生阅历。以一个编辑特有的好奇，葛式弘平静地期待着她的讲述。

睫毛打开时，秘密向葛式弘敞开："其实我不该搜索你，更不该跟你联系、跟你见面。可因为你叫葛式弘我又忍不住——"

葛式弘不动声色，以免打扰她的讲述。

"我本名葛式扬，葛式弘是我的孪生哥哥。但他早已不在人世，害他的不是别人，正是他的孪生妹妹——我。"

葛式弘无法做到不动声色了，他的眼睛眨了几下。

"小时候，我爸妈把我俩打扮得一模一样，衣服一样，鞋子一样，帽子一样，发型一样。不是跟我哥一样，是跟我一样。要是打扮得不一样了，我就哭，就吵，就整夜整夜闹得睡不着觉；要是打扮得跟我哥一样了，我就哭，就吵，就整夜整夜闹得睡不着觉；打扮得跟我一样了，看着我哥一身的花衣服，两个羊角辫，我就笑了，乐了，香香甜甜睡到天亮。结果就出事了，一帮小男孩冲我哥叫：'葛式弘，你是男孩还是女孩？''葛式弘，你是不是男的？''葛式弘，你站着撒尿还是蹲着撒尿？'还不让我哥进男厕所，硬把他往女厕所赶。我哥为了证明自己是男的，并且比他们更像男的，就主动提出比赛跳水和爬树，我哥爬到高高的树梢上，结果树枝折断，我哥摔了下来……"

葛式弘眼睛眨了几下。

“其实摔死的那个是我，活下来的是我哥。后来我自己改名葛式弘——”

轮到葛式弘闭上眼睛了，他沉浸在这个故事里。

…………

夏天，烈日灼人，男女葛式弘去北戴河度假。车上，与人聊起天来，葛式弘跟人介绍：“我叫葛式弘，这是我老婆葛式弘。”人皆睁大了眼，看看他又看看她，呵呵一笑。海边，有好事者拉人入伙在沙滩上玩游戏，围成一圈后，又叫大家先相互介绍，葛氏二人轮到最后，女葛式弘大声说：“我叫葛式弘，这是我老公葛式弘。”这样的介绍产生了与车上相同的喜剧效果。然后，众人一边笑着，一边开始游戏。

秋天到来时，葛式弘踩着缤纷的落叶走进D市湖滨路的格林咖啡屋，穿蓝色制服的服务小姐将他带到事先订好的405包厢。

坐下不久，门打开，另一个蓝色制服的圆脸的服务员将一个高大男人领了进来。葛式弘欠一欠身：“你好！”

男人矜持地回一句：“你好！”眼睛在眼镜后边审慎地打量葛式弘，慢慢落座，坐下的过程当中冷冷地扔给葛式弘一句话：“你就是葛式弘？”

“嘿嘿，是呀，你是大一号的葛式弘，我是小一号的葛式弘。”葛式弘看着高自己两个头的对方，开了一句玩笑。

“嗯嗯，两个葛式弘！”依然冷冷地说了一句，依然审慎地打量葛式弘。

圆脸服务员睁大了圆眼睛，好奇地快速扫了两人一眼，同时将菜单呈上来。

葛式弘示意高个子先点。高个子葛式弘不客气，接过菜单点了一杯摩卡咖啡和豆豉牛蛙的套餐，交给服务员。然后他摘下眼镜，掏出一个小手帕，擦拭镜片。等葛式弘点好，等服务员端上咖啡和茶点，他仍然专心致志地擦拭镜片，仿佛他来到的不是咖啡屋，而是眼镜店。一股浓郁的咖啡香飘散开来，圆脸的服务员敲门进来，端上西餐、中餐，她听到不太融洽的对话：

“嘿嘿，真巧啊，缘分啊！”明显表示出打破冷场的努力。

“是很巧，两个葛式弘。”语气依然干巴巴。

“葛姓是小姓。我到外地采访，跟人说姓葛，诸葛的葛，采访完后人家握着我的手说，再见了诸记者。”说完，自己哈哈笑了。服务员动了动嘴角，嘻嘻一笑。

高个子葛式弘依然木着脸，深深看一眼葛式弘，又偏过头来深深看一眼服务员，冷冷地说：“你可以出去了。”

服务员挑了挑眉毛，似乎想横他一眼，但终于没有横。她转过头去朝葛式弘微微一笑，算是曲折地表达了对高个子的不满，然后腰肢轻微扭动，撤出包厢。

咖啡屋内舒缓的音乐换成了快节奏的爵士乐。从二楼厕所出来的圆脸服务员下楼梯，到一楼前台，她下意识地和着音乐节拍滑动了两下步子，这样她就撞上了后面一个正下楼梯的人，她吐一吐舌头，回头对那人连说对不起，但是她的头僵住了，她看到的是405包厢的高个子。她的身体禁不住打了一个冷战，预备迎接唾骂，高个子却送她一个浅浅的微笑，他甚至站住，礼貌地示意她先下。服务员似乎消受不起这意外的友好，睁大了圆眼睛，有点类似于逃跑而快步下到一楼。高个子迈着沉稳的步子下来，经过她和同伴身边时极其绅士地点了点头，然后扬着头出了咖啡屋。这是离去不再回来的样子。然而服务员判断出错，旋转门打开，高个子折回来，他笑着走向前台，右手伸向上衣口袋，一个锃亮的、精致的黑色钱包拿出来。他拈出厚厚一叠钞票，轻轻放到圆脸服务员的手上，从厚厚的镜片后边微笑着说：“应该够吧？”

圆脸服务员似乎没有反应过来，高个子的笑让她莫名颤抖。一旁的瓜子脸的服务员打了她一下：“你发什么愣啊？”说着从她手中拿过钞票清点。她抬起头高声叫“找你钱”时，大堂空荡荡的，星期三早上的生意本就清淡，神秘微笑着的高个子早已没了踪影。瓜子脸打了一下仍在发呆的圆脸，嘻嘻一笑：“咋啦？帅哥冲你一笑，你就丢魂了？”圆脸仿佛从梦中惊醒，嘟哝着：“什么呀！这个客人很古怪！哦，对了，我去收拾405。”

405的另一位客人啥时走的？是在她刚才上厕所时离去的吗？她想起忘了问瓜子脸一下。她转动包厢的门把手，门打开时，她的嘴巴随之大大地张开，一声尖叫盖过了咖啡屋响亮的音乐声。

接到报警后警察及时地赶过来。年轻警察小心地从死去的葛式弘的胸口上拔出一把水果刀，放进塑料袋里去验指纹。女警察在查问惊魂未定的圆脸和瓜子脸。老警察在405包厢的点菜单上发现一行笔力劲道的字：

“葛式弘是唯一的。”

秋天到来时，葛式弘踩着缤纷的落叶走进D市湖滨路的格林咖啡屋，穿蓝色制服的服务小姐将他带到事先订好的405包厢。

坐下不久，门打开，另一个蓝色制服的圆脸服务员将一个高大男人领了进来。葛式弘欠一欠身：“你好！”

男人脱下风衣——圆脸服务员忙上去接了挂到衣钩上，爽朗地大声说：“你好啊，葛式弘，这感觉真奇妙，喊你就是喊我自己，哈哈。”坐下的过程中将一脸热烈的笑送给葛式弘。

“是啊，真巧啊！”葛式弘被感染了，“嘿嘿”地笑。

“缘分啊，缘分啊，来，美女，”服务员应声来到面前，高个子将脸凑到她跟前，眯着眼睛瞅了瞅，朗声说：“哦，周叶萍，这名字好听，特别！告诉你，我俩的姓名也很特别，一模一样，都叫葛式弘。关键是，像我们这么特别的姓和名，应该找不出第三个！来，今天我请客，叶萍美女，将菜单拿过来！”

葛式弘忙一欠身：“不，不，我请，我请！”

“式弘，你别跟我客气——哈哈，这像是别人在跟我说话。别争了，我请！咱俩谁跟谁呀，哈哈！美女你说是吧？”

“嘿嘿，是啊，这次你请，下次他请。”

“那好，我不争了，反正是葛式弘请葛式弘，嘿嘿。”葛式弘也感到很特别，很好玩，开心地笑着说，“葛姓是小姓。我到外地采访，跟人说姓葛，诸葛的葛，采访完后人家握着我的手说，再见了诸记者。”

高个子葛式弘一拍桌子，大声道：“哈哈，太巧了！这事我也碰到过，我跟人说姓葛，诸葛的葛，那人走时跟我说再见老诸，哈哈，我成了老诸，哈哈！”

周叶萍也被逗得嘻嘻笑，在一屋子的笑声中，她睁了睁圆圆的眼睛，好奇地打量这两个叫葛式弘的人。一个高大，一个瘦小。一个粗犷豪爽，一个文质彬彬。

笑声中菜点好了，周叶萍拿了菜单正欲出门，被高大的葛式弘叫住：“美女，再给咱两瓶酒，不，四瓶，就那个——王者干红，度数大点的，好好庆祝一下咱两个葛式弘会师！”

“这，这，”葛式弘两手做推托状，有点结巴地说，“我，我，我不会喝酒啦，我是沾一滴酒就醉的人。”

“没事啦老弟，红酒怕啥，”大手挥挥，“美女你快去给咱整过来。”又朝周叶萍挥挥。

蓝山咖啡。水果沙拉。沙朗牛排。豆豉牛蛙。炸薯条。香炸红绸鱼。泰式咖喱羊肉。黄金鸡柳。西部牛仔骨。鱿鱼丝。蔬菜比萨。四瓶王朝干红葡萄酒。

“满上，满上。”高个子葛式弘抽着鼻子，贪婪地吸着酒香，眯着眼睛，还没有开喝就一副很享受的样子，抖着右手，将红灿灿的酒倒到葛式弘面前的杯子里。葛式弘抬手来挡，连说：“够了，够了，我真不会喝酒。我喝啤酒都会醉的啦。”

“没事老弟，咱得对得起这一桌丰盛的美食啊！”再给自己斟了满满一杯后，举起酒杯，嗓子一亮：“来，为咱两个葛式弘会师干杯！这第一杯可是要见底哟！”脖子一仰，酒杯就空了。

葛式弘勉为其难地将酒灌下肚，脸立刻红得像烙铁一样，他甚至身体都有点摇摇晃晃，有些醉了。

“看来老弟你是真不能喝酒啊！”高个子葛式弘自斟自饮一杯，抬手指着葛式弘笑道，“不过我也就是喝酒比你强，别的都不如你啊！你年轻有为，功成名就，我老头子一个了，一事无成！上网搜‘葛式弘’，出来的都是你！我这种人，都没资格进百度，哈哈。”

“哈哈，年轻有为，功成名就，哈哈，换成另外八个字吧：孤单冷清，烦恼人生，”葛式弘红着脸，半睁着眼，耷拉着脑袋，涣散着目光，但似乎大脑还在清醒状态，话语还能顺溜地从他口中跑出来，与弥漫在空气中的酒味混杂，“其实我活得很不成功啊。事业一般般，家庭——老婆本来是有一个的，可我抛弃了她，我像扔一块抹布一样扔了她，可她不是抹布，而是一块丝巾，除了不能生孩子！”说着，一双醉眼在桌上搜寻，最后落在酒杯上，哆嗦着的手拿起杯子，嘟哝着，“来，再给我来点酒！”

高个子葛式弘把身体弯成一只虾米，凑到葛式弘跟前，以同虾米一样细小的声音，妇人般轻柔地说：“老弟，你没事吧？”

“没事，斟上。”高个子象征性地给他斟了一点，他闭着眼睛喝下去，闭着眼睛继续他的讲述：“父母非得要我生个孩子，非得要我自己下的种，不让领养。离婚前催得紧，离婚后更是催。我总觉得愧对前妻，可敌不过父母天天打电话，就随意进了一个相亲网，认识了一个女的，两人都很坦诚，我说我离婚了，她说她也是。好像挺聊得来，就约好见面，见面后都挺中意，就谈了起来，很快就谈婚论嫁了。接着她有了身孕，婚礼提前，所谓奉子成婚。可是想不到，怎么都想不到，正当我屁颠颠准备婚事时，她说单位叫她临时出一趟差，结果这‘临时’变成‘永远’，她从此失踪了，手机先是‘在通话中’，再是‘无法接通’，最后是关机，一直关机。她就此人间蒸发了，像我嘴里冒出来的酒气一样，在空气中消散了。”眼睛睁开，嘴巴张开，一股酒气跑出来。

“后来呢？那后来呢？”高个子葛式弘急切得像个孩子，头还一晃一晃。

“后来终于收到她的一条短信，她说她对不起我，请求我的宽恕。说她婚后一直不育，她心灰意冷，就跟老公说不耽误他要后代，提出离婚，她老公善意地说：‘不生孩子就不生孩子，有什么关系的，我们两人好好过就是。’她老公越这样说，她越觉得对不起他，就越不想耽误他。她执意离了。领离婚证后她老公像个孩子似的哭了。然后，她父母劝她还是找个人一起过，找个离异的、已有孩子的、不用再生孩子的人过，她就上了相亲网，就遇到了我，知道我离异了，又很坦诚，她有点动心。接着知道我是因为前妻不生孩子而离异的，她下了决心——不是决心跟我好，而是决心替我可怜的前妻报复我！她觉得她老公对不能生育的她不离不弃、有情有义，而我仅仅因为前妻不能生育就抛弃了她，是个无情无义的坏男人，她立刻成了我前妻的‘同盟’，决定替我前妻那样的女性‘报复’我这样的男人：让我二婚同样不能生育！没想到跟我交往后发现我并不算坏，还跟我产生了感情，还有了身孕。知道自己能够生育，知道从前没孩子不是她的问题，而是老公的问题，她心里五味杂陈，纠结万分，她的心倒向‘弱者’——她的老公那边，他离婚时像个孩子似的痛哭本来就让她难以忘怀，她选择复婚，回到那个老实巴交的老公身边。但她觉得伤害了我，请求我的宽恕。”葛式弘苦笑了一下，“错在我，罪在我，她‘报复’我是对的。来，来，喝酒，我今天发现自己，也不是不能喝。”

高个子葛式弘没有回应，怔怔地坐在那里，仿佛还没有从故事里走出来。有那么一会儿，他才如梦初醒，来到故事的门外，却不言语不看人，端起酒杯，一饮而尽，重重地将酒杯往桌上一放，长长地呼一口气，然后说：

“老弟啊老弟，咱俩是太相似了，我也有延续后代的问题，我也有罪，我比你罪更大！婚后多年，我老婆也是一直不怀孕，父母也是天天逼，我母亲常常当面骂我前妻。我一心烦就喝酒，一喝酒就打前妻。她终于不能忍受这种打骂，离我而去。其实我很喜欢她，她走了，我再也找不到她。多年以后我下岗了，开起了出租车，刚开始觉得又累又不适应，就天天喝酒解闷。你猜怎么着？你猜不到，猜不到啊！”讲述突然在这里出现一个停顿。叙述人端起酒杯，举到听者面前，说：“老弟，给我倒上酒。”酒杯被斟满，一咕噜喝下去，叙述进入高潮：“打死你也猜不到。一天傍晚，我喝了些酒，出车拉了一个小姑娘，经过从老城到开发区的一段荒路时，我突然尿急，下车到路边树底下解决，返回后却没进驾驶室，而是一把拉开后车厢的门，醉醺醺的我对小姑娘起了歹心。小姑娘挣扎，慌慌打开另一边的车门，跳下车逃，不料撞上了一辆开来的货车……”讲述再一次中断，代替讲述的竟然是浑浊的哭声，它来自高个子葛式弘。

哭声持续了一会儿，高个子葛式弘才在自己哭泣的尾声中慢慢抬起头，以一种戚戚哀哀的眼神看着葛式弘，喃喃地说：“你怎么都想不到，后来我才知道，这个姑娘竟然是我的亲生女儿！我竟然要对自己的亲生女儿……导致她被车撞死……惨叫和急刹赶跑了我最后一点醉意，惊慌中我和货车司机都开车逃逸……我在销毁车后座上的证据时，看到一个红色背包，从背包里发现一张照片，那是女儿与前妻的合影，背面清晰地写着：'和女儿烟妮摄于×年×月×日'。我仔细看照片，越看越感觉烟妮的眉眼像我，这种感觉让我后背发冷。我拼命摆脱这种感觉，要命的是，这种感觉很快应验了……就在我逃亡在外时，我失踪多年的前妻出现在我家门口。她在家门口站了好一会儿，进屋后又看了我父母好一会儿，然后大声哭了好一会儿，哭完后看着我父母说：'烟妮真命苦，你们的孙女真命苦！当初你们把我打骂出去时，我其实已有孕在身。可是由于婚后几年都没怀上，我都不自信了。出去半个月后我就有反应了，想挺着肚子回来，但一想到之前你们那样待我，我就心冷了；想自己生下来拉扯大，争口气。我们娘俩相依为命，日子过得本来好好的，可烟妮——她被车撞了！'说完又哭了，我父母陪着痛哭不止……"

他停止说话，木然地坐在一桌食品、饮料前，像一尊灰暗的、经年的雕像。时间在壁灯嗞嗞的声音和屋内酽酽的酒香中静静流淌，对面的葛式弘也安静地坐成另一尊雕像。突然，那尊高大的雕像动了，一把抓过桌上的酒杯，狠命地灌自己。葛式弘也活过来，像受了传染似的拿起酒杯……在他醉倒的过程中，他迷迷糊糊地听到对面的怪笑："哈哈哈哈，人在做天在看，我本想有个孩子继承我的血脉，却又亲手毁了她……我这是罪有应得，可这报应不应该在我女儿身上啊！受处罚的人应该是我啊！我就不配活在这世上！"

昏睡中的葛式弘感到有人在摇晃他，然后他被摇晃得睁开了眼，不是梦，一个一身绿衣服的人站在他面前。他眨了几下眼睛，这一身绿以一种清晰的警服的样子呈现在他眼前，随后他看到另外几个穿警服的人。他立刻像受到电击一样坐起身，睡意和醉意倏地从全身抽离。接着他"啊"地叫了一声，他看到对面的葛式弘耷拉着脑袋，惨白的脸上显出卸下心理重负的安详，手腕上插着一枚锋利的刮胡刀片，闪烁着寒光。

（原载于《西湖》2013年第1期，略有改动）

空中隐约的耳语

这些天，一些老歌在我耳际与脑海萦绕，那些优美动人的旋律久久盘旋，像常年缠绕山头的云雾，像山谷久久荡漾的回声。与老歌相伴，挥之不去的是肖尘与凌霄曲折缠绵的爱情故事，这故事由一些老歌串起来，奏响了婉转哀伤的调子。

儿子留学、老公出差后，我独处宁静的深夜。当肖尘微信语音聊天的要求发来，我点开语音接受键的手指莫名地颤抖。我预感到这将是一个不眠之夜，预感到肖尘有重重心事向我倾诉。我应该是一个合格的倾听者。我是肖尘高中时的同桌，又是她上下铺的室友。我们曾经饭菜共着吃，衣服换着穿，曾经一起看书学习，跑步唱歌，曾经无话不谈，聊天通宵达旦。这样的状态持续到高一升高二的暑假，我随父母离开云城，举家远迁海南。肖尘一直送我到车站，眼泪打湿她的衣衫。当时十七岁的我，只觉得人生的味道透着浓浓的苦涩。

我后来的人生仿佛一直浸润在这种浓浓的离愁里：在海口读大学的最好的闺密，毕业的前一天，在校门口被一场车祸卷走；我谈了三年的初恋男友，随他父母远去新西兰，临行的早上他哭得像个泪人，但天一黑他还是乘上飞机，不带走一片云彩而去；我留校，当班主任，第一届最得意的学生，在大三时因为抑郁症从高高的寝室楼顶坠下，划出触目惊心的弧线；而后是父母因病相继离世，世上最疼我的两个人离去。许多熟悉的面孔和名字，闪烁而后消失。而我远去海南后，跟肖尘的信件往来，在高二上学期末就随着双方学业的加紧和时空的阻隔，渐渐稀少，直至完全中断。直到三个月前的一个午后，我接到一个陌生的电话，是当年在云城高中时的班长打来的，他说他费了好大周折找到我的联系方式，费了好大周折联系了大部分的高中同学，于是建了微信群，于是准备年底策划一次同学会，于是我在班级群里与肖尘重逢。我过去作为肖尘的闺密，现在又和肖尘隔着遥远的空间距离，这使我成为肖尘理想的倾诉对象。

和肖尘通宵语音的那晚，我将窗帘拉得严严的，熄了灯，独自坐在暗黑里，坐在松软的床上。事先泡了一杯热咖啡，咖啡的香气在房间里弥漫开来。我点燃一支烟，让微弱的烟头在暗黑里一明一灭。窗外一阵阵车声，如一波波潮水袭来又退去。黑夜如潮，车声如潮，我坐在暗黑的床上，仿佛一叶小舟飘摇在潮头。肖尘娓娓讲述，在潮水里弥漫，将我渐渐托起来；亦如我指头的香烟，在暗黑里闪烁。肖尘先是给我发短信，聊了一会儿，她知道我今夜独处，于是切换成语音聊天。她选择用语音而不是视频，应该是想将她的眼神和表情藏在手机背后，但这些神情还是从她的语气和声音里泄露出来。

你还记得凌霄吗？肖尘以一个问句开始了她的讲述，我并没有接她的话回答她，我想她并不需要我的回答。我生怕扰乱她的叙述，我要做的就是静静倾听，我甚至带着窥视的心理期待肖尘的讲述，顺利抵达事件中心。肖尘似乎表现出强烈的倾诉欲望，她一定是在心里憋了太久，急于找到释放的出口。但她接下来的讲述似乎并不很流利，她像是一边在回忆一边在组织语言。我感觉，与其说她在同我语音聊天，不如说她在独白。

肖尘接着说。

你转学后，凌霄大学毕业，分配进云城中学，接手刚调走的周老师，教我们高二语文。我记得在我那时写给你的信中提过他，你可能没什么印象了。

你可能还有印象的是，当年在云中，睡我下铺的你每天早上不到五点就醒了，你在下铺的响动那么轻微，在室友鼻息、鼾声、梦话、磨牙的合奏中，你起床的声音就像是交响乐里的低音提琴声。但还是像闹钟一样叫醒了我，确切的说法也许是，我仿佛是和你有感应，你醒，我也就醒了。然后我们在水房简单梳洗，出门来到宿舍楼西边的操场，在昏黄的路灯下和朦胧的晨曦里跑步。再以后，我们在操场东边的角落停下来，一起练嗓子、唱歌，从《再回首》唱到《跟着感觉走》，从《粉红色的回忆》唱到《往事只能回味》……因为操场离宿舍近，又因为不断有其他晨跑的人从身边经过，我们都有点压着嗓子在唱。然后有一天，我们在晨雾里跑着跑着，跑出了操场，跑过了教学楼，跑过了行政楼，跑出了学校东门，沿着东门外拐出去的煤屑路，跑到七八里以外的江边上。我们像是越狱成功，像是放飞的鸟，扇动着欢快的翅膀，扑向江边，沿着江岸慢跑，然后对着晨曦里渐渐清晰的江水，放开嗓子高歌。撒腿跑一跑，亮嗓唱一唱，学习的压力仿佛就释放了。

你转学后，我一个人将早起晨跑的习惯坚持了下来。一个星期三的清晨，跑着跑着我跑出了学校。天色迷蒙，几盏稀疏的路灯投下昏黄的光。世界寂静。几声鸟叫。通往江边的长长的煤屑路上似乎只有我一个人，我听着叩击在煤屑路上的自己的脚步声，又害怕又兴奋。然后，朦胧的天色中泛着白的江水出现在我眼前。

我沿着江岸跑了一段路，在一小丛芦苇前停下来，面对汩汩的江水，面对对岸影影绰绰的山岚，清了清嗓子，亮开嗓子唱："多少清晨，多少黄昏，一段旧情，常挂我心……"我练唱新学的歌《君心我心》，沉浸在歌声里，有人跑步经过，在我身边停下，我浑然不知。等到唱完最后几句"君心我心，不能共鸣。刻骨的情，铭心成恨……"，我下意识地掉过头，蓦然发现有人站在我身边，禁不住"啊"一声尖叫，那人被我的尖叫吓了一跳，身体明显哆嗦了一下。后来他告诉我，他每天来江边晨跑、读英语，这天他遭遇我的歌声，情不自禁在我身边停下。这人就是凌霄了。

当时他只说了一句"真好听"，然后就跑步离去，跑出几步后回头补了一句："不好意思，吓到你了！"这就是我和凌霄头一次的单独相遇，他没有认出我是他的学生，我慌乱中也没有叫他一声"老师"。

第二天清晨，我跑着跑着又跑出了学校，跑到了江边。我驻足江畔，继续练唱《君心我心》，在相同的节点上，我又与凌霄相遇。我唱到“独把琴弦拨动，一阵哽咽”，感觉有人跑步过来，我掉过头，果真是凌霄。我有点难为情地停止唱，他停下脚步。我招呼一声：“凌老师，早上好！”他冲我微微一笑：“你是高二（5）班的肖尘？早上好！”然后跑开去。我看着他跑步离去的背影，像个大男孩，像隔壁班高年级的男生。他本来也就只大我们四岁，那年他二十一岁，我十七岁。我看见他的背影隐没在树林中，就转向江水和对面的青山，又练了一会嗓子，然后沿着江岸慢跑，荡开双臂，脑后梳成一绺马尾的头发一甩一甩，拔腿往学校的方向跑，我怕早自习迟到。江上的船声，树上的鸟声，岸上稀稀落落晨练的声音，渐次被我的马尾甩在身后。在路口，碰到挥动着双臂跑过来的凌霄。我长长地舒出一口气，脚步也有点慢下来——因为早自习是语文课，而上课老师在我身边。

“肖尘，”我听到他招呼我。

我应一声“喂”，回叫他一声“凌老师”。

凌霄边跑边说：“你一个女孩子这么大清早跑到江边，很不安全的！”

我边跑边说：“还真是有点害怕。不过还好。”

他略一停顿，说：“刚才我没离开多远，就在你附近不远处转着圈跑。”

我说：“啊，谢谢老师！”

然后，无话。只听到两个人踩在煤屑路上的脚步声，耳旁掠过的风声。

快到学校时，凌霄说话了：“为安全起见，我还是建议你少去江边。”

我停了一会儿，说：“好的老师，我以后就在校园里晨跑。”

可是次日一大早我就食言了，在操场上跑了一圈，鬼使神差就跑到了学校东门外。天蒙蒙亮，晨风微凉，我看见前边不远处一个身影正跑向去江边的煤屑路。他仿佛是听到了我的脚步声，他回过头，朝我摇摇头。我吐了吐舌头。凌霄摇着头，微笑道：“好吧，那你跟着我一起，我好歹给你做做伴、壮壮胆。”

总之，你转学走后，代替你而跟我晨跑的是凌霄。

肖尘正娓娓地讲述，我的手机屏幕上突然出现“当前通话质量不佳”的字眼，仿佛是对这句话的说明，我听肖尘断断续续地说：“文苑，让你听我这么絮絮叨叨，你会不会烦？我的手机没电了，我先充下电，待会儿继续烦你，哈。”我说“你尽管烦我”，肖尘的手机就“嘟”的一声断电了。我看看自己的手机，还有超过一半的电，但我还是起身拿了充电器，预备将手机喂饱，以便接下来顺利聆听。在静静等候的过程中，我想起我在云中生活的点滴。那是二十世纪九十年代初，还是单休制，一周只休息一天。学校抓得很紧，似乎一整天都在上课、写作业、自习、模考什么的，像打仗似的。只晚饭时有相对从容的一个小时，可以听四十五分钟的学校广播，听广播里播出的一些经典老歌和时下流行的新歌，《又见炊烟》《滚滚红尘》《烟雨蒙蒙》《同一首歌》之类，负责广播站的同学大概跟我和肖尘一样是歌迷。我们边吃晚饭边跟着广播学歌，大清早边晨跑边唱歌，跑步和唱歌既是我和肖尘的兴趣爱好，又是我们学业解压的方式……手机铃声突然响起来，肖尘将语音打过来：“好了，文苑，手机充得差不多了，我又要开始烦你了！”我几乎是有点激动地说：“欢迎来烦！”

奇怪，事情过去快二十年了，这一桩桩一件件我还记得这么清楚。就像一部老电影，经年的播放后画质可能变差了，但基本的声音和画面依然清楚可辨。或者，它经过修复后，完好如初，甚至更加鲜亮。在我的脑海里，还有这样几幅画面总也挥之不去，如一组组电影镜头。

凌霄和我在江边跑步，迷蒙的晨雾里周围影影绰绰。听见有录音机在播放高胜美的情歌，听见有收音机在播着单田芳的评书。我突然一个踉跄，意识到这踉跄源自腹部的一阵痉挛，而这痉挛是“例假”即将来临的信号，是痛经的前奏。很快，剧烈的腹痛伴随难受的坠胀、腰酸，将我击打得蹲到地上，几欲在地上打滚。这景象一定吓坏了一旁的凌霄，他一定是没见过这阵势，但他似乎比较快地调整好了情绪，有些吃力却又有力地一把将我抱起，朝附近的医院猛跑过去。我在他的怀里大幅度地、丑陋地痉挛，咬牙切齿地、难听地叫唤。跑出一段路后，他的双臂像是渐渐不支，他把我放下来，将我一点一点挪动，转移到背上，背着我继续快跑。在附近的职工医院的急诊室，医生给我打了一针镇痛剂，我在起死回生般的喘息中，看见满头是汗的、冲我微笑着的凌霄。

凌霄和我跑过长长一段江岸后，我们在江边一个小土坡上坐下来，静静地看着江水汩汩流淌。不远处单田芳在收音机里绘声绘色地讲评书，对岸有人在高声练嗓子。我也随口轻轻地哼着歌儿，是这几天一直练唱的《君心我心》。凌霄像是放下了手里的《新概念英语》，像是手伸进衣兜里掏东西，他掏出的是一只银色的口琴，他吹响口琴和着我的歌声。这一天我们跑步少，静坐多，我唱了一遍又一遍，凌霄吹口琴和了一遍又一遍。然后他用一块小布仔细擦了擦口琴，将琴收好，手里又拿起英语书。

我问凌霄："老师，你教语文，怎么下这大工夫练英语？"凌霄看着江水，说："我打算考研究生。我大四时考了研究生，笔试第一名，面试居然被刷了下来。我心有不甘，想接着考。"接着他补充道："同时专业也很合我意。"他转头看向我，再次补充："学英语就是要多读。"我迎接他的目光："那明天我也带本英语书，也多读读。"他微笑着说："对的，多读英语进步快。"我连连点头："向老师看齐，锻炼学习两不误。"凌霄微微一笑："好好用功，争取我考上研，你考上本，都考到大学，继续做跑友。""好啊好啊，好令人向往！"我定定地看着凌霄，我眼睛里应该是泛着憧憬的光。

凌霄和我一边在江边跑步，一边相互提问英语单词，或接龙背诵古诗文。晨雾在我们眼前渐渐散去，曙色在我们面前渐渐明晰，却毫无征兆地突然下起大雨，雨点噼噼啪啪打在我们头上、身上。我们向一座桥下面跑去，凌霄忽地停下来，他脱下外套，双手将它高高托起，盖到我们头顶。我们就这样躲在他的"衣服伞"下前行，不知怎地我觉得雨声忽然变得那么动听，溅起的水花忽然那么晶莹。我希望离早自习的时间还早，还从容。我们来到了桥墩旁，"衣服伞"却还像一片云停留在我们头顶，我感到凌霄的身体朝我凑近，他的头朝我凑近，我听见自己咚咚的心跳。这时候哗啦啦涌进一些人，他们是在江边晨练的另一些进来躲雨的人，他们环绕在我们身边，还跟我们微笑、打招呼。我清楚地感到凌霄的身子往后一撤，跟我拉开了明显的距离。雨停了，周围的人散去，凌霄牵住我的手，从桥下往外跑，说："快点，要迟到了。"我感到一股暖流从他的手传递到我的手上。跑了有一段路后，凌霄像是想起什么似的，松开了手，他的脸竟然一红，我知道我的脸也红通通的。

凌霄在水里游泳，顺着江水往下游。我在江岸上从西跑到东，和他保持大致相同的速度。我们像两条平行线，在岸上和水里展开。他很想过把游泳瘾，而我根本不会水，我就说在岸上跑步陪他"游"。他一个猛子扎进水里，我挥动双臂跟上他的节奏。他像一条鱼一样在水里游弋，或潜入水底，或仰卧水面，或击水侧行，时不时朝我挥挥手。我在岸上御风而行，他的衣服叠好放在背包里，背包背在我肩上，我载着它们迎接他上岸。这是午后，一个难得的周末放半天假的午后。凌霄从水里上来，直接将长衣长裤套到湿漉漉的身上，看着我说："我改天教你游泳。"但这个承诺因为接下来天气骤然的变冷和他后来的离去，最终没有兑现。

凌霄骑车，送我坐上回家的客车。车子开出车站，在大街上行驶，凌霄骑着自行车在客车旁边出现，边骑车边向窗户边上的我挥手，还差点儿撞到一棵树上，我连忙尖声喊："小心！你快回去！"满车的人看看我，又站起来看看凌霄，他们的眼光里有讶异也有羡慕，司机像是故意将车速放慢。车子开出市区，开上郊外的大道，司机换快挡，我前排的乘客将头伸出车窗，一车人听见他大叫："天啦，那小伙还跟着！"我忙伸出头去看，凌霄被汽车甩下了好远，但他分明依然猛踩着踏板。我用劲挥动手喊："回去，回去！"风是朝我这边吹的，他又被车子甩下很远，他应该根本听不到。司机说："小姑娘，既要跟男朋友依依惜别，又要注意安全，头、手别伸出车窗外。"一车人善意地笑了。

这一次从家里返校后，等待我的是一次谈话、一份通报。班主任将我从晚自习的课上叫出来，说“跟我去一趟行政楼”，带着我穿过篮球场，走过一段小径，上到行政楼3楼，在东头的“校长办公室”门前停下。班主任撂下一句“校长找你谈话”，转身离去。

校长端坐在办公桌后边，斑白的两鬓很是晃眼，眉头微蹙，炯炯的眼光深深看我一眼，然后转向房间的某处，语调平缓但是有力。

“肖尘同学，你应该知道你现在的身份是学生，你的任务是学习，不是谈恋爱，更不是和老师谈恋爱。可你偏偏谈了，还偏偏和老师谈了！你和凌霄老师的师生恋，违反了校纪校规，在全校造成了很坏的影响，给全校师生树了很坏的榜样。校领导班子经过慎重研究，决定给予严肃处理。鉴于师生恋中老师一方责任更大，决定开除凌霄的公职，对你则全校通报批评，并给予记过处分。”

我听到呜呜的低泣，当这哭泣声渐渐清晰，我明白是自己发出的。我想咽回去不争气的哭泣和眼泪，但没成功。校长端坐在那里，不动声色地看着我。

我在将哭泣延续的过程中，明白这哭泣是因为凌霄，是因为他被开除而哭。我带着哭腔问校长：“为什么要开除凌老师？”我的手、肩膀在颤抖，“凌老师又没有对我做什么，没有强迫我什么……”我的腿在颤抖，“我和凌老师，又并没有影响学习，反而是互相促进……可以不开除凌老师吗……”

“师生恋，”校长看着我说，“不能开这个坏头！不能让你们把风气带坏了！必须刹住这股歪风！”

我收住哭声，两手下意识地握成拳，让自己变得镇定：“那开除我好了，不要开除凌老师！”

校长像是不经意地笑了一下，很快收住笑，说：“校党委会议上决定的事岂是儿戏！你回去好好反省，写个保证，保证不再和凌霄老师有来往，保证不再去江边跑步——这也是为你的安全考虑，保证不再三心二意，好好学习。写好了，交你们班主任。好了，你可以走了。”

一个人影在门口出现，是班主任，他像是根本没有离开，像是一直守候在门外。

他带我回教室，在穿越篮球场时，我又哭起来。我边哭边喃喃地说：“怎么就要开除凌老师？那他以后怎么办？没有了工作，他以后怎么办？”

班主任将纸巾递给我，瓮声瓮气地说：“凌老师的事，你就不用操心了，你要操心的是自己的学习。收住心，专心用功读书吧！”

语音那头一阵静默，然后我听到肖尘似乎叹了一口气，似乎故作镇静。

没想到凌霄骑车送我的那次，是我和他见的最后一面。我在想，他骑车送我、追赶载我的客车，是不是预感到我们会就此别过？是不是这之前学校就已经找他谈话了？我在想，学校是不是给了他很大的压力，他都不再跟我见上一面？校长找我谈话后，我还是大清早偷偷跑出校园，但再也没在东门外、煤屑路上、江边看到凌霄，在校园的各处，教学楼、食堂、操场、图书室……也不见他的身影。课间休息时，同学们聚成一堆，窃窃私语，我知道他们在议论我和凌霄。走过校园时，有人指指点点，我听到他们在说，这就是那个跟老师谈恋爱并导致老师被开除的女生。我仿佛一夜成名。晚自习课上，我一口气写好了校长交代的保证书，看见班主任在教室门口出现，我快步走出教室，将保证书递给班主任，盯着他的眼睛说：“老师，我将保证书交给你，我会按保证书上的去做。你告诉我凌霄老师的消息，好不？就让我知道一下他的消息就成。”班主任接过保证书，眼光在逃避我。他偏过头去，若有所思，然后回过头，迎接我的目光，左手缓缓抬起。我这才注意到他手上一直攥着一张字条。他将字条递给我。

“我走了。不要打听我的消息。不要再去江边，很不安全！好好学习，考个好大学。”

我的眼泪流出来。

我一把抓过班主任的手，急切地问：“他去哪儿了？求你了班主任，告诉我他现在在哪？我不会和他有什么事了，只求再见他一面！”

班主任吸了吸鼻子，右手抬起又放下，终于开口说：“他去南方找工作，在车站。”

我向班主任鞠了一躬，撒腿往外跑。我几乎是飞出学校，猛扑进夜晚的街道，人来车往，我顾不得辨别哪辆出租车空着，干脆就自己向车站方向飞跑。长期的晨跑锻炼出我的速度，我像是在进行着一个人的马拉松，又像是上演着“最后一分钟营救”。街上的音像店播放着歌曲：“起初不经意的你，和少年不经事的我……”“寻寻觅觅，在无声无息中消逝……”“谁的眼泪在飞，是不是流星的眼泪……”

车声与歌声中，仿佛听到有人在后面喊我，仿佛是班主任的声音——我飞跑出校园时，他立即去找了自行车，骑车追我，但一直被我甩在身后，也算是这样保护着我。他终于没能追上我，我终于没赶上发车，没能跟凌霄见上最后一面。

从此没了凌霄的音讯。

我将种种情绪拧成一股狠劲，埋头扎进课本和作业堆里，扎进厚厚的复习资料里，扎进茫茫的题海里。在填高考志愿时，我想都没想，或者说是完全下意识地填报了那所大学，感觉到自己成绩不够理想，又补填了那所大学的三本。

直到大学毕业，我去云城高中参加同学会，同学会之前我鬼使神差地来到那一带江边，江岸已修好了漂亮的绿化带，原来通往江边的煤屑路变成了宽大整齐的柏油路。我漫步在江边，回想从前那个在江岸高唱《君心我心》的愣丫头，回想——一个声音在我耳旁响起，是单田芳在讲评书，一个听着收音机评书的人站到我面前。我身子一凛，是云中校长，先前两鬓的斑白已向整个头顶扩散，额头沟壑纵横，身体明显佝偻。校长将收音机的音量调小，定定看着我，轻咳一声，向我讲述了当初处理我和凌霄的另一个版本。

没吓着你吧，肖尘？你记不记得当年你和凌霄在这儿晨跑，或近或远有个拎着收音机听评书的人，你现在应该知道这个人是谁了。早上在江边一边散步一边听评书的习惯，我一直保持到退休后的现在。今天在这巧遇你，也许是某种缘分，我忍不住要跟你说一件事情，这事在我心里憋了太久，我还是说出来好。虽然直到现在，我仍然觉得我并没有错。直接说吧，当初是我召集校党委会议，提出严肃处理你们。学校里在传你们师生恋，我作为常常在江边听评书的目击证人，指证你们就是在师生恋，并力主严肃处理你们。

党委会最先讨论的结果其实是开除你，对凌霄则是暂时停课反省。我先找凌霄谈话，将停课反省的决议跟他说了。他一张口问的就是你："那肖尘——你们怎样处理?"我简单回答他两个字："开除。"他瞬间脸涨得通红，说话都有些结巴了，他说："你……你们凭……凭什么剥夺一个学生读书的权力？你们不能……不能开除肖尘！"我说："校党委开会讨论决定的事情，哪轮到你说话了！"凌霄的脸更红了，他说："那开除我好了，别开除肖尘！"我说："你以为是菜市场，可以讨价还价？你应该知道师生恋是有违道德的，不能让你们成为云中的坏榜样，带出一股师生恋的不好的风气！对你的处理够轻了，你还来讲条件！"他说："我宁愿对我处理重一点，只要不开除肖尘！"我说："你还蛮痴情！那好，连她带你两个人一起开除！"他的语气缓和下来："希望你们不要开除肖尘，给她继续学习的机会，给她高考的机会！算我求你们了！这事错在我，要开除就开除我吧！"我硬着口气对他说："校党委开会决定的事情，哪能按照你说的改了！你回去好好写检查，深刻反省反省！"他犟着脾气说："不撤销对肖尘的开除，我就不写检查，不反省！"他虽然嘴硬，但在他离去时，我注意到他嘴巴剧烈地抽搐了一下，那是要哭的样子，这当然是因为要开除你。

说到这，校长忽然停住，捂住嘴，很响地咳嗽了几声，眼睛看着江面，接着说下去。

没想到凌霄一个一个办公室上门，找我们全体党委成员，为你向我们每个人求情，说着大致相同的话："我恳请领导再考虑考虑对肖尘的处理，恳请撤销对她的开除，给她继续学习、参加高考的机会！这事如果有错，错在我，就由我来担责，由我来给事情一个交代，开除我吧，求你们不要开除肖尘！"党委会又碰了碰头，撤销了对你的开除，但为了刹住师生恋的风气，决定开除凌霄。总之，是我提出严肃处理你们，是凌霄向我们求情、力争，从而没有开除你。凌霄去了南方，前不久听说他当年去了因地震而校舍坍塌的云南澜沧乡镇中学，后来就留在那里。今天，我仍然认为师生恋有违道德，仍然认为当初提出处理你们没有错，但我怀疑自己是否还是做错了什么，是否做了一件棒打鸳鸯、拆散真爱的事情。这种怀疑即使是当初都隐约有一点——尤其你们两个互相都为对方着想，都是一张口就宁愿开除自己而不要开除对方，现在就更多了。无论对错，我是很对不起你们了！很对不起凌霄了！

我的眼泪流下来，眼前一片模糊。听见校长继续说："好在听说他在那边安家了，过得也还幸福，而你也已经大学毕业。"

"是我连累了凌霄！我欠他的！"肖尘在语音里长长地叹气，"他本来在云中会有很好的发展，或者考进大学读研……"我说："那后来你们是否联系了？"肖尘说："稍等，文苑，老公的微信视频过来了，这么晚了还视频。"

我去了一趟洗手间，在洗脸台前照了照镜子，发现脸上有淡淡的泪痕。我轻轻拭去，又双手捧水抹了一把脸。坐回到暗黑的床上，室外的车声变得小而稀，夜晚显示出它该有的宁静。

肖尘的语音过来，我连忙接。听见肖尘笑着说："老公去女儿读大学的城市出差了，这父女俩，这么晚了，在歌厅唱歌！女儿硬是让我听她唱完一首新歌《在人间》。女儿说也不算新歌了，两年前唱起来的。倒确实蛮好听，蛮感人。"我听学生唱过，会那么几句，禁不住小声哼出来。肖尘刚听她女儿唱，竟然能附和着我唱。两个四十来岁的女人，在寂静的夜里，在微信的语音里，哼起一首相对我们而言的时尚新歌："花儿落，月升起，把光阴圆成一场戏。海无涯，山无际，在人间就是在一起。"我隐隐感觉到肖尘唱到后来有些哽咽。

是啊，在人间就是在一起，不在人间——肖尘在语音那头说，你刚才问我后来和凌霄联系了没有，没有联系。我想他已经在那边安了家，我已经给他带过伤害，就不要再联系他，泛起他的伤痛回忆了。再说，后来隔着时空看，很是理解校长，我自己做了老师以后，也不赞成学生早恋，更何况是隔着年龄和身份的师生恋，也觉得师生恋有不道德的成分。做了母亲以后，更是为女儿操心，担心她这担心她那。她有她的自由，但在我这里是各种不放心。可人都过不了自己这个坎，我得承认，我还是会常常想起凌霄。偏偏造化弄人，你不会想到我还会和他偶遇，那么巧合，好像戏剧和电影里常有的戏份。

那是才发生的事情。两个月前，又一次会考后五天轮休，这种难得的非节假日的长假，我往往都出去散散心，或者跟大四已经没什么课的女儿同行，或者跟一两个同事结伴而行。但这次同事家里有事，女儿忙着雅思考试，至于老公，他所在的公司一直都很忙，我于是独自出行，选择了巫峡，在旅游公司安排的游船上，我遇到了凌霄。我站在船上，掏出手机自拍，没法将全身和身后的江与山都收进画框，就喊一个在我前边背对着我的人，请他帮我拍张照。当他转过身来的时候，我的手机差点从手中脱落而掉进江里。

他没大的变化，只是略微胖了些、黑了些，眉宇间多了些成熟的气息，鬓角生出些许白发。穿一件单薄的紫色休闲外套，一条发白的牛仔裤，肩上背一个灰色帆布包。

他站在那里，看着我，耸了耸肩上的背包。

有几个游客从我和他中间走过，跟着又有几个走过。

他还在。

他朝我走过来，他近了。

"肖尘，是你。"

他说话，好像带了点地方口音，应该是云南口音，这应该是他最大的变化了。我心里一紧，迎接他的目光："是我，凌老师——凌霄。"

他注视着我，不说话。

我也注视着他，不说话。

然后他微笑着说："是你，真巧！"

"是的，好巧。"

这时游船开始广播："亲爱的游客朋友们，我们的游船已经到达朝云峰景区……请大家有序下船，带好贵重物品。上岸后愿意登山的登山，不愿意的自由活动，注意安全，四点半之前回到船上。请大家一定记得回到船上的时间，四点半之后就没有航班了。"

我看一眼凌霄，迈开脚步随人群下船。

凌霄走在我旁边。

“竟然在这里碰到你！”他说。

“真是没想到！”我附和道。

“算起来，快二十年了！这些年你还好吗？”

“嗯，我还好。你呢？你还好吗？”

“我也还好。”

说着话，下了船，走在江岸上。

一时无话。

远处江上有轮船长长的鸣笛。旁边山上有啾啾的鸟鸣。上山的栈道上有嘈杂的人声。附近岸上有说笑声，叫喊声，手机或相机“咔嚓、咔嚓”拍照的声音。

凌霄说话了：“对了，你跟团还是散客？”

“散客。”

“一个人？”

“一个人。”

“我也是。上山去看看吗？”

“不了，你去吧，我有点累了，我就江边走走。”

凌霄耸了耸肩上的背包：“我也江边走走。”他的地方口音越来越明显。

一时无话。

只听见我们踩在江边杂草上窸窸窣窣的脚步声。

鸟鸣声。江涛声。渐远渐小的游人的说笑声、拍照声。

我从包里拿出矿泉水，喝了一口，又喝了一口。然后我看向凌霄，问：“你还在——云南？”

凌霄看着我，点点头：“嗯，嗯，还在云南。你呢？”

“你那年离开云中就去了云南？”

“我本来坐的是去广东的绿皮车，在车上听到广播播报，云南澜沧发生强烈地震，很多村镇的学校都塌了，孩子们挤在帐篷里上课，正缺老师。我中途下车，改道去了云南。我想在我们的事情上我是真的有错，学校处罚我是对的，我去投身震区教育，将功补过。”

“然后，一直待在那儿?”

“是呢，一直在那儿，云南澜沧云岭乡镇中学。”

我又喝下去一口水，低着头说：“对不起!”

凌霄像是没听见，他问：“你说什么?”

我抬起头，看着他说：“对不起！当初是我连累了你。”

凌霄微黑的脸庞漾出笑意：“你没有对不起我啊。”

“直到大学毕业后，一次偶然，在我们曾经晨跑的江边，偶遇云中校长，他将实情告诉了我。本来开除的是我——你为了不让他们开除我，宁愿开除自己。是我连累了你!”

凌霄憨憨地笑：“你没有连累我!”

“文苑，我的手机好像电又不多了，你稍等，我充上电，边充边跟你语音，”肖尘在语音那头说，“对了，你困了吧？困了就睡，别让我搅了你的清梦。”我连忙说：“不困，不困，既然被你搅了，索性被你搅一晚上!”肖尘说：“那我就不放过你了，继续搅你了。”

我和凌霄走着说着，突然下起了雨，我们不约而同跑起来。雨越下越大，雨点噼噼啪啪打在脸上、身上，凌霄略一迟疑，随即卸下帆布包，脱下外套，再将包背上肩，然后两手将外套托起，覆盖到我们头顶，我们躲在他的“衣服伞”下，往一个山洞奔去。仿佛时光倒流，仿佛穿越到多年前的那个早上。凌霄边跑边说：“后来还常跑步吗？还常唱歌吗?”说着，他偏过头看我，我也看他一眼，笑着说：“跑是跑，不过多半是在跑步机上跑了。”他一笑：“在跑步机上边跑边唱歌?”我被逗笑了。接着就到了山洞，他将头顶上的外套放下来，抖了抖，又两手拎住衣服，拧了拧水，搭到肩上，然后就看着我，我迎着他的目光。然后我们将目光移开，一起看向洞口的雨，帘外迷蒙的江岸。

雨声丁冬。我问凌霄：“你后来没考研?”

凌霄耸了耸肩上的背包，笑笑说：“没考，太忙。一个人带好几个班，还做班主任，事多，就没复习考研了。”

“对不起！我连累你被开除，连累你没能考研，没能继续深造你喜欢的专业。真的对不起！”

凌霄笑笑，竟然笑得很腼腆。他挠了挠头发，说：“你没有对不起我的，我也多半考不上研究生的，嘿嘿。再说，我喜欢上了云南乡下的基层教育工作，习惯了那个世外桃源般的小乡镇生活。”

手机铃声突然响起来。我和凌霄都禁不住打了一个冷战。是凌霄的手机在响，一首老歌充当的铃声执拗地响着：《君心我心》。在动人的歌声中，我看了凌霄一眼。

凌霄从裤兜里掏出手机，举到耳边，一个女人的声音清晰可闻：

“老公，你到机场了吗？是八点半的飞机吧？晚上十二点多能到家吧？”

“啊，啊，我现在被大雨困在巫峡了。”

“那还赶得上航班不？赶不上就算了，改坐火车回来吧，课我帮你调调。”

凌霄说：“我试试看，我先去看看船，那就说到这。”

我和凌霄几乎同时去看手机上的时间，17点3分。游船指定的时间已经过了。这意味着，我们无法到达可以乘车的码头。

《君心我心》又响起来。凌霄接，喊一声“老婆”，手机里传出一阵清脆的笑声：“咯咯咯，凌老师，我不是梅老师，不是你老婆——”

凌霄一笑：“哦，是你，小曹，有啥事？”

手机里的小曹说：“凌老师，你是今晚的飞机，对吧？校长说，明天晚上的教改会议一定要你列席。梅老师没告诉你吗？”

“哦，她没跟我说。我会赶上明晚的会议的。”

凌霄挂掉手机后，我一把抓住他的胳膊，拉起就往外走，说：“我们快去看看，还有没有船，兴许还有，兴许还能赶上航班，别误了你的事！”

凌霄说声“等等”，又托起他的外套，又盖到我们头顶。我们冲进雨中。雨似乎小了一些，但仍然是中雨，雨点仍然很响、很重地打在衣服上，砸到江面上，激起一个个水涡。我们沿着江岸一路小跑，不断抬手擦拭飘到眼里的雨水，透过雨雾打量眼前的岸、远处的江、对面的山。岸上空无一人，江上空无一物，山也似乎是一座空山。雨渐渐小下来，停了，我们跑到峭壁前，折转回来。凌霄将我们头顶的外套撤下来，挽在胳膊上，我们在雨后的江岸走着看着，到达另一个方向的峭壁下面。清清的江面空无一物，只有几只褐色的鸟在水面上的半空飞。四周除了山还是山，静静地卧在那里，山间没有一点声响。视野所及，不见一个人影。天色渐渐暗下来。

凌霄抖了抖胳膊上的外套，看着渐渐被夜色笼罩的江面，说：“看来真没有回去的船了。”说着，他看一眼手机。

我也去看手机上的时间，18点27分。就算现在有船过来，光是回到码头，就要一个半小时，显然赶不上航班了。我抬头看向凌霄，抱歉地说：“都是我问这问那，耽误了你！”

凌霄笑一笑，说：“跟你没关系，是我自己事先没计划好时间。”

我愣了一下，忽然朝凌霄晃了晃手机，说：“你赶紧先改签机票，不然连明天的票都没了，而且今晚的票会过了改签时间，那样既误了你的事，又浪费了机票钱！你是网上订的机票吗？”

凌霄说“是的”，埋头在手机上操作起来。他找到了一张第二天下午3点20分的航班，提交了改签申请，等待反馈信息。

沉沉的夜色，先于改签信息到来。夜色中除了山水还是山水，而且黑魆魆、影绰绰，透着一股原始的、荒野的气息。江岸上，似乎有一股寒气升上来。我不自觉地抱紧双臂。

听见凌霄说：“天黑了，也冷了，我们回到山洞吧。”

空山寂水，荒山野岭，一声鸟鸣都听不到。天地缩小为我们的二人世界。

山洞黑黑的，像储存着经年的夜色。凌霄点亮手机电灯，恍若夜色中的月光。我感到像是掉进一个古老的梦里。听见他说：“饿了吧？我带了吃的，先坐下填填肚子。”说着从帆布包里拿出几张旅游地图铺在地上。这提醒了我，我也从包里拿出地图铺开。凌霄从包里翻出几本书，递给我，垫在地上，他自己席地而坐。然后，他第三次将手伸进帆布包，像变魔术一样，取出矿泉水、饮料、面包、香肠，在地图上堆满，仿佛是那些地图上长出的山脉。我也从包里翻出一些饼干、水果。凌霄开一句玩笑，说：“我们像不像山顶洞人?”我笑着说:“不像，哪有山顶洞人吃面包、喝饮料，还用手机的。”正提手机，凌霄的手机就“嘟”一声响了。凌霄说:“想不到山洞里还有信号。”拿起来看，笑道:“改签成功了。”

他放下手机，又拿起，拨通一个号码:“你睡了吗?因为大雨我没赶上航班，改签到明天下午3点20分了。”

手机里他老婆好听的声音:“你别赶，误了航班就改坐火车吧，我宁愿你坐火车。”

“小曹来电话说，明天晚上有个教改会议，说是要我参加，她说你知道的——”

“我故意不告诉你的，我就怕你赶飞机!答应我，你改坐火车，好吧?坐火车。”

“没事的啦，你放心好了!早点睡吧。”

“坐火车!”

“好的，好的，我坐火车!你先睡吧。”

凌霄挂断电话时，我略一思忖，拿起手机给老公发了个信息。他很快回信息，问我在干吗，我第一次跟他撒谎说，今天旅游有点累了，已经洗好准备睡了。我惊讶，自己将谎撒得这么迅捷、自然，仿佛是要让自己变得镇定，或者是要掩盖不安，我拿起矿泉水喝了一口，又喝了一口，还将一块饼干塞进嘴里。

凌霄也喝了一口水，并且拿起一块面包啃。

我吞咽着饼干，看着凌霄，问:“她——梅老师，为什么一定要你坐火车?坐火车不是要很长时间吗?”我对凌霄的梅老师陡生好奇，或者说，这好奇长期以来一直就隐在我内心，现在清晰地浮上来。

凌霄连续吃了好几口面包，然后抬头看着我，说:“我到云岭乡镇中学后，尽管课多、班主任工作忙，但我坚持每天晨跑。是第三年9月份的一天，我晨跑时碰到另一个晨跑的人，这人引起我的好奇。她不像是在跑，而像是在狂奔;不像是在锻炼，而像是在赌气、泄愤。她这样莽撞地奔跑，撞到了我。我有些生气，更满是好奇，猛跑上去，追上了她。她没好气地冲我喊:

‘你是谁呀？你干吗追我？’当天第三节课的课间，教务长将一个姑娘带到教室门前，跟我说：‘这是大学毕业刚进来的梅兮老师，你当她的师傅，带带她。’我笑着对他俩说：‘我是谁呀，我怎么带得了她。’后来我们谈恋爱，结婚，细节就不说了，只说她为什么那时晨跑像是赌气狂奔。她告诉我，她是在生俞岭的气，生自己的气。俞岭是她的初恋，是飞行员，人很单纯，或者应该说是纯净，纯净得像蓝天。他很爱她，她也很爱他，可是她却不会爱，她越是爱他，看上去对他越冷淡。飞行员以为自己是单相思，以为她根本不喜欢自己，含着泪黯然神伤地离去，从此杳无音讯。她发疯般地思念他，发现自己深爱着他，离不开他，甚至恨他离开自己，恨他不来找她。即使这样，她好像还是不会爱，没有大胆去找他。也有另外一个重要原因，梅兮的妈妈天生晕车，火车、客车、小轿车，什么车她都晕，上车一会儿就晕，什么晕车药都不管用，稍微远一点儿的地方就去不了。她爸在她很小的时候就抛下她们母女，找了别的女人。梅兮是独生女，她是必然要回到老家陪在妈妈身边的，也就不能留在龙城跟飞行员待在一起。但她不甘心，不能接受破碎了的初恋，因此刚工作时憋着一肚子难受，又不好发作，就借跑步借狂奔发泄出来——当然她平时本来也爱跑步。我们好上后，她母亲围绕在身边，她的情绪渐渐平复。有时我们平静地说起她的初恋、说起那个飞行员，并一起想象、描述着飞行员离开她后的婚恋生活，想象他可能找了空姐，想象他已经是孩子的父亲，想象并祝福着他亲近蓝天的事业。直到有一天，我给学生讲徐志摩的诗，‘我轻轻地招手，不带走一片云彩’，讲徐志摩的生平，讲他死于空难的遭遇，顺带查了下若干年内的空难，竟发现五年前的一个空难事件中，殉职的副驾驶员，叫俞岭。航空公司、飞机机型都吻合。我打电话到那个航空公司，得到证实。我忍不住告诉了梅兮，她大哭起来，后来说：‘要是我不担心回云岭，我不会表面上对他那么冷淡，他不会离我而去，我不会让他出那次航班——我们还在想象着他多么幸福，多么美满，他却早就已经——五年前？好像正是他离开我的那一年啊！’然后我陪她去了一趟龙城，去飞行员的墓前献上鲜花。离开时她深深地看了一眼俞岭的遗像，然后抬了抬泪眼跟我说：‘答应我一件事，好吗？’我问啥事，她眼泪汪汪地看着我，说：

‘以后一定不要坐飞机!’”

我愣了一会儿，突然说：“那你就听她的，改坐火车吧!”

凌霄不经意地笑笑：“你受感染了？没事的啦。相对来说，飞机可能是最安全的呢。”凌霄拿起一块面包递给我。他转移话题：“光吃饼干不解饿，你吃点面包吧。”

洞外忽然响起窸窸窣窣的声音。我身子一凛。似乎凌霄也有类似反应。他的耳朵似乎警觉地竖起，但很快我们都释然，是雨又落下来。听得出雨下得很大，从被凌霄的手机电灯照亮的山洞口望出去，混沌一片，雨水像是千军万马在黑暗里聚集，然后狠狠撞击地面，地面应该是被砸得很痛。仿佛是整整一江的水都高高腾起，再倒灌下来。这样的大雨倒是增添了我的安全感，仿佛这个沉沉的黑夜里一切未知的威胁都被大雨浇灭，或被大雨挡在洞外。

凌霄的手机“嘟”一声响，跟着就断电了。山洞陷入黑暗，融入外面无边的黑。我摸到自己的手机，打开电灯，看到时间：21点53分。移动信号消失。

凌霄翻出充电宝，将手机充上电，问我：“光顾着说我了，你呢？说说你的情况。”

“我——我没啥好说的。”

“我想听听，我想知道你的生活。”

“我的经历很简单，在大学读了三本，考本校研究生没考上，回到云城进了一所初中，跟你一样当了中学语文老师。然后嘛，就结婚生子，过过日子。”

“我——知道你读的那所大学。”

“你知道?”

“当初云中领导要我写保证书，保证不再与你有任何联系，才同意解除对你的开除。但我食言了两次：一是离开云城时忍不住写了张字条，托你们班主任带给你；二是等到你进了大学时，又忍不住写信给你们班主任，打听你的升学情况。应该是你大一下学期时，我回老家，打算绕道去趟南京，甚至买了一张去南京的票——”

我心头一紧："那你去了南京吗？"

"临到车快开时，我还是将票退了，换了去云南的票。"

"是因为梅老师催你回去？"

"不是，那时她才刚刚进云岭乡中。我，我是想，我可能一辈子在偏僻的云岭乡中教书了，而你会有灿烂前程。"

我怔怔地看着凌霄，幽幽地说："当初填报高考志愿，我填了那所大学的三本。大家都说我成绩虽不算理想，但可以进比那所大学差的二本，为什么要读三本。我不知道怎么回答他们。我只知道，你曾经跟我说过那所大学，我就填了那所大学。后来我明白，我是心里有个念想：指望在那所大学碰到你，因为你说过你要考那所大学的研究生。"

凌霄怔怔地看着我，两手慢慢地朝我面前移过来，在我跟前某处停了一会儿，最终抓住我的两手。我有些许颤抖。他把它们放到他的两只手里。他的手似乎也有些抖，但是很暖和。

洞外大雨如注。世界只剩骤响的雨声。小山洞寂静无声。

凌霄的身体渐渐朝我倾斜过来。他的脸凑近了我，唇凑近了我。我的唇哆嗦着迎了上去。他的手轻轻放开我的手，伸开双臂，将我揽到怀里，将我拥得越来越紧。

长吻后，我喃喃地说："当初班主任将你的字条拿给我，我看了后撒腿就往外跑，向着车站一路狂奔，终究没能赶上见你一面。次日清晨，我偷偷跑出校园，在我们晨跑过的江岸上一路狂奔，我不是在晨跑，是在赌气、泄愤，将满腹的难受、自责、担心、焦虑、怨气，借跑步发泄出来。我一边跑步一边骂自己连累了你。我也骂你。"

"你是怎么骂我的？"

"我骂你狠心，跟我不辞而别，临走都不让我见上你一面。"

"骂得太轻，"凌霄说着，又将嘴唇贴过来，将吻覆盖过来。

手机微弱的灯光，布满青苔的山洞，洞外深黑的夜空、凛冽的山雨，眼前偶遇的初恋，被初恋的吻融化的我，这一切恍然如梦。

第二天，我们坐上最早回程的轮船航班，赶到码头；坐上最早返程的客车，赶往城里。我们坐在船舱里，竟都有些尴尬，有些难为情，一路没怎么说话。我们坐在客车的最后排。凌霄突然想起似的问我："都忘了问你，你是来出差还是旅游?"我微微一笑："旅游，纯粹旅游。"凌霄也笑了："你喜欢一个人旅游?"两个人都变得轻松起来。我回答："会考轮休，同事家里有事，女儿大四忙着雅思考试，她爸又太忙，我就一个人出来散心了。你呢？来出差?"他的手摸索过来，犹豫了一下，轻轻握住我的手，嘴里说："我来重庆，参加一个全国性支教会议，会议组织参观渣滓洞，我没去，自己跑来巫峡了。"我故意说："梅老师不跟你一起来?"凌霄竟然脸一红："她课太多，走不开。"

"对了，你孩子在念书还是已经工作?"

"我没有孩子。"

"不好意思。是不想要吗?"

"她不能生育。"

"抱歉!"

"没事，两个人生活也蛮好。"

我感到尴尬的空气又弥散开来。仿佛是为了掩盖自己的口误，我调出手机里储存的歌曲，将两根耳机线分派到我和凌霄的耳朵里。

一些老歌。

"浮云散，明月照人来……"

"谁令我心多变迁，谁共此生心相牵……"

"某年某月的某一天，就像一张破碎的脸……"

"第一次偶然相逢，烟正蒙蒙，雨正蒙蒙……"

"羞答答的玫瑰静悄悄地开……"

"来易来，去难去，数十载的人世游……"

"如果说一切都是天意，一切都是命运……"

"风雨过后不一定有美好的天空，不是天晴就会有彩虹……"

到了城里，他叫了出租车，跟司机说先送我到酒店再去机场。我说不，让师傅直接送你到机场，我要看着你上飞机。赶到机场时，广播里已经在催促登机，他慌慌地抱了抱我，匆匆去检票。他的身影消失在登机口。我拿起矿泉水瓶，往嘴里灌水，然后朝他的身影挥了挥矿泉水瓶。

天色应该是变亮了，窗帘缝里透出亮光。室外楼下的车声又喧嚣起来，又如潮水一样袭来。夜色在渐渐褪去，正在置换成一层曙光。

肖尘的语音突然中断，不知道是不是手机又没电了，还是她有什么事挂断了通话。她的讲述应该还没有抵达尾声，她应该不会就这样结束。我甚至都有点担心她出了什么事，预备再不来音讯就打电话过去。这时我的手机响了，我一看，是视频请求。这个女人，在接近尾声的时候，将语音切换成了视频，终于让我看到了她的真容。

视频一接通，肖尘就以一副痛哭流涕的形象出现在我眼前。她披头散发，面容憔悴，泪眼婆娑，肩膀抽搐，看上去让人分外心疼。我被她弄得手足无措，连说“怎么了，肖尘，别哭，肖尘”。

她终于哭着说：“凌霄走了！前面歌里唱道，在人间就是在一起，那不在人间呢，怎样还能在一起？我叫他一下飞机就给我报平安，我左等右等没有等到他的信息，打电话过去始终关机。我打了一下午电话，又打了一晚上电话，第二天、第三天又打了两整天的电话，始终无法接通。我想过他会不会成了一个骗子，骗了我的感情、骗了我的身体后，不跟我联系了；或者，他不过是圆一个初恋的梦，一旦梦圆，他就回到他的生活轨迹，从此不想和我再有交集；或者，他觉得对不起老婆，干脆就换了手机号，断了跟我的联系；或者，他仅仅是来要我偿还、弥补他当年为我做出的牺牲……我宁愿他是这样啊！可我又往最坏处想，一切不好的联想都纷纷涌现：他跟我讲的徐志摩所遭遇的空难，以及那个飞行员的故事，他老婆梅老师对他坐飞机的担心……那些悲伤的歌词，也充满着暗示，纷纷汇聚到耳际……我产生了不祥的预感。偏偏三天后，这预感被证实，我在网络上、报纸上、电视上都看到了那架飞机坠毁的报道，在空难者名单里看到了凌霄！是我害了他，是我害了他！他本可以不坐那次航班，他本可以前一天就飞回去！”

我的眼泪也出来了。我努力地寻找理由安慰她：“他的去世跟你没有太大的关系。那是避免不了的灾难。你不要太过自责。”好在肖尘的情绪似乎有所平复。

“我给你讲我和凌霄的故事，势必要讲到他离世的结局。今晚我一直避免讲这个结局。我怕我控制不住自己，失声痛哭出来，不能平静地跟你讲述。最终我还是没能控制自己。我希望我和凌霄的重逢只是一场梦，或者是我臆想出来的。我和凌霄怎么会那么巧偶遇？凌霄怎么会那么巧出现在我眼前，仿佛从天而降？还有那个空寂无人的犹如隔绝世外的山野，那个山洞，那个浪漫温馨的山洞之夜，很不真实。可是报纸上白纸黑字，网络上、电视上有图有真相。那趟飞机坠毁，空难者名单里赫然写着‘凌霄’，身份证号、单位都是他的。我甚至在网上查到澜沧云岭初中的办公室号码，装作是凌霄多年前的一个老同学试图联系他，对方回复我凌霄已经离世，是在刚刚重庆出差回来的客机上。更确凿的证据，更要命的证据，是——”肖尘停了下来，脸上显出痛苦、扭曲而似乎夹杂了喜悦、羞涩的表情。

“我月经没来，我用试纸测，显示有孕，去医院检查，怀上了。推算时间，正是在山洞的那晚。那段日子我独自在旅行，回到家老公已出差，孩子不可能是我和老公的。在与凌霄重逢之前，我除了老公没跟任何别的男人有过什么。你说我是不是一个罪人！你说我是不是罪不可恕！我连累凌霄死去，又背叛了老公，还有了别人的孩子！我该怎么办？我该不该生下这个孩子？凌霄他没有孩子——”

我不知道怎么回答肖尘。肖尘说她与凌霄的重逢太巧合太富有戏剧性，我有那么一刻也怀疑它的真实性，觉得是梦，是臆想，是肖尘执念于破碎的初恋、执念于凌霄为她做出的牺牲而想象出来的传奇故事。是肖尘为平复心中对凌霄的歉疚，是为偿还凌霄；或者，是为弥补她初恋的遗憾，圆初恋之梦；或者，是藏在她内心深处对凌霄犹存的感情，浮上来的一个美丽泡泡。我还怀疑梅兮是一个不存在的人，是肖尘照自己的模子塑造出来的“另一个自我”，她是肖尘自己向凌霄后来生活的延伸，她同样爱跑步，同样借跑步解压、赌气、泄愤……可是肖尘说她怀了凌霄的孩子，这应该不会假，这使那个传奇的山洞之夜，露出真实的面孔。但是，如果肖尘其实并没有怀上这个孩子，她只是在媒体上看到凌霄遭遇空难的消息，过于悲伤，又打听到他没有孩子，从而想象出这样一次重逢，这样一个山洞之夜，想象出这样一个孩子，献给为她做出牺牲的初恋情人凌霄，以此来应答凌霄驻留在空中的隐约耳语——那些逝去的灵魂，凌霄、飞行员俞岭、我的父母，还有更多更多，他们一定有萦回在空中的喃喃耳语，在静夜里，在凌晨，在每个寂静时刻，我们清清楚楚听到。我惊讶自己怀疑肖尘的讲述，意识到自己并不是一个合格的倾听者。我正胡思乱想，这时手机显示“当前通话质量不佳”字样，肖尘痛苦而焦灼的神情定格在屏幕上。

空房间

现在，它是一间空房子。

男女主人刚刚大吵了一顿，双双离去。妻子麦芮回六十里外的娘家，她在走出家门时用力将门带上，门关上，麦芮眼泪的闸门轰然打开，“噔噔蹬蹬”下楼，“吧嗒吧嗒”往下流。快到楼下时，麦芮脚步放慢，甚至停了一会儿，缓缓往小区门口走去。麦芮身后没有响起脚步声，手机也不响，屋里的那个人并没有像往常一样追下来，或者打电话将她唤回。麦芮的眼泪汹涌而出。她咬了咬嘴唇，向出租车挥了挥手，有点神情恍惚地坐了进去。屋里的丈夫景深枯坐在电脑前，两眼直直地盯了电脑屏幕好一会儿，如活过来似的眨眨眼，抬抬手，抬起的两手颓然落到键盘上，“乒乒乓乓”敲起来，仿佛是要把刚才吵架时没说完的话继续说完，仿佛麦芮并不是出门去了而是进到电脑里去了，他是在跟电脑里的麦芮争辩。然后，他站起身，连电脑也忘了关，拎了事先已准备好的旅行包，快速出门。他要去出差，距离开车时间已很近。赶到高铁站，坐上车，他没有给麦芮打一个电话或发一条信息。

两个人离去后的房间，空荡荡的。桌椅、沙发、茶几、电视、床上的被单、墙上的画、阳台上的花草、书柜上的书、灶台上的锅勺、橱柜里的碗，一应物件，全然成为静物，但有主人的气息残留其上，闪烁着隐秘的信息。

一、门口的垫子

门口起了毛边的红绒垫子，上面“出入平安”四个字磨得有点淡。五年以前，只要将手伸进垫子底下，便可摸到一把贴了黑胶布的门钥匙，将它插进锁孔，便可开门入室了。麦芮是那种素面朝天的美女，出门前从不化妆，出门后就更不带圆镜、口红、眉笔之类，因此她不用包包，手机就拿在手上，钥匙对她而言就是一种累赘，她干脆将它塞到门口绒垫下。而景深，每每外出，锁上门以后，还要将门把拧一拧，确认已打不开，有时走下一两级楼梯后还返回，再拧一拧门把。景深坚决反对将钥匙随便搁置，但麦芮总是有道理。麦芮说：“你有什么东西值得人偷啊。再说，最危险的地方最安全，小偷不会想到钥匙就在门口。”景深认为，钥匙埋在门垫下，等于埋了一颗定时炸弹，他木着脸严肃地说：“小偷精着呢。他们将电视、电脑什么的搬走，碰到人说是搬家或上门修理。真要被搬走了，不得重新买？重新买，不又得花钱？”然后他定定地看着麦芮，认真地说：“咱得攒钱，换大房子。还有，咱更得攒钱，养孩子，给他创造尽可能好的条件。”麦芮撇撇嘴：“可怜啊可怜。整个一金钱的奴隶，整个一房奴！有个遮风挡雨的地方就够了，要那么大房子干吗？浪费空间，浪费资源！再说，现在已经110平方米了，完全够住了。”然后她同样定定地看着景深，同样认真地说：“整个一孩奴。何况八字还没一撇，我还没想好要不要孩子呢！”

五年后的今天，钥匙不再藏门垫下了。许多邻居都装了指纹锁，景深提出也装，麦芮看既不用带钥匙，又让老公放心，就欣然同意了。房子还是从前的房子，门垫倒不是从前的门垫了。景深郁闷的是，在和以前一样大的房子里，仍然不见孩子蹒跚或奔跑的身影，不闻孩子嬉笑或啼哭的声音。

二、门后的挂历

不论是从前将钥匙搁门垫底下，还是现在使用指纹锁，打开门之后，都能看到门背后的挂历。景深一直希望这挂历上的明星换成自己的孩子，是孩子的“成长挂历”，挂历一年一年换新，孩子一天一天长大。

凑近了，仔细看，会发现挂历上有许多用铅笔做的记号，这些记号对于高度近视的麦芮来说不甚清晰，对于一点都不近视的景深母子来说容易辨析。它们密集而断开，有规律。这是麦芮月经周期律示意图，是可以制造出许多孩子的规划图。

图是由景深妈绘制的。一年以前，景深妈从陕北老家赶来，住了一阵子，目的很明确：儿子结婚都四年了，媳妇的肚子还没有一点起色，过来看看究竟咋回事。此前，景深、麦芮两人多次叫她过来住住，她明里说地里活忙，暗里跟景深说：“你啥时有娃了，我啥时来帮你看娃。没有娃，我不去。”等等还没动静，再等等还没动静，她火急火燎了，不等他们叫她，她突然就出现在小区门口。景深下楼去小区门口接她时，她劈头第一句话就是：“你应该知道我为什么来。”

她住小小的客房（兼景深的书房），常常大晚上坐床上，耳朵紧张地竖起，贴着墙壁，听隔壁房间的动静，同时偶尔制造出较响较长的呼噜声，好让儿子儿媳以为她睡了，以便放开行事。隔壁的动静明明是有的啊，那两个虽然努力压住声音，但还是能被她清晰听到。可为啥光打雷不下雨？播了种没收成？她像看着贫瘠的、颗粒无收的自家责任田一样，连连叹息。有一天早餐，她看到儿媳吃了几个饺子后跑卫生间去吐了，兴奋得捏筷子的手直发抖，筷子上的一只馄饨晃悠悠落到餐桌上。等儿媳出门，她在卫生间垃圾筒里发现揉皱的卫生巾。她抖着手将卫生巾打开，看到血渍。她的脸瞬间拉得老长，身子摇摇晃晃，差点摔倒。她费力站稳，去书房（也就是她住的客房）找了一支铅笔，去门背后的挂历画上一个记号。几天以后，她再去检查卫生间的垃圾筒，卫生巾没有了，她又到挂历上做标记，由此推算出儿媳的排卵期，将它告诉了儿子。她沮丧离去，在踏上回去的车子前，对儿子长长一声叹息。儿子将记录排卵期的行动沿袭下来，进行到底。

她是在同儿媳大吵一架后离去的。她在下个月再次看到血染的卫生巾时，更多的是气愤而不是颓然。等他们上班后，她立刻奔向他们的卧室，掀开床单，揭开褥子，拿开枕头，拉开抽屉，果真在褥子下、枕头下、抽屉里都发现了数量可观的避孕套。对着这些杀死她孙子孙女的凶手，她愤怒了，她要为她的那些不幸夭折的孙子讨回公道，同时为接着将要降世的孙子开辟通道。她拿来剪刀，将满腔怒火聚到剪刀上，“咔嚓、咔嚓”将这些套套剪成碎片，扔进马桶，按一下下水键，就像对电脑里的某个文档按了删除键。过了一些时日，就是她在挂历上画上粗线的日子，大晚上她又表演了几声呼噜后，贴着墙壁，屏住呼吸，紧张而兴奋地听隔壁的动静，她听到越来越大、越来越厉害的争吵声：

“套，套，我正是排卵期！”

“我不戴套！我要的就是排卵期！”

听到儿媳的话，景深妈从床上弹起，她的身体被怒火充满了、点燃了。原来是儿媳不想怀孩子！她安的什么心？她这是要断景家的香火吗？她强压住怒火，听他们怎么吵下去。

“不戴套，就不要做了！奇怪，那些套套都到哪里去了？一个也不见了？”拉床头柜抽屉的声音。“景深，你把话说清楚，你都把它们藏哪儿了？是不是当垃圾扔了？为了生孩子，你真是不择手段啊！”

景深妈再也压不住怒火了，她要将火烧到隔壁去。太不像话，儿媳故意不怀孩子，还要冤枉她的儿子——如果她肯怀孩子，任她冤枉谁也没关系。她将嗓门提到老高，以便他们（主要是麦芮）能清晰听到，厉声说：

“不关景深啥事，是我把那些东西剪碎了，扔马桶里冲走了！结婚都三年多了，该生娃了！麦芮你也不小了，再拖下去就是高龄产妇了！”

“妈，你怎么能随便翻我们的东西呢？还是这么隐私的东西！”麦芮也将嗓门提高。

“我要不翻你们的东西，我哪知道我那些孙子是咋没的？我哪知道是你有意不怀娃的？”

“妈，你管得太宽了，生不生孩子是我和景深两个人的事，你吃吃喝喝，逛逛街就成。”

“我又不是猪，就知道吃。生娃儿哪里只是你们两个人的事，那是我们景家也是你们麦家两个家庭的大事。难不成你要断了我们景家的香火？一个妇道人家，生娃儿是她的本分！哪有母鸡不下蛋，母猪不下崽的？”

“听听，你听听，你妈都说的啥难听话！我嫁到你们景家，就是传宗接代的工具？原来你妈过来就是监督我下崽的？”

“烦死了，你俩不要吵了！”景深喊。景深妈眼泪落下来。她当即就下了床，收拾好行李，天一亮就动身回家。景深追出门，喊：“妈，你咋就走了？”她头也不回，把话甩给儿子：“又没得孙子带，我留下来有啥意思。”

三、褥子下的诗集A

景深妈翻出避孕套的床褥子下，还藏了其他几样东西。也许是因为景深妈没文化，认不了几个字，因而没注意到，或者注意到了，也只是在里边翻翻，看有没有藏避孕套。这“其他东西”之一，就是写在一个蓝封皮笔记本里的诗集，那是恋爱时——景深热烈追求麦芮时，许多不眠之夜为她写的诗，婚后麦芮时时翻出来捧着看。

还是在大二的时候，景深对纺织系的麦芮一见钟情。景深在图书馆阅览室看书，眼睛离开了一会儿就再也收不回来了，他看到的是一张清纯的脸，他感到有这样一张脸的人仿佛来自另一个世界。可以想象，景深当时睁着眼的傻相。景深发了一会儿呆，醒悟自己出格了，就离了座位到书架边，装作查书，选了个最佳角度，将眼光偷偷射向自己座位的对面。就这样，那天晚上，直到阅览室关门，景深一直躲在一排书架后，手里翻着一本书，眼睛一直瞅着令他心动的方向。接下来，当然是失眠之夜，景深在黑夜中瞪大双眼，在天花板上看到一张清纯的脸。下铺的小个子翻个身，用英语说了一句梦话。对床磨牙，发出老鼠啃东西的声音。斜对床有节奏地打鼾，前半声高，后半声低。景深就在这些声音的合奏里翻身下床，摸到笔和本子，到楼道里，在昏黄的走廊灯下，写下诗句。第二天没课的时候，景深在各个教学楼各自习室转，在校园里转，蹲在去食堂必经之路上吃饭，没有逢着昨晚阅览室对面的女孩。晚饭后，景深早早去了图书馆，昨晚的情景没有再现。这样在煎熬中过了六天，景深差不多怀疑那晚在阅览室出现的是幻觉。第七天中午，景深站在六层楼寝室的窗口往外看，打开水的人群中一个绰约的背影令他眼前一亮，他立刻去拎自己的水壶，那里边满是开水，景深将它往碗里杯里盆里倒，慌慌张张拎了下楼。正在照镜子的小个子说，你可真能用开水。在第二食堂旁边的林荫路上，景深碰到打完开水的麦芮，眼光完全转移过去了，结果跟一个迎面过来的女生相撞，将对方的瓶塞撞出来，开水溅到景深的腿上，那女生“啊”一声叫，景深回过神，连说“对不起，对不起”，他不知道那女生是因为开水烫了他而叫，也没感觉到腿被烫伤。景深最初就是这样和麦芮接触的，那些日子，男生8楼6203室的开水景深包了，星期日的早餐景深负责采购，小个子他们可以将懒觉放心睡到十点以后。由于麦芮的早起和深居简出，在他们爱情开始的阶段，景深往往借助买早点和打开水来碰一碰令自己怦然心动的人。景深甚至觉得，这个看上去很清纯的女孩就应该这么芳踪难觅。

许多不眠之夜，景深将对“芳踪难觅”的思念，化成一行行热烈滚烫的诗句，积成一本厚厚的诗集。他揣着这本厚厚的诗集走向麦芮时，心里像是敲着鼓，腿脚像是触着电。他终究没有勇气将这本烫手的诗集交给她，最后将它放进一个大牛皮纸信封，贴了花花的邮票，在这个城市这个区的邮路上做了极短暂的绿色旅行，最后飘落到纺织系女生麦芮的桌上。信封写“内详”的地方，本来应该写上“中文系”，写上那个常常在一百米以外默默看着麦芮的男生姓名。

麦芮后来常常说，这年代谁还写诗啊，谁还贴邮票寄东西啊，可偏偏就是这打动了她。“可是婚后你一句诗也没为我写过了，你一句诗也写不出来了。你就想着怎么多攒点钱，就想着换大房子，就想着生孩子。你跟你妈一样，把我当成生孩子的工具！”景深定定地看了看麦芮，那眼神有点像是看一件异物，说：“你果真像是来自另一个世界。往好里说，是不食人间烟火。往坏里说，是怪物。不好不坏地说，是水土不服。你看周围谁不想提高自己的生活品质，住大一点的房子，开好一点的车，为孩子创造尽可能好的条件？”

麦芮捧着诗集的手停在空中，瞪着眼睛看了景深好一会儿，幽幽地说：“在你眼里，我原来是怪物，你是不爱我了。你不会爱一个怪物！我不过是一个不识时务的怪物，一个传宗接代的工具，还是一个不合格的工具。房子大，车子好，就是生活品质高吗？成天屁颠颠地围着钱转，围着房子、车子、孩子转，就是你想要的生活吗？你竟然说我是怪物！你是不爱我了！既然你不爱我了，那我们住再大再好的房子又有什么意义？那只是个空房间而已。”

“怎么就跟你讲不通，你——你真不可理喻！”景深气极了，梗着脖子，僵硬地说，“没有物资填充其间，没有孩子在屋里跑来跑去，那才叫空房间！跟你讲不通！”

景深还要说下去，一件东西朝他飞来，他本能地将头一偏，那东西擦他耳边而过，打到墙上。现在还留有痕迹——墙上的那个斑点就是那次麦芮将空调遥控器扔向景深，打落石灰露出来的。麦芮说“你骂我”，抢起手中的诗集准备砸过去，略一思忖，舍不得扔，就换了床头柜上的空调遥控器。到了晚上，两人睡觉，分头睡，接着景深转移到客房。半夜时分，景深脸上被轻轻摩挲，被弄醒，是麦芮在吻他。麦芮轻柔的说话声在暗夜里响：“那个暑假我坐汽车回家，你留下来实习。你送我到车站，我上车了，车开了，你跟着车子走，然后又跑起来，结果撞到一棵树上。我跟司机喊停车，我想下去看看你。司机像是没听见，车子开得更快。我焦急，我喊你的名字，然后看见你又在车后面出现……我的泪唰唰地下来……”景深在暗夜中摸到妻子脸颊上的泪水，他从床上坐起，搂住她，他们相拥着回到主卧的床上，激吻，预备做爱，麦芮突然喊出一个字：“套！”景深像泄了气的皮球一样，松松垮垮地从麦芮身上下来，或者说，麦芮的那一个字，像一支锋利的箭，将景深从阵地上射下来。

四、褥子下的诗集B

在挂历上的记号里，景深看出这一天是麦芮的排卵期。他特地揽了做晚饭的活，讨好一下妻子，好在晚上打开局面，争取将种子成功播下。他让她悠闲地靠在客厅沙发上，享受她爱看的电视剧。他甚至在自己做饭之前、在她开始看电视剧之前，系着蓝色围裙，做着适当的手势，吟诵了几句诗：“在如蚁的人群中/我第一眼要找也是唯一要找的/是你/你拥有我眼睛的专利权”，“想必有一根无形的绳索/拴着我的魂/绳索的那一端/便是由你牵着”，“我来自缺水的黄土地/我会淹死在你的眸子里”。那是他以前写给她的诗句，他从褥子底下的诗集里找出来，读给她听。他有感情地朗读。麦芮托着下巴，脸色沉静，像是沉浸其间，像是回味过往。景深走向厨房，在案板上将土豆切成丝时，麦芮从对往昔的回忆中走出来，将注意力转到电视屏幕上。

麦芮看电视剧看得眼泪稀里哗啦，好像水龙头打开，阀芯或螺栓出了问题，怎么也关不上。这种伤心延续到景深喊她吃饭。面对景深精心做的一桌子菜，麦芮无动于衷。剧中人的不幸严重影响了她的食欲，她吃了一两口土豆丝就放下了筷子。似乎水龙头的水漫到餐厅，进而漫到卧室，漫到床上。景深看她伤心的样子很是动人，就轻轻扳过她的肩头，将她揽到怀里，吻她的泪眼，吻她的嘴，吻她的颈……景深解除她身上最后的武装，正要进入她的内部，她身体一缩，连声说："套，套，你又忘了套！"

景深眉头立刻皱到一起，嘴里叹一声气，吼道："我今天偏不戴！我要让你怀上，要你怀上！"说着，景深用蛮力，麦芮大哭起来："你强暴我，景深你强暴我！"

景深瞬间崩溃，又叹一口气，说："精心做一桌子菜，白做了；特地给你朗诵诗，白朗诵了。你还是这么说不通，这么固执，这么不可理喻！"麦芮斜着眼睛看他，收了哭声，咬了咬嘴唇说："我就说，你怎么突然读起诗来了？真是有其母必有其子。你妈妈来了一趟，当面传授你经验了，你越来越有心计了。"麦芮将手往褥子底下一伸，就触到了那本诗集，她动了动嘴角，嘲讽道："诗集的位置挪动了，看来你早有预谋，事先就拿它出来温习过了，可你有口无心，你念出来的诗味道都变了！"

景深像看异物一样看麦芮。他颓然躺倒在床上，冲着天花板，快快无力，说："你说诗该是啥味道？平平淡淡不也是诗？把日子经营好不也是诗？生儿育女，共享天伦，不也是诗？"

"就知道你绕来绕去又会绕到孩子上。我不要生孩子，不要！我不要让他像你一样成为金钱和房子的奴隶！"

景深直起上身，大声朝她吼："你电视剧看多了！真是神经病！"

麦芮呜呜哭起来。她在一个长长的拖音之后，继续哽咽。

五、褥子下的《文学理论教程》

景深妈没有关注的、褥子底下的另一样东西，是一本黄封皮的小册子。它用牛皮纸包着，封皮上写的是“文学理论教程”。其实它是景深从地摊上买来的一本小说，景深和麦芮有时候是靠它来进入性生活的。麦芮一直排斥它，但后来被景深说动，跟着一起看。事情过后，两个人都生出绝望感，觉得他们的激情丧失到要凭借小说来调动。有时候景深在麦芮的身上幻想着另一个身体，景深的动作变得热烈了。从麦芮身上下来后，景深到卫生间将头埋在水龙头底下，用冷水死劲冲了冲。景深想：究竟是怎么了？自己真的对麦芮淡漠了吗？真的只是将麦芮作为生育工具了吗？景深曾经被请去洗桑拿，到包厢按摩，被一路“按”下去……这事只此一次。他觉得很对不起麦芮，将它作为一个见不得光的秘密，深藏在自己心底。

看小说，被景深转移说到生孩子。他跟她说：“以后随着年龄越来越大，我们这方面会越来越淡，这就更需要有个孩子。孩子能调剂我们的生活，能让我们享受天伦之乐。”

意料之中，麦芮绕回到原点：“生他，是害他。生个女儿，担心受侵犯，担心嫁个坏男人。生个儿子，也是担心这担心那。”景深用平和的语调，努力说：“你怎么不想想另一面：生个女儿，乖巧可爱，会疼人；生个儿子，调皮聪明，有担当。再说，家里，有我们呵护；外面，有社会保障。那么多孩子，不都平安快乐成长？我们自己，不也好好地长到这么大?”

麦芮眼睛盯着天花板，一字一顿地说：“不是你说的这样。孩子是很可爱，我也很爱孩子，但越是可爱，我越是爱孩子，就越是怕生下来。我怕孩子吃了不良商家的奶粉，发育畸形。我怕孩子打了不良药商的疫苗，受害遭罪。我怕生个女儿，被坏男生糟蹋了，而男生因未成年而不受任何处罚。我怕生个儿子，成为未成年的坏男生，又怕被失控的成年人挥刀砍杀……”

景深带了疑惑而又温柔的眼神看麦芮。他伸出手，攥住麦芮的手，侧过脸来看着她说：“你说的这些是有，可毕竟是少数，撞上的概率毕竟小。大多数孩子都还是好好的，健健康康、活活泼泼地成长。”

“可是，万一偏偏就撞上了呢？”

景深感到妻子的身体一阵战栗。他懊恼，加大了攥住她手的力度，想传递给她一些力量。

六、床头柜里的针线盒

上述两样东西被当初的景深妈有意无意忽略，但在褥子旁边，靠景深的那一边的床头柜里，有一件东西被景深妈特别关注，准确地说，它根本就是景深妈特意放在那里的。

一个小巧的、银色的针线盒，关键是盒里长长的银针。

景深妈搜查出那些套套，气愤地将它们剪成碎片，内心里已经有了打算，知道现有的装备被破坏后，新的储存很快会补上。为了不让自己前功尽弃，她特地上超市买了一个针线盒——家里自然不乏针线盒，但她莫名相信自己经手的针线更有力。她把它放在靠景深一边的床头柜里，方便景深将避孕套戳个洞。她还没来得及告诉儿子，她就生气回老家了。回到老家后，她赌气不理儿子儿媳，渐渐忘了提醒戳洞洞的事。这便有了下面一出戏：

景深正要进入麦芮的身体，麦芮上身像弹簧一样突然弹起，手伸向他的物什，脸凑近了，睁着大眼睛仔细瞅。景深笑着说你有什么企图，她严肃地说：“我检查检查，看你有没有把套套捅破。”她打开手机电筒，凑近了照。

景深眉头一皱，眼睛一闭，喊：“天啦！”

麦芮说：“你不用喊，你睁开眼瞧瞧，这是什么？”

景深睁开眼，斜着眼看麦芮。麦芮手上一根银针，明晃晃。

“为什么我要检查？因为我在你抽屉里发现了针线盒，你又不会针线活，针线盒一般又都是放在电视柜里的，怎么出现在你的床头柜里？”他们这次想尝试一个新的姿势，麦芮就来到了景深睡的这一边。景深去卫生间小便时，麦芮随手拉开床头柜的抽屉，无意中发现了。

景深一脸错愕：“我怎么知道它跑这儿来了？再说，它搁这儿，跟我戳套套有必然的关系吗？”

“天啦！”然后，景深又喊，“你太神经质了！我实在受不了了！我不过就是想要个孩子，这个愿望过分吗？”麦芮睁着大眼睛，明亮的眸子一闪，认真地说：“不过分。可是，各种天灾人祸，生下来不是害他吗？”

他们又陷入争论的怪圈。

景深朝她吼：“想不到你这么自私！你不为我着想，也要为我爸妈考虑考虑吧。他们老了，想添孙子。我妈上次来，的确就是来督促我们生娃的！”

她抬起头，眼里噙着泪：“我还是那句话，我不是传宗接代的工具。我也不是自私，我恰恰是为孩子着想！既然那么多不幸，为什么要他来遭受不幸呢？”

景深努力平静，接近于苦口婆心：“可人生明明也有那么多欢乐，那么多美好。你的眼睛不能只盯着不好的一面，一叶障目啊。”

她含着泪看他：“痛苦多过欢乐！不如不让他来受苦！”

景深找到新的切入点：“有一天，我们没了，但孩子在，可以将我们的生命延续。”

麦芮脱口而出：“不好，不好，我们都走了，只剩下孩子在，我更不放心！”

麦芮的话如车轱辘一样转起来。景深失去了耐心，口气变硬：“真奇了怪了，看你以前随便将钥匙塞门口垫子底下，看你笑我锁上门后又拉拉门的强迫症，你应该是很洒脱、很乐天啊，为什么会这么悲观？”

麦芮睁了睁闪亮的大眼睛，直直地看着景深：“跟我过了这么久，你还是不了解我。你只看到一些表面的东西。”

七、枕头下的药

景深想，总有一天她会想通的，先依着她，戴就戴。慢慢说服她，慢慢卸掉她的盔甲。她以前不是拒斥那本小说吗？后来不是接受它了吗？有一天她也会接受生孩子的。好在他们两人年纪都还不算太大。

可是这一天，麦芮竟然……景深想，做爱之前检查套也就检查了，做完后再检查一下也依你，全部的都被一网打尽，总该放心了吧。麦芮竟然从枕头底下摸出一粒药丸，拿床头柜上水杯里的水送进嘴里。

景深问她吃什么。她倒是坦白：“七十二小时避孕药。”

景深恼怒里带了委屈：“你要戴，我戴；你要检查，让你检查。你还不够，还要吃这个什么药！你不知道它副作用很大吗？”

麦芮又喝了一口水，说：“套不一定就安全，吃药保险。”

景深怒从心头起，右手一挥，将她手里的水杯打了出去。杯子在地板上滚动。水从床上洒到地板上。他朝她吼：“你脑子有病啊！你存心气我，是不是？你存心让自己不能生育，是不是？”

她看着他，眼里像是噙着泪：“我怕生孩子，不，我不是怕生，我是怕他生出来受罪。生个女儿，担心她受侵犯；生个儿子，担心这担心那。还有各种烦恼、疾病、挫折、洪水、地震、瘟疫……”

景深眼睛盯着她看，深深地叹口气，说：“你脑子里究竟装啥，怎么尽是些消极忧郁的东西？你就不能用积极明朗的东西把它们轰走？”然后，他拍拍她的额头：“你这是病，病得不轻，得治！”

她抬眼看他，脸上挂着泪：“我们都有病！”

现在，景深和麦芮两个人离去，房子空荡荡的。物件成为静物。书房电脑的屏保闪烁，景深出门时忘记关它。屏保退出，景深刚刚打下的几行字醒目地呈现，是一首诗——景深婚后的第一首诗，刚才麦芮流着泪下楼时，景深坐在电脑前，敲下了如下诗行：

空荡荡
用什么来填装
愈空旷愈恐慌
愈充满愈荒凉

晃悠悠
怎样走才不跌跌撞撞
静默时大雨如注
呼喊时天地苍茫

中文系

风　波

星期三上午第一节课，中文系93级2班出了一件怪事：教欧洲文学的戈副教授腋下夹着那本黄色讲义夹，左手端着不锈钢茶杯迈步走向讲台，被什么东西绊了一下，眼镜片摔碎，茶杯滚落到地上，发出“丁当、丁当”的声响，讲义夹散开去，戈副教授贴着黑板墙歪下去。等他爬起来，将散落的东西一一拾起，一看，绊倒他的那东西竟是一堆大便。戈副教授的眉头立刻收拢到一起。他扫了学生一眼，拍拍讲义夹，拍拍衣服，说，这节课自习，就匆匆走出教室，敏捷地绕过那堆大便。

戈副教授径直向系主任办公室走去，连声说真不像话。等进了门，戈副教授劈头就说，真不像话，许主任，你去93级2班看看。系主任许灵钧忙站起来说，咋啦，戈老师，93级2班咋啦。戈副教授说，许主任你去看看。

许灵钧就上到四楼，走向405教室。他走近门口时，听见里边叽叽喳喳的，跨进门槛，教室里鸦雀无声。许灵钧有些满意。

许老师，小心脚下。许灵钧正要往讲台上走，有个女生冲他喊。他抬起的脚停在空中，眼睛看下去，眉头连忙收拢到一起，脚赶紧拿开，退到离大便一米远处。

谁是班长?

第二组第二排站起来一个高大男生。

你查一下。许灵钧看一眼那大便。看上去不像是小孩拉的。是谁干的?外面的人，还是班上的人？目的是什么？你查一下，本周内将结果告诉我，或者告诉辅导员赵老师。

走出教室时，许灵钧回头说，打扫干净，事情别往外讲。

不用保护现场吗？有男生问。

下午两点钟，在系活动室召开教工周三例会。书记鲍仁文朗读了《中国教育报》和《光明日报》上的两篇文章，宣读了学校两个文件，一个是关于扣养老保险金的，一个是关于职称评定的。大体意思是，凡申报中高级职称者，本周内将个人简历、近年来发表的论文和出版的专著上报系办公室。接着，分管工会的庄子碟老师说了两件事：一是白家宣老师的祖母过世了，大家有要表示一下的，会议完了交到他那里；二是系上与桑县集资合办的再生革厂，有二十多万元账收不回来，高家林和张达民两位老师到沈阳追账去了。庄子碟没说完，老师们便叽叽喳喳。等安静下来，主管学生工作的赵伯涛副主任说，今年我们和党校合办的班情况不妙，中文专业一个没招到。系主任许灵钧宣布散会，后面的戈副教授大声说，许主任，今天早上的事你给大家说说。许灵钧看了看戈副教授，又看一眼辅导员赵蒙身，说，今天早上93级2班出了点事。班主任白家宣老师请了假，辅导员赵蒙身老师忙和党校办班的事，93级2班就出了事。毕业班，事情比较多，可能有的老师已经知道了。今天上午第一节课，93级2班教室讲台旁出现一堆大便。有几个年轻男教师笑，有两个女教师说“哎，真恶心”，有几个老教师说“真不像话”。许灵钧说这事正在调查，马上就有结果，蒙身你抓一下，现在散会。

93级2班教室似乎很热闹。赵蒙身开完会出来，一上四楼就听到了。似乎在唱歌，《你究竟有几个好妹妹》。等他来到门口，看见女生胡玉英正站在讲台上清唱。他朝讲台旁边看了看。很干净，什么也没有。

赵老师，你来得正好，我们正在举办通俗歌曲大奖赛，你正好来当评委。

文艺委员陆雯婷迎上来。

前排有两个男生站起来往边上让，将中间的座位空出来。赵蒙身又看了一眼讲台旁边，走到空出的座位上。

请评委亮分。9.5分，9.4分，9.5分，9.6分……赵老师，请您亮分。陆雯婷妩媚一笑，她好像涂了口红。

赵蒙身随手抓起一支笔，在纸上写下：9.7。

去掉一个最高分9.7分，去掉一个最低分9.2分。5号歌手胡玉英最后得分9.58分。6号歌手何战鳌做准备。现在请赵老师为大家献上一首歌。陆雯婷妩媚一笑。

赵老师，后排男生大声喊。来一个，学生齐喊。

赵蒙身站起身，朝讲台旁边看了看，转过身。那我给大家唱一首《把根留住》。赵蒙身边唱边想：怎么跟没发生大便风波似的？

白　夜

周朴元将煤气灶搬到楼道旧课桌上，将铁锅支上去，脚一跺，头上的灯亮了。他进屋，拧煤气罐开关。

妻子谢惠敏进来，拎一塑料袋苹果，往茶几上一搁，一头扑向床，说累死了，饭交给你做。

周朴元开始炒菜。头上灯熄了。他又一跺脚。

做啥好吃的？外语系卞老师端了洗好的菜经过。周朴元往里边让了让。老一套，蘑菇炒青菜。他往菜里搁了盐，目送卞老师高挑的身影东去。一楼道炒菜声。卞老师好不容易穿过做饭的人群，到了家门口。

周朴元将蘑菇青菜、稀饭、豆角肉端到屋里茶几上，将煤气灶搬进屋，掩上门，说吃饭。

谢惠敏这才换了拖鞋，去窗户边将窗帘放下，将旁边的电视机打开，坐到茶几旁边。

新闻联播正在播国际新闻。美国正在推出模拟空战装备。

今天上午第一节课，93级2班讲台旁边发现一堆大便。

你恶心不恶心，吃饭说这些。

苹果买的多少钱一斤？

一块三，收摊了，便宜卖的。查出来是谁干的吗？

哪有那么快，主任说本周内查出结果，我看够呛。

真恶心，你们系尽出怪事。换六频道看《宰相刘罗锅》。

就看中央台，《焦点访谈》快开始了。

我们厂好些女孩，都崇拜水均益。

你也是一个吧。乖乖，伤成这样了。你快看，这煤气灶出事，女的伤成这样了。

快换频道，看了晚上做噩梦。

咱们得把煤气灶弄出去，我老闻着有股味。

弄出去你想被人偷掉啊！睡觉吧。

睡那么早！行，行，我定上闹钟。定六点半吧？

少上点劲。响那么长，吵死了。咋这么吵，你肯定是把上面的窗户打开了。

没打开。

什么意思？打开了就打开了，去关上。你想让我一晚上睡不着觉！

总得透透气吧，我老闻着有一股煤气味。是谁想的把这楼建到马路边上？

别磨蹭了，我拉灯了。

你们厂毛病，七点钟就打卡，这么早我咋睡得着。

你开着灯影响我。谁叫就这屁大一间房，指望你评上副教授，搬进单元房，哪辈子的事？这破楼住了四五年了，阴面又冷又吵，搬到阳面，暖和了，却更吵。尿盆拿进来了吗？

拿进来了。

哼，又是厨房，又是卧室，又是厕所。

跟你说遇到有钱的，又真心爱你的，你就和他好。你偏偏对我……

哎，当初结婚太匆忙，太不实际。

后悔了吧。要说，咱们其实一直住着两室一厅。

啥两室一厅？

你这上面是两室，底下是一厅。

无聊文人，亏你想得出来！

这汽车开这么响，找两块石头砸下去。干啥？

尿尿。

出去尿吧，别老早就把屋子搞得像厕所。

这屋子本来就是厕所。

小心点，别撞上煤气灶。

你系里早上出那怪事，是谁的课？

戈副教授戈战。我听学生底下喊他戈战鸡巴诺维奇。

什么怪名字。快十一点了吧，得赶紧睡了。

你们厂怪毛病，七点钟就打卡。

我是越来越神经衰弱了，难得睡着觉了。

睡不着，那我们……

一边去。

没劲。

你才没劲。屁大一点儿地方，又是卧室，又是厨房，又是厕所，比白天还吵。

我闻到一股煤气味。你闻到没有？

不放心，你下去看呀。

干啥？

尿尿。

尿频！

气的！

动物凶猛

周朴元送妻子下楼上班后，回到宿舍蒙头又睡了一觉，醒来时已经十点。他草草刷了牙，抹了一把脸，拿起教本向教学楼走去。

刚走出来，有人跟他打招呼，是物理系马小军老师，骑了摩托正准备出去。

你们系咋啦？最近尽出事？

咋啦？周朴元想，事情传得这么快，主任还叫保密。转念一想，学校又不大，还传得不快？

你还不知道？马小军直了直腰。汪文轩昨晚被流氓打了，羊肉串摊被砸了；林震被流氓抢了，五百多块代课费全抢光了。你竟不知道？说完飞车而去。

周朴元来到405教室。学生交头接耳。周朴元发现空出许多座位，便问怎么有这么多人缺课。

二组一个男生站起来说，去医院看汪老师了。

汪老师住院了？

周老师你不知道？

周朴元说现在上课。今天补讲六朝骈文。在黑板写上“六朝骈文”四个字后，他转过身说的却是：我给大家说说汪文轩老师。汪老师为啥晚上和爱人烤羊肉串卖，因为汪老师的爱人厂里发不出工资。还因为他有两个儿子读大学，要负担。还因为他想挣一笔钱，自己出书。不排除他想升正教授，但更主要的是他想出书，他对汉魏六朝文学有很深的研究。这样的书给出版社带不来经济效益，汪老师只有自己挣钱出书。花钱可以出书，出了书可以评职称，但很多为了评职称而出的书，往往只是为评职称，没有多大学术价值，甚至不过是一堆废纸。汪老师要出的书不是单纯为职称……周朴元没再往下说。他突然想到跟学生说这些不合适。

课间休息时，周朴元留在讲台上。三组一个女生上来说，周老师你这节课讲得真生动。又上来一个女生说，汪老师是为胡玉英住的院。昨晚上胡玉英带家教回来，几个流氓拦住她要带她去看录像，胡玉英不肯，流氓就硬拉她，还乱摸她。汪老师正在卖烤羊肉串。汪老师走了过去。流氓说，你个卖羊肉串的老头，她是你什么人，你少管闲事。汪老师说，她是我学生。流氓就说，笑话，你个卖羊肉串的老头，能有这么漂亮的学生？这么漂亮的学生，跟着你学烤羊肉串？后来几个流氓就打了汪老师，还砸了汪老师的摊点。汪老师的头都被打破了，腿也被打折了。

周朴元来到系办公室，只干事陶岚一人。

陶岚说：有课?

周朴元说：都看汪老师去了?

陶岚说：都去了。

周朴元说：汪老师伤势咋样?

陶岚说：不是太要紧吧。

周朴元说：林震被抢，是咋回事?

陶岚说：林震不是昨晚上在自修大学有课嘛。回来时骑车撞上两个流氓，其实是两个流氓故意撞上去的。两个流氓就说撞伤了他们，要林震出医疗费。林震两个月的课时费就被抢走了。

周朴元恶狠狠地骂了一句。

在细雨中呼喊

赵蒙身醒来时，听见窗外滴滴答答的雨声，远处车辆声喧嚣。赵蒙身伸了个懒腰。同宿舍的白家宣请了假，这个不大的空间暂时是他一个人的。下午不用上班。他翻翻身，打算再睡一觉。

从昨晚直到今天中午，赵蒙身未曾合眼。昨晚十一点半，他刚刚躺下，许主任“咚咚咚咚”敲开他宿舍的门，说汪文轩老师被人打了，蒙身你去帮忙弄到医院。赵蒙身就忙着挂号缴费，看护汪老师，直到今天中午。赵蒙身本来忙着将学生分头叫到他的宿舍，调查大便的事情，汪老师的事情使调查暂时中断。在自己宿舍和学生谈大便，不太好，但赵蒙身这样做有个私人原因，就是有借口叫陆雯婷来，和她单独相处。以前陆雯婷来了，白家宣总在一旁掺和。

陆雯婷是中文系这几届女生当中最漂亮的一个，而且歌唱得好，是好几次校文艺晚会的主持人。还在校报上发表过几篇散文。赵蒙身很有想法。似乎白家宣对陆雯婷也有想法，有天晚上他套白家宣的想法，谈起陆雯婷，白家宣很兴奋，结果两人兴奋地谈到天亮。两人都没有明说，但都暗暗在较劲。要是陆雯婷在他们两人当中挑选，将选择谁？赵蒙身外貌好，但白家宣是本市人。

赵蒙身本来打算再睡一觉，但睡不着。他在想着和陆雯婷的几次交往。那次学生游翠华山，邀请他去，在山顶照相时，陆雯婷主动走到他旁边，说跟他合影。想到这里，赵蒙身爬到床那头，从书架上取下影集，翻到那张合影。活脱脱的一对，挨得那么近，陆雯婷还挽着他的胳膊，还含情脉脉。上次他带他们实习，陆雯婷是组长，到他住的房间汇报情况，直到深夜。赵蒙身现在后悔，连手都没碰。那次赵蒙身跟学生说，市面上正在上映爱情片《云中漫步》，陆雯婷走过来说，赵老师请我看我就去看。赵蒙身现在后悔死了，那次怎么不请呢。

好像楼下雨声中有人喊“赵老师”，好像还是陆雯婷的声音。赵蒙身坐起，赤着脚，扑向窗台，打开窗户往下望。真是陆雯婷，一个人，撑一把透明伞。赵蒙身忙喊：上来！陆雯婷在细雨中回应：我就上来。

赵蒙身对着天花板响亮地吹了一声口哨，走到床边将被子叠好，将床单扫了扫，将床单角扯了扯。又走到桌边拿起镜子照，拿了梳子到屋角的脸盆里沾了水到头上梳。敲门声响起，赵蒙身赶紧放下镜子、梳子，跑过去开门，这才发觉自己还赤着脚，就穿上一双拖鞋，过去开了门。

陆雯婷在楼道上将透明伞抖了抖，收拢了进屋，随手将门掩上。

陆雯婷将伞搁门角煤气灶旁，径直坐到赵蒙身书桌边。一阵清香在屋内散开。她说，白老师还没回来？

赵蒙身说，他请了一周假。倒了一杯茶递过来，在一旁坐下。

谢谢！陆雯婷好像涂了口红。她从牛仔裤口袋里掏出一沓稿纸，说，这是我最近写的一篇散文，你给看看。陆雯婷把纸放到离自己近的地方。赵蒙身把椅子朝她身边挪了挪。他闻到的香味更浓。他感到自己的胳膊碰到她薄上衣里边的润滑肌肤。他的手有些哆嗦。

题目是《心灵之约》。一开头就是写一个撑着红纸伞的女子在雨后的黄昏到山上去赴一个约会。赵蒙身感到这些都是暗示。他的眼光从稿纸上移到陆雯婷脸上。陆雯婷明亮的眼眸迎上来。

他们离得那样近，几乎脸贴脸。赵蒙身心跳加快。

陆雯婷不动声色，说：门没有关。

赵蒙身忙过去将门关上，反锁上，急切地返回到桌边，将嘴唇压过去。

陆雯婷抱住了他。两个舌头缠在一起。赵蒙身的手发生了位移，陆雯婷却挣脱开去，赵蒙身停止了行动。

陆雯婷站起身，收了收桌上的稿子，说：我得走了，五点钟有个老乡聚会。屋里余香。

赵蒙身摸了摸自己的嘴唇，嘴唇有点红。他朝天花板吹了一声口哨。

一地鸡毛

林震一走进卢佳川教授的家里，就看见一地的鸡毛。

卢教授蹲在地上挦一只大花公鸡。

林震忙蹲下身，说：这个我在行。

这你就不如我啰。卢教授笑笑。林震你坐，随便坐，我马上就好。

林震看卢教授的确挦得娴熟，手到之处鸡毛即去，丰满的皮肉立即裸露出来。林震便走向卢教授的真皮三人沙发，环视一眼一客厅的书架，似乎又添了不少新书，书架超重了。然后他的目光继续落到鸡上。现在鸡已经全裸了，很“丰满”，居然想到这个词，林震一笑。卢教授拿一把张小泉剪刀剪鸡屁股，“咔嚓”一声那玩意儿就掉了，看来卢教授剪过不少鸡屁股。然后卢教授白白的手伸进鸡肚子里，掏出来肝、肠、鸡嗉子。我去放好就来，卢教授说。

林震忙站起来说，我来扫鸡毛。

不用你扫，不用你扫，你坐着。卢教授笑笑。卢教授进厨房时，林震找到扫帚，将鸡毛扫成一堆。他没有看见簸箕，就回到沙发里。

林震你前日被人抢了？这世道真是越来越不像话。卢教授说着话，来到客厅。

林震欠一欠身，笑了笑，说：破财免灾吧。

破财免灾，破财免灾，卢教授说。喝茶还是喝咖啡？

林震又一欠身：卢老师，不用麻烦。

喝茶吧，新茶。卢教授泡好茶，放到林震面前。

林震忙欠一欠身：江老师呢？

她出去转了。卢教授在转椅上坐下。

林震看一眼地上的鸡毛，说：卢老师亲自杀鸡？卖鸡的地方不是有杀鸡的吗？

自己杀，自己杀，图个乐趣。我就只这个嗜好，爱吃鸡。抽烟不？卢教授从写字台上拿过来一盒红塔山，说：我记得你是抽烟的。

半年抽上一支。林震摆摆手。卢老师一直不抽？

十几年没抽了。卢教授抹了抹头发。去外面代点课不容易。你是两个月的代课费全被抢了？破财免灾吧，祸兮福之所倚。

林震连忙笑笑，说：但愿有福。卢老师，您看这次评职称——

我想你应该没问题，喝茶，卢教授说。你出了书，发了不少论文，工龄也到了，我想你应该没问题。

还请卢老师费心。

我这里没问题，林震你放心。卢教授抹了抹头发，说：喝茶。

林震抿了一口茶，说：卢老师这次招几个研究生？

还没完全定，大概是四个吧。

门铃突然响了。林震站起身正欲告辞，卢教授已经过去开了门。卢教授的拖鞋上沾了两根鸡毛。

光普是你。

还没吃饭吧，上我那儿。

林震忙上前打招呼：乔老师。

林震在，正好，三个人更热闹，你嫂子做了几个菜。乔光普老师说。

林震忙说：我就不去了。

你跟我客气啥？江老师呢？

她出去转去了，不管她。我们走。三个人便往外走。到门边上卢教授突然停住，说：咦，谁放的两只鸡？林震是你吧。你看你，花什么钱呢？

林震笑笑，说：不算个啥。您不抽烟不喝酒——

花什么钱呢，你看你，你刚刚被抢——

过了十几年的苦日子你该享受享受了，十几年的苦日子你吃的啥，鸡毛你都看不到了，别说吃鸡了，现在你该享受享受了，几只鸡又不腐败，乔老师说。

这次我收下，林震，下不为例。鸡毛是挦过的？

走出2号家属楼，向马路边上的宿办楼走去。林震一路上有些紧张，他怕碰见魏年舒教授。魏年舒教授和卢佳川教授住对门，两人每天早上一打开门就碰面，但两人是死对头。这是别的系都知道的事情。这个学校不大，中文系就卢、魏两位教授，但两位教授互相看不起。可能是一山不容二虎吧。先是魏教授说卢教授“年轻”“破格”，根基不深，后是卢教授说魏教授那就多请您指教啊，魏教授又说哪敢我可不敢摆什么中文系泰斗的臭架子，卢教授又说谁摆中文系泰斗的臭架子啦。两人正面交锋并不多，碰到了一般不说话，实在要交谈一下（如一起代表中文系出席会议）就面子上做一做。两人互相攻击对方的话是有人在底下两边传的。林震有时怀疑两位教授之间是否真的有那样大的过节，会不会是误传造成的，会不会是有人想挑拨是非渔翁得利，但是表面看上去两位教授的确不友好。林震是都不敢得罪的，得罪任何一方对他评职称都不利。他明白在一个教授面前断然不能提另一个教授，说另一个的好处自然不能，说坏处也是不妥的，听话的教授会想：他在那边是不是也这样说我？所以最明智的做法是，绝口不提另一个。两边都要经常登门拜访的，但这拜访有难度，因为他们门对门，敲卢教授家的门时，很可能赶上魏教授正好出门或正好从外边回来。林震是教当代文学的，有一次他拿了一篇自己写的评当代作家的论文来请教卢教授，刚一走进2号楼2单元，就碰见魏教授开门去倒垃圾。林震忙说魏老师我帮你倒，便过去拿到公厕旁倒了，回来进了魏教授家，林震手里拿的论文早被魏教授看见了，他呈上去，说，魏老师，您给指点指点。魏教授戴上眼镜，一看题目便眉头一皱，说：这个你要去问对门，我不敢造次。魏教授是教明清文学的，林震当下就在心里骂自己混蛋，把魏老头得罪不小。以后林震就变精了，打探到卢教授有晚饭后随夫人去散步的习惯，而魏教授周末常去东大街看年老的岳母，林震便在周末拜访卢教授，晚饭后拜访魏教授，但今天不是周末，林震实在着急这次评职称的事，所以他就赶来拜访卢教授了。刚才他提着两只鸡来时鬼鬼祟祟躲躲闪闪，生怕撞见魏教授，还算运气好，魏老头没出现。现在林震跟着卢教授和乔光普走，也挺担心，因为这种局面容易让魏老头理解成他是卢派的人，还好，直到宿办楼底下都平安无事。林震朝楼旁边的小卖部走，乔光普将他叫住：林震你去干啥？去买啥？你跟我客气啥？林震说我买点酒，乔光普说酒我家有的是。

所谓“宿办楼”，盖因一楼二楼是后勤办公室，三楼到六楼是单间宿舍。乔光普住三楼，因为年纪大，孩子大，分了两间。周朴元和林震住四楼，他们都只有一间。赵蒙身和白家宣住五层，两人共一间。穿过满是桌子炉灶煤球的楼道，走进乔光普家的厨房兼客厅兼餐厅，林震一眼就看见一地鸡毛。乔光普说：老卢爱吃鸡，我今天设的是鸡宴，炖鸡烧鸡爆炒油炸。林震你和老卢坐沙发。林震推让，说：乔老师您坐沙发。

你跟我客气啥。乔光普说着，在矮凳上坐下，旋开孔府宴酒瓶。喝这个，还是喝西凤，老卢你今天多喝点。

林震说：嫂子也来吃。乔光普的爱人连说：你们吃，你们吃。她正在用打湿的扫帚轻轻扫走一地鸡毛。

卢教授夹了块辣子鸡，放进嘴里，说：不错，不错，文婉的手艺越来越好了。

比江老师是差远了，乔光普的爱人苏文婉笑着说。

你比她强，你比她强。光普你给我少倒点。

林震能喝，满上。

够了，哎，太多了。

不多，不多。多乎哉，不多也。来，喝。关系深，一口闷。

哈哈，光普还一套一套的。

林震你别斯文，你该学我大口喝酒，学老卢大口吃鸡，用手撕着吃，吃得油嘴滑舌、大汗淋漓的。

卢老师是美食家。

吃是自己吃了，穿是给别人看的。这是我一向的信条。

吃要吃，穿你也要讲究。十几年的苦日子你过的啥，再说你现在有条件，不像我——

光普你又来了。

惭愧啊，我只比你小六岁，两个老朋友，你都快带博士了，我还只是个讲师。光普你又喝多了。

没喝多，林震又不是外人。真的很惭愧，我只比你小六岁，现在住的仍是单身宿舍，这房既是厨房，又是会客厅，又是小女儿的卧室，幸好大女儿考上了大学。顿顿做饭都把煤气灶搬出去，做完饭又搬进来。汽车白天黑夜吵，灰尘多。哈。

林震看乔光普的脸已经有些发红。他爱人苏文婉去隔壁房子了。林震站起来给乔光普冲了一杯茶：乔老师，您喝茶醒醒酒。

我没事，小林，你坐下吃鸡。

林震又给卢教授泡了一杯，然后绕道经过冰箱、衣橱、洗衣机、书柜、煤气灶，坐回沙发里。又抬眼看了看拥挤的房间，衣橱后边拉了一道帘，里边是乔小羽的卧室，窗外是马路上车辆的喧嚣。林震想：我的房子又何尝不是这么挤呢？尽管一直用的蜂窝煤炉，放在楼道不怕偷；没买煤气灶，不担心小孩会动煤气管；没买冰箱，但是冰箱、煤气灶空出来的地方放了九岁儿子的床，不用冰箱、煤气灶，很不方便，和儿子住一间也不方便。两人做那事很难，而且每到夏天晚上，早早就得关灯。电扇吹的是热风，妻子就穿得少，儿子却懂事了，因此，夏天都是在黑暗里摸索。同楼的周朴元干脆一直不要孩子。

惭愧，老卢你多次说我述而不作，你说得对。我是想像你一样有过硬的业务。但我达不到。系上我还就佩服你老卢，不是因为咱俩老关系、老朋友，我是打心眼里佩服你。达不到像你一样过硬的业务，我又舍不得花大价钱出书、花版面费发论文，不评职称。但看来这职称还真重要，分房涨工资调动都靠它。可僧多粥少啊。打个不恰当的比方，就好像那么多那么多的狗在水里游啊游啊，拼命游到岸上去抢那两三根骨头，还是烂骨头。为了这烂骨头，有的狗就在水里挣扎了一辈子，呛了一辈子，有的狗就把别的狗踩下去，有的狗就摇尾乞怜当哈巴狗……当然这比方很不恰当。

乔光普说到有的狗摇尾乞怜时，林震不知怎么脸一红。说到有的呛了一辈子，有的把别的踩下去时，林震就转着脑子在对号。

我还写了一篇小说，题为《岸上的骨头》。当然老卢你另当别论，不是因为咱俩是老朋友老关系才这么说，我是打心眼里佩服你。我另一个佩服的是汪文轩老师，他很悲壮。小林也很年轻有为。喝，喝。

再喝你就醉了。光普你其实很有才，就是运气不好。我也不过就是运气好点。博士点要真的批下来，光普我就招你为博士。算了，那要等到啥时候。干脆这次我先招你为硕士，这样以后上博士也好说些。

这样不合适吧老卢，我年龄都超了。再说，我不想听别人说闲话。

闲话不闲话叫别人说去，我明天就去研招办。

大　厂

星期一早上许灵钧上班，老远就听到系主任办公室一阵电话铃响，他加快步子走上去打开门，过去一把抓起电话。许主任，事情不好，高家林被公安局抓去了。是余占傲从沈阳打来的。

怎么搞的？你仔细说。

我们通过沈阳光辉路派出所的帮助找到祥子，他答应付给我们五万，先付了两万。高家林紧紧抓着他不放，又怕他使坏，就请他吃饭，吃完饭祥子回请唱歌，唱完了，和高家林跳舞的女的把高家林带到一家旅社，刚脱完衣服，公安局就来抓了。是祥子设的圈套，公安局是他叫的，那女的是祥子收买的。

高家林，也不找个时候。你呢，当时你哪去了？许灵钧对着话筒发火。

我得了重感冒，正吊水。

这么说，祥子又跑了？高家林几时能出来？

高家林的事，我正在交涉，不算大，只是凑巧赶上这里扫黄。等他出来后再去找祥子吧。

哎，你看你们这事办的。

许主任，我待会儿再打电话过来。

占傲，你尽快把事情处理好。许灵钧准备挂电话，又补充了一句：占傲，你辛苦了，感冒好了吗？要不要派人去支援？

没事，暂时不用派人来。

许灵钧挂了电话，一屁股坐下，掏出一支烟，拿打火机点，打了几次才点着。

书记和副主任去医院看汪文轩老师了。许灵钧走过去掩上门，泡了一杯茶，坐到沙发里。他决定静静地理一理思绪。他的手抬上去，先理了理并不茂盛的头发。

他是大前年当上系主任的。新官上任三把火，他想实实在在在任期内做几件事。第一件便是抓创收，偏偏那么巧，桑县一个认识的农民企业家陈换身找到中文系，提出合办再生革厂，中文系投股，五五分成。召集干部会议，都赞成。召集全体老师会议，都赞成。谁不想发财！靠死工资过得那么紧张！但股金何来，最后讨论决定：集资，全系四十三户教职员工（夫妻俩都在系上的算一户）每户集资四千元。中文系是大系，要办厂就要办一个大厂。挣的钱在节假日和年终以奖金形式发放。经研究决定，抽出分管工会的庄子碟去任厂长，高家林、余占傲去当助手，其他老师没课时分头去帮帮忙。头一年势头很好，产品卖出去的多，收回来的钱多，发的奖金多，别的系都羡慕眼红。第二年就不行了，销路不好，卖出去许多产品收不回来账，资金周转不开，发的奖金少了甚至没了，别的系开始说风凉话或者表示同情。最后大厂变小厂，直到办不下去，庄子碟等人撤回来，剩下二十万多元账没收回，便又派他们三人分头去各地追账。

许灵钧曲着左手敲了敲额头，坐起来喝了几口茶，续上一支烟。

电话响了。许灵钧赶紧跑过去，拿起听筒。不是余占傲，是主任赵伯涛打来的：老汪吵着要出院，郭大夫坚决不同意，说要继续观察观察，主任你看——

伯涛，你再劝劝老汪，我就不过去了，我在等占傲的电话。

许灵钧将电话拿到茶几上，回到沙发里，又抬起手理了理头上并不茂盛的头发。

最近走什么运，又是这又是那。93级2班大便的事还没查出来，又是林震被抢，又是汪文轩老师被打，流氓查不到，汪老师是为保护学生受伤的，医疗费就系上报一部分。过些日子职称评定结果下来后，又有好戏看。许灵钧越想越头大，越想越觉得不单是最近不走运，打他上台后就一直不走运。办大厂，辉煌了一下子，却落下这么大的后遗症。和党校合办班，中文系是招生越来越少。高家林从厂里撤回来后，到一家跨国企业兼职，销售化妆品。政治系还出过一件趣事：老头和老伴关系不好，同一个屋子里一人住一间，一天到晚不说一句话，各人做的各人吃。过了一段日子后，老头实在想念老伴做的饭菜，老伴也有意做了好吃的饭菜在老头面前吃，老头终于妥协了，提出在一起吃饭，但还是各住各的。老伴说行，不过要答应一个条件。老头问啥条件，老伴就说你得买我的产品，老头说你那些化妆品我买了何用，不过我还是买吧。这就对了，你要想吃我做的饭，你就得成为我的下线，销售化妆品。不久，老头老伴团结起来说服女婿也参加销售。许灵钧想：想岔了，还是回过头来想高家林做销售的事。这小子有次上课，讲写作，讲着讲着讲到了销售，说什么发展到钻石级就有一栋房子，可免费到中国香港、台湾转一圈，发展到翡翠级就拥有一辆小车，可免费游美国、法国。末了慷慨激昂地说：一万年太久，只争朝夕，三十八年过去，弹指一挥间，同学们啦，趁年轻，既要在知识的海洋里遨游，又要在商海里搏击，应该自食其力，不要再依赖父母了。学生们就把“一万年太久，只争朝夕，三十八年过去，弹指一挥间”作为口头禅，后来这事不知怎么被学校知道了，副校长说，这还得了，公开在课堂上跟学生讲传销，下令暂停高家林的课。系里叫高家林交一份检查，然后派他去山东收账去了。

电话铃突然响起。许灵钧身子一激灵。余占傲打来的。

许主任，事情已经搞定，我把高家林保出来了。

我就知道你办事效率高，这下我放心了。他把话筒搁到肩上，把耳朵搁到话筒上。

你们继续去找祥子吧，可别再让这家伙跑了。对了，你感冒好了没有?

没事，早好了。

这就好，注意身体，也注意安全。

许灵钧放下电话，站起身伸了个懒腰，自言自语：占傲这小子就是有几下子。他喝了一口茶，于是开始想余占傲的事。

余占傲高大、壮实，在公安局打过一阵子工。局里有他一位同学，赶上严打，人手不够，就叫他去帮忙。不影响教课，又能有一笔收入，余占傲就去了，回来就喜欢讲奇闻怪事。

有次小分队扫黄扫了一晚上，直到天快亮才逮住几个。小分队的人个个困得实在不行了，余占傲就说你们去睡，交给我审。余占傲审着审着实在撑不住，趴桌上睡着了，醒来时五个溜得一个不剩。

想到这里，许灵钧笑了，他奇怪自己咋会有心思想起这些花花事。他站起来坐到办公桌旁，点燃一支烟，拿起一份学校的文件，但思绪仍然停留在余占傲的那些怪事上。

一次余占傲和小分队微服查访，混进猩猩歌舞厅，他跟着同学故意走错，撞进一个小包间时，看见和一个中年男的抱在一起的少女很面熟，那男的正把手伸进少女的裙子里。余占傲不相信这是真的，但那女孩确确实实是系上94级3班的一个女生，平时很文静的。过后许灵钧和余占傲将那女生找来，闪烁其词地说了，没想到女生说，不用遮遮掩掩了，我是，处分我吧。女生走时说，我需要钱，我不想叫我那寡妇母亲累死累活供我念书。

许灵钧想不下去了，他有点坐立不安了，两只手伸进并不茂盛的头发里抓了几下。

利　用

星期三晚上，在学校礼堂举办了迎香港回归“百年梦幻”诗歌朗诵会，中文系和校团委联合承办，赵蒙身具体负责，陆雯婷主持。

晚七点半，陆雯婷一袭乳白色套裙出现在舞台正前方，天使模样。她涂了点口红，聚光灯照着她，身后被柔光和烟雾制造成云雾缥缈模样。陆雯婷呈现出“云中仙子”的风姿。她将话筒调高了一点，清脆纯正的声音便在大厅里弥漫开来：

大河数着浪花，群山扳着指头，我们倒计时，还有一个月零六天，还只有一个月零六天了，香港就要回归了。秦华大学1997迎香港回归“百年梦幻”诗歌朗诵会现在开始。

掌声雷动。

中文系副主任赵伯涛坐在台下前排中央，他偏偏头，凑近旁边的赵蒙身，小声说：你小子有眼光，抓紧点，她就要毕业了。

赵蒙身一笑，他正盯着台上那片红唇。在白家宣回来之前，他们又单独在宿舍待过两次，只限于接吻。赵蒙身稍有进一步的行动，陆雯婷便找借口支开。第二次两人吻得正投入时，陆雯婷突然移开嘴，说：大便的事调查出来了吗？赵蒙身说：这个时候你提什么大便。陆雯婷说：我告诉你吧，那堆大便是冲着戈副教授拉的，你知道男生在底下喊戈副教授什么，戈战鸡巴诺维奇，女生也这么喊。戈战上课就是坐着，一杯茶，从头到尾照着黄色讲义夹一个字一个字地念，不讲解，不站起来，顶多背过身去板书几个字。我们就一个字一个字地抄，抄得手发麻胳膊发酸，又不得不抄，要应付考试，担心补考。抄的又尽是些人物形象、艺术特色、主题思想，都是老一套。上戈战的课没劲透了，还累。就终于在他的课堂上出现了一堆大便。原来是这么回事，赵蒙身说，是谁具体执行的？陆雯婷道，你只要知道缘由就行了，没必要知道具体是谁干的。赵蒙身就私下里跟主任和书记说了，都说这事冷处理算了。于是今天的周三例会上许主任不经意地提了一句：93级2班的大便是个不懂事的小孩进去拉的。

陆雯婷在报节目。诗朗诵：《回家》，朗诵者：外语系94级2班王力发，诗作者：王力发。陆雯婷风姿绰约而得体地退到幕后。

传出萨克斯曲《回家》。叫王力发的男生，白衬衫，红领带，黑色西服裤，从幕后出来。

让我们回家

回到我们澎湃的长江边上

回到黄河边上

回到我们逶迤的长城脚下

回到黄山脚下

萨克斯曲响完，王力发身后的舞台上出现一支小合唱队。“我们都有一个家，名字叫中国……”的歌声响起。台下学生一边拍手打节奏，一边跟着唱起来。

赵蒙身、赵伯涛、校团委唐书记以及另外几个老师也跟着唱。事先排练的时候没有合唱。是陆雯婷提出来的，她说这样舞台效果好，能调动观众参与。现在看来，真是这样。赵蒙身又多了一份对陆雯婷的喜爱。

节目进行到第六个。陆雯婷抑扬顿挫地报幕，下面请听诗朗诵：《刘德华》，作者：物理系96级1班石涓生，朗诵者：石涓生、王子君。

为了这个节目，赵蒙身差点和陆雯婷吵起来。赵蒙身说，这是全校性宣传活动，主题重大，这诗朗诵节目显得不严肃。陆雯婷说，要政治，要教育，也要舞台效果，要有观赏性，《刘德华》没有倾向错误，风趣热闹有什么不好。最后赵蒙身看着陆雯婷的红嘴唇说，那就上吧。校团委唐书记也被陆雯婷说服。

偏瘦的石涓生和偏胖的王子君走到话筒前。

石：

在东方之珠，在香江

有少男少女们倾慕的偶像

王：

刘德华刘青云刘嘉玲郭富城

李赛凤李嘉欣李修贤叶倩文

石：

周星驰周慧敏周海媚周润发

张曼玉张国荣张学友张艾嘉

王：

苗侨伟梁朝伟吕良伟孟庭苇

郑裕玲梁雁翎关之琳谭咏麟

石：

其实刘德华原籍广东刘嘉玲原籍山东

黎明根本就是咱北京人

他们朗诵的时候，播放着港台歌星大联唱：

给我一杯忘情水 你究竟有几个好妹妹 我这样爱你到底对不对 何不潇洒走一回

台下学生鼓掌喝彩，场面甚是热闹。

赵伯涛偏偏头，凑近赵蒙身说：你要是舍不得她走，系上可帮忙，让她留校。

赵蒙身用手罩住嘴问：可能性大不大？

估计没问题。赵伯涛坐直身子。台上陆雯婷已经在报幕，她换了一袭粉红色套裙。诗朗诵：《我的1997》，朗诵者：中文系93级陆雯婷，作者：中文系辅导员赵蒙身。响起艾敬的《我的1997》的乐曲，五个女生、五个男生在后面伴舞。

我走进1997年的夏天

蔚蓝的晴空、和煦的风

我走出一百年绵长的梦幻

历史的弹孔、岁月的弓

1997，香江在这里走进长江

1997，相思在这里走进相逢……

陆雯婷的朗诵声情并茂，赢得阵阵掌声。掌声过后，她说声谢谢，回头又朝伴舞者道声谢谢，然后转过身来，抬手朝台下一指：这便是诗作者、中文系辅导员赵蒙身老师，他又是本次朗诵会的负责人。赵蒙身没想到陆雯婷来这一手，他忙站起来，回头朝众学生挥挥手。

于是又一长串热烈的掌声。

晚九点半，朗诵会结束，整理东西时，陆雯婷走向赵蒙身、赵伯涛和校团委唐书记，一一打过招呼后，她掩饰不住激动地对赵蒙身说：还挺成功吧。赵伯涛看他俩一眼。

两个星期以后，赵蒙身从分管学生工作的副主任赵伯涛那里看到学校的一个文件，上面是留校毕业生的名单，有陆雯婷。赵伯涛说，按成绩是留不了陆雯婷的，这次分配小组特别注重学生的成绩。陆雯婷虽然活动能力不错，但成绩只算中等偏上，她能留校是考虑你，成人之美。

赵蒙身想立刻就去给陆雯婷报喜，想了想，决定先回宿舍，打扮打扮，再带上些钱，晚饭和陆雯婷出去吃。他一路吹着口哨，走到宿办楼五层，穿过拥塞的楼道，来到他和白家宣的家门前，将钥匙插进锁孔。

门推开，他看见白家宣的书桌旁边两个人将身体迅速分开，他正要说对不起，却见那女的是陆雯婷，头发有些凌乱，而白家宣的嘴上一片红。

赵蒙身怔在那里，钥匙串挂在右手中指和大拇指上。

陆雯婷站起身，说：我走了。似乎是跟白家宣讲，也似乎是跟赵蒙身讲。拿起桌上的深红色包，走了。

好一会儿，赵蒙身回过神来，他走过去一把揪住白家宣的衣领：我把你这——

白家宣神态自若，不为所动，这反而使赵蒙身松了手，但是赵蒙身吼了一句：你真不是东西，明明知道我跟她好，你还——

白家宣用手背擦了擦嘴唇，不紧不慢地说：你真跟她好？

当然。

但是她说，她喜欢我。

你别自作多情。

你也看到了，她和我接吻。

你强迫的。

你看那样子像是强迫吗？

不管怎么说，你明明知道我在跟她谈。

白家宣走过去把门关上，坐回到自己的书桌边，说：坐下吧。

赵蒙身不坐，手伸到裤兜里掏烟，烟盒空空的。他捏做一团，使劲往地上一扔。

白家宣从桌上的“猴王”烟盒里抽出两支，递一支给赵蒙身。赵蒙身不接，白家宣笑一笑，放到自己嘴里，点上。

你上次说，她是怎样跟你接上吻的，是不是拿了一篇《心灵之约》的散文来，让你改，却放在她自己面前，你靠近去，你们贴得很近，就吻上了。她今天也是这样跟我的。

你胡说。

那篇散文稿现在还在。白家宣从桌上拿起一沓稿纸，亮了亮。

赵蒙身颓然坐到自己的床上，手伸进裤兜里，掏了掏，说：给支烟。白家宣将烟和打火机一起扔给他，然后离开书桌，半躺到自己床上，头枕着叠好的被子，随手将烟灰缸拿到床头。赵蒙身也在自己的床上躺下，不过他没去拿烟灰缸，而是随手将烟灰弹在床头的一本旧杂志上。两人不说话，闷闷抽了一会儿烟。窗户外边一阵一阵刺耳的汽车声。

白家宣续上一支烟，又扔给赵蒙身一支，说：本来我想，你既然跟她好，而且都传开了，我就不能再插一杠子，但是她主动投怀送抱，我还跟她说了你们好，她却说她其实喜欢的是我，我知道这话也不真，但我还是受不住诱惑。

赵蒙身闷闷地抽烟，不吭声，随手拿起那本杂志，抖掉烟灰，无聊地翻着。一篇小说的题目跳入他的眼里：《利用》，作者韩东。他盯着这题目看了好一会儿。利用，他忽然说。

你说什么？

我说这女子是在利用我们。

此话怎讲？

这不明摆着吗？你是她的班主任，我是她的辅导员，她利用我们帮助她留校。不是你推荐她成为校级优秀毕业生吗？不是我力主她一个人主持朗诵会吗？系上不是因为看我和她谈恋爱才努力帮她留校吗？

你这么一说，还真是，我就感觉有点不对。

这么明摆着的事，我怎么一直没想到？

被爱情蒙蔽了呗。

球爱情！两个老师被一个学生涮了。

哈哈！

你还笑！哈哈！赵蒙身也笑。

跟系上、学校说，说这学生道德败坏，让她留不成校。

算了吧。何苦呢。

不忍心？舍不得？

何苦。

两人又闷闷抽了一会儿烟。白家宣坐起来。还没吃饭吧？都八点了。走，出去吃，我请客。

赵蒙身也坐起来。出去吃，我请客。他解嘲地笑笑，本来是要请这女子的。

于是两个人带上门，下楼，出校门。门房收发室的吴妈叫住赵蒙身：赵老师，有你一封信，是你的一个女学生要我转交给你的。

白家宣说：是陆雯婷吗？她搞什么鬼？

赵蒙身看了看信封上的字，说：不像是她的。边走边拆开看，是学校的信纸，信是这样写的：

敬爱的赵老师：

您好！

我是一个不起眼的学生，您一定没有注意到我。您一定没有注意到我，因为我是这样平常。但是，我喜欢你，我一直悄悄地喜欢着你，但不敢表示这种感情，因为我是这样平常。后来我知道您和陆雯婷好了，我自觉地把自己的感情压住。

现在我要走了，事实上我已经走了，在您接到这封信时，我已经回县上单位报到去了。我没有别的奢望，只想在最后的时刻，把我的感情一吐为快，并真心祝愿您和陆雯婷幸福！

您的一个平常学生

一九九七年六月十五日

赵蒙身怔了一会儿，他对白家宣说：你等我一会儿，便跑回到学校收发室。他问吴妈：给这封信的女孩什么模样？

吴妈眨了眨眼睛，边想边说：中等个，长头发，眼睛不大，但也不算小，好像是双眼皮，长得不算太漂亮，也还可以。

她穿什么衣服？

吴妈又眨了眨眼睛：套裙，没错，就是套裙。大黄的，不，不，是浅黄的。

赵蒙身怔在那里。一阵飘过的晚风将他的衬衫下摆鼓荡起来。

玩的就是心跳

星期二中午，校园呈现一片宁静。太阳毒毒地照着，很少看到有人走动。倒是亭阁间、树荫里、廊檐下有些学生在静静地看书，小声地打牌，或无声地打盹。远远响过来“呜呜、呜呜”的警车或消防车的长鸣声。几分钟后，“呜呜”声像是朝学校响来，分明有一辆消防车开进中午宁静的校园。许多正在午睡的人们被吵醒。那些正在亭阁里或树荫下看书、打牌或打盹的学生都把目光投到红色的消防车和穿着黄色消防服的消防队员上，看着车子驶进了教工住宅区，门房的吴妈坐在驾驶室里给司机引路。有好事者干脆跟在车子后边，随着来到8号家属楼。

四五个消防队员拿着灭火器从车上跳下来。他们抬头看，并没有烟雾和火光。阳台上探出许多神色慌张的脑袋，有人赤着胳膊穿着短裤地往楼下窜。消防队员朝楼上冲去。

他们冲上四层，砸左边的门，门被人从里边打开，出现一个戴金边近视眼镜、穿着背心短裤的五十来岁的男人，他是中文系的戈战副教授。戈副教授脸上的表情从愤怒很快转向疑惑与不安。他说：你们这是……

最前边的消防队员说：你这是8号楼2单元4层东边？

戈战说：是。

你平安无事？

戈战一脸茫然。

你们家没发生火灾和爆炸事故？

戈战怔了怔，使劲摇摇头：这是哪儿的事？

消防队员说：你让我进去一下。

戈战想了想，往一边让，消防队员径直朝厨房里走。戈战的爱人从阳台上进到客厅，看着一屋子穿消防服拿灭火器的人，脸上显出害怕的表情。

两个消防队员从厨房里出来，木着脸说：煤气管的确是破了，看样子是用刀割破的。总开关和灶开关都打开着，但是气用完了。

煤气管割破了？开关开着？戈战的爱人失声大叫。

怎么可能呢？戈战扶了扶眼镜框。

消防队员你看看我，我看看你，然后一齐看向两位主人。

幸亏气用完了，矮个的消防队员说。

戈战看着矮个，忽然想起似的说：对了，你们是咋找到我家来的？

有个男的，听声音年龄不大，拨119说一家煤气管漏气失火，然后说了你家的地址。矮个回答。

戈战的爱人大叫一声：是他的学生！他去食堂打饭，一个学生找来，我去了趟卫生间出来，他就慌慌张张说不等了走了。是他！就是他！

下午三点钟，93级2班男生徐散关走进系主任办公室。他是主动找来的。许灵钧派人四处去找，没找着，现在他自己送上门来。一进门他就说：许老师，我不该那样对戈老师。

徐散关脸色有些难看，神情有些沮丧。许灵钧原来准备见到他就大发其火的：谋害老师，又让消防队跑一趟，胆子太大了。现在他见了徐散关的样子，把火气先压下来，只简单地说：你好大的胆！

没想到徐散关竟呜一声哭起来。

你还有脸哭！许灵钧嘴上这么说，心里一软。

徐散关渐渐止住哭声，脸色好看了些。他镇定了一下自己，说：许老师，我不该那样对戈老师，戈老师让我补考两次，都不及格，弄得我毕不了业，一时糊涂，我就想报复。从他家出来后，我就一直提心吊胆，想着煤气罐爆炸的可怕后果，越想越怕，又怕向人打听出事没有，就拨了119。

人命关天的事，你当儿戏！

许老师你处分我吧，我接受。那次大便的事也是我干的。

哎，许灵钧在座位上叹了一口气。

白　痴

消防车开进秦大的第三天，人们的心情还没有完全从那场虚惊中镇定下来。这一天下午第六节课快下时，一辆卡车在锣鼓鞭炮声中开了进来，锣鼓是卡车上的人敲的，爆竹也是他们放的，他们都坐着。站着的那个人胸前戴一朵大红花，身上洒满彩色的纸花，是一个五十来岁的妇女。车厢两旁的红色条幅上写着“八百万元彩票大摸奖”。卡车后边跟着一辆崭新的奥迪。

门房收发室吴妈从窗口探出头，说：车上那女的，不是中文系汪文轩的老婆吗？

很快，消息在校园里传开：中文系汪文轩老师的老婆摸奖摸了辆奥迪，她只摸了一次，只花了五块钱。

他们把这辆奥迪咋办？两个老家伙又不会开。

卖掉？

四十多万啦！乖乖！

五块钱，一晃变成四十多万！乖乖！

再也不用卖羊肉串了。

两个儿子读大学，不用愁了。

汪老师的老婆好像表情怪怪的，不笑，不说话，一动不动。

高兴的呗！太高兴了呗！

人有旦夕祸福。汪文轩被流氓打得住了一次院，总算时来运转。

你也想让流氓打一次？

咱也去摸摸，碰碰运气。

你不行。摸到大奖的往往都是些小孩呀、老头呀、老太婆呀。有一家三口，男的摸了三四百元，什么没摸到；女的摸了两百多元，摸了袋洗衣粉；最后让他们两岁的儿子摸，五块钱，就摸到一台彩电。

这事就这样，你存心摸偏摸不到，你玩着摸倒还摸到了。汪老师的爱人肯定就是摸得好玩。不过，他爱人的表情好像怪怪的，高兴过了头吧。

也是邪门。有个男的一口气买了一百张彩票，对了九十五张都不中奖，泄气了，不想对了，打算扔了，有个收破烂的老头说：你把这五张卖给我吧，老头拿去一对，有三张获奖，还有一张中的是摩托。

有人欢喜有人愁啊。有个农村妇女，拿了四千块钱，进城给儿子交学费，看见摸奖，就去摸，一摸就把四千块钱全摸光了，只换来值一百多块钱的乱七八糟的小东西。妇女就疯了，把爆竹挂在自己胸前点燃，嘴里不停地说：我中奖了，我中奖了。

当卡车带着奥迪在锣鼓爆竹声中开到2号家属楼前时，早已有人将喜讯报告给正在家中养伤的汪文轩。汪文轩拄着单拐，被人扶着下楼来（扶他的人当中有一个是胡玉英，是他曾经救过的学生），迎候在楼房前。

两个年轻高大的教师（其中一个是中文系的赵蒙身）将汪老师的爱人从卡车上抱下来，在空中举了一会儿才放到地上。被举起的人表情木木的。锣鼓爆竹响得更欢。许多小孩围着奥迪转。

汪文轩递了两包烟给赵蒙身，叫他散发，又差人到旁边的小卖部买一大包糖果，发给妇女儿童。他爱人一直木木地站着。

开奥迪的司机从车里走出来，锣鼓声爆竹声小了。他走到汪文轩眼前，说：车停哪？

汪文轩朝左右看了看，再看司机：可不可以不要车，咱自己也不会开。

卡车驾驶室出来一个漂亮女的，也走到汪文轩跟前，说：不想要车也行，可换成钱，四十五万元，扣掉个人所得税九万元，还有三十六万元。这是支票。祝贺你！

三十六万元啦，乖乖！旁边抱小孩的妇女大声叫，人们便都笑着望向她。

就在汪文轩哆嗦着手接过支票说谢谢时，就在司机和那个漂亮女的准备上车离去时，突然响起一连串刺耳的尖叫声：

我发财了我发财了我发财了我发财了

众人一齐望过去，是戴着红花披着一身彩花的汪文轩的爱人在尖叫，在怪笑，摇摇晃晃，头发已经散乱。

我发财了，我发财了，我发财了，我发财了……

似乎要永无止境地叫下去。汪文轩一瘸一拐朝妻子走过去，突然伸出右手，给了妻子两个耳光。

妻子停住叫，两眼一翻，吐了吐舌头，突然扑到卡车边，从车上人的手里抢过来一挂鞭炮，挂到自己胸前，又冷不丁从身旁一个教师的手里夺过香烟，将胸前的爆竹点燃。

我发财了，我发财了，我发财了，我发财了……

汪文轩泪流满面。

喧哗与骚动

毛病，七点钟就打卡！周朴元说着，将台扇调小一挡，将灯拉灭。

都不容易。谢惠敏将毛巾被拉拉，盖着肚皮。

又感叹上啦！

哎，汪文轩老师，多高兴的事，可他爱人……

两人一时无语。

睡着了？过了一会儿，他轻轻拍拍她。

哪睡得着，吵死了。

卡拉OK，卡拉OK，什么人天天晚上在大街上卡拉OK！

吵死了。

城市就是这样子，我们得适应。

我越来越神经衰弱了。

干啥？

起来找安眠药。

我拉灯。

不用。我越来越依赖安眠药了，其实安眠药也不顶用了。

这个城市有很多人依赖安眠药的。干啥，你在开窗？

我受不了了，吵死了，我真的受不了了。

那你还开窗？什么响？

我再也受不了了，我砸了这该死的汽车！

惠敏你——周朴元翻身坐起。他听到玻璃杯降落时与物体碰撞的声音。

似乎有叫骂声传上来。

周朴元一激灵。他过去将惠敏拉回来，将窗户关上。

我砸了这该死的汽车，砸了这呜呜叫的冰冷的鬼东西。谢惠敏还在嚷嚷。

周朴元说：睡吧，你已经砸了。

这呜呜叫的冰冷的鬼东西，不给人一点点安静。谢惠敏嚷嚷着爬到床上。

周朴元说：你到哪儿去找安静！

这时候，楼道响起脚步声，似乎是朝他们门口过来的。周朴元听见一个男的粗声说：是这间。另一个男的粗声说：没亮灯。第三个男的粗声说：往西数第三个，你看是不是第三个。接着他听见砸他家门的声音。砸得很急，还粗声喊：出来，出来，有胆量扔东西，没胆量出来？

谢惠敏屏住气，将手伸过来，一把攥住周朴元的手。周朴元感到她的手在发抖。

这成缩头乌龟了，什么教师，乱扔东西！砸爷的车！

谢惠敏轻轻翻过身，将周朴元压住。她怕他起来跟外面的人闹。周朴元感到她胸前急剧起伏。

不出来，不出来踹他的门。就听见踹门的声音。

周朴元一把将谢惠敏推开，翻身坐起。谢惠敏扑过来，从后面箍住他的腰。

隔壁和对面响起开门的声音。有老师在说话。门外的人仍然骂骂咧咧：砸爷的车，不敢出来！

谢惠敏挪到床边，突地跳下床，摸到煤气灶旁边的菜刀，一把将门拉开。这些动作完成得那样神速，以致周朴元没反应过来。

楼道里声控灯亮着。谢惠敏只穿了胸罩内裤，高举菜刀，横眉怒目地出现：我叫你们再砸再踹！

三个男人被谢惠敏镇住。

楼道里响起老师们的声音：你们是些什么人？你们跑上来干啥？又是叫又是闹，又是砸又是踹的。

周朴元在谢惠敏旁边出现。他没拿武器，但是他横眉怒目。

怎么？想打架？三个男的当中一个说。

有几个老师上来劝架，同时做好万一打起来的准备。

他们扔东西，砸了我的车。三个男的边说边撤。

又不是故意的。有人调解。

三个男的一走，老师们迅速散去。谢惠敏低头看了看自己身上，一进屋，一关上门，一放下菜刀，谢惠敏就一头扑到周朴元的怀里，呜呜哭起来。

两个人就这样在黑暗里站着，互相搂抱着。周朴元听见妻子呜呜的哭声，心中一阵难受。

我受不了了，元，我再也受不了了。谢惠敏哭着说。

实在委屈你了，敏。周朴元在黑暗中为妻子擦去脸上的泪水。

我累，元，我好累。

我们上床，敏。周朴元将妻子抱上床。谢惠敏紧紧搂着他，周朴元感受得到她手臂传达的求助。

我觉得我要垮了，元，我不行了。到处都是嘈杂声、喧闹声，找不到一点安静，没有一点安全感。

惠敏。周朴元抱紧妻子，感到脸上有两行泪水滑落。

风　景

天气越来越热。太阳光芒万丈，偶尔飘过一丝风，传送着栀子花的清香。人们喜欢夏天的轻盈与缤纷、线条与力度，五颜六色的裙子像五颜六色的花朵在骄阳里开放。夏天属于裙子，属于线条和活力。夏天有其独到的风景。

校园里挂满五颜六色的横幅，还有各种各样的广告。在这些缤纷的标语中，夹杂了两个比较大的标语，写的是：

热烈庆祝省鲁迅学会年会在我校隆重召开！

热烈庆祝省《金瓶梅》学会年会在我校隆重召开！

鲁迅学会年会会场设在图书馆三层小会议室，《金瓶梅》学会年会会场设在一层大厅。鲁迅学会副会长卢佳川教授带领与会成员走上三层时，看见一层会场设施豪华，场面气派，与会者人才济济，人手一个精致的真皮皮包，每人面前一大堆苹果、香蕉、饮料，一摞精装书。上百人正在兴致勃勃地观看《金瓶梅》资料片的大屏幕投影，而这大屏幕又是可以供与会者会间休息唱卡拉OK的。《金瓶梅》学会副会长魏年舒教授踌躇满志地坐在前台。他正好站起身回过头来朝楼梯口看，卢教授撞到他春风得意的脸。

卢教授有点灰溜溜地往三层上。会长到北京开会去了，委托他全权负责把会议开好。但怎样叫开好？没有多少活动资金了，申请不到，也拉不到赞助，巧妇难为无米之炊。他想把年会推迟到会长回来，会长说如期举行。

本来，鲁迅学会年会在上星期一就该开的，但没钱，拖着，想弄点钱了开得隆重些，但看来没指望，就不往后拖了。《金瓶梅》学会年会惯常在八月份暑假期间举行，因为会长飞往香港讲学去了，副会长魏年舒就自作主张，提前一个多月举行，明摆着是想和鲁迅学会年会比一比。但人家有的是钱，向省里申请活动资金，一报就批。管财政的市长是热心的会员，当然要请他来参加年会。还有一个靠养一百头猪起家、现在是“阿贵猪业有限公司”经理的农民企业家赵阿贵也属于兰陵笑笑生的追星族，他虽然不像管财政的那个市长那样有那么多版本的《金瓶梅》，但他也有两三套。他今天也来了，他给学会赞助了十万元。

三层会议室的情况就不同了。首先小，人少。学科归属现当代文学，乔光普、林震需要出力。负责后勤的乔光普看上去很精神，同样负责后勤的林震则明显情绪低落。林震的低落情绪来自会前卢教授在图书馆门前草坪上跟他讲的话。卢教授说：很遗憾，林震，你的职称最后没评上。评委会考虑再三，最后把职称给了四个年纪大、快退休的老教师——不太好让那些老教师以讲师的职称退休。乔光普是这四个评上副教授当中最年轻的。林震能理解，但仍不免失落。林震在给与会者倒茶递烟发水果时，呈现出来的热情就是努力装出来的——会议经费有限，每人面前能放的水果不多。与会人员一人发了一个包，是廉价的塑料包，也都发了书，是不厚的一本鲁迅学会年会论文集。没有可供大家观摩的资料片。场面跟标语上所说的“隆重”很不相称。会期仅仅一天。原定的是三天：第一天上午开幕，下午一些有一定声望的人大会主题发言；第二天上午小组发言，下午自由发言；第三天上午游紫雀森林公园，下午游秦台瀑布，并在旅游点举行闭幕式。但因为要维持三天的吃、住、游，吃要过得去，住也不能太差，向与会代表摊派，多了就不妥，所以只好借口天气太热，会议缩为一天：上午开幕，下午闭幕。卢佳川教授觉得太对不起大家。

鲁迅学会年会会议草草收场。下午五点，卢佳川教授有点沮丧地念着闭幕词。一瘸一拐走进来一个人，是汪文轩副教授。他向大家点头致意，然后咳嗽了一声说：“我来是想把我爱人摸奖得的钱拿出五万来，献给鲁迅学会。”

安静，然后响起热烈的掌声。

（原载于《青年文学》1998年第3期，略有改动）

文学史

秦　汉

“‘关关雎鸠，在河之洲。窈窕淑女，君子好逑。’在第一部诗歌总集里，我们的先民发出的最早的声音，关乎爱情。”

我给夜自修大学讲文学史。

童安格在一旁的家属楼上寻找耶利亚女郎。

在童安格的歌声里，爱上窈窕淑女的周朝男子寤寐思服、辗转反侧。我看一眼四组中间的伍婕妤，我想今晚上我也会辗转反侧。

附近文化宫贴了《泰坦尼克号》的电影海报，仿佛映期只剩下一天。忙于毕业论文的我疏忽了这部大片。我掐指一算，下午要听导师的课，事关曹雪芹与脂砚斋，晚上要去夜大讲课，漫长的《离骚》，还不曾备课，似乎确凿无暇登临泰坦尼克号了。但是想到晚上的课堂上有个特别的学生，内心的遗憾没有膨胀。

屈原沉重的叹息在我们身后响起，他在慨叹人生的艰危和世俗的昏醉。

我宣布下课，学生走出屈原的神话。

我擦去自己在黑板上弄下的粉迹，回头整理教案。伍婕妤来到讲桌旁。

“郁老师，‘离骚’解释书上有两种，考试时取哪种？”

“哪种都行。”

“你嗓子都讲哑了，这是润喉片。”

“谢谢。”我的声音立即洪亮起来。

食堂门口的电影海报旁边，新贴了一张大红纸写的海报：

硕士论文答辩

题　目：《红楼梦》的叙述者

答辩人：郁班超　　　导　师：苏枚乘

题　目：《红楼梦》与《卢贡-马卡尔家族的命运》之比较研究

答辩人：龚柳永　　　导　师：林向秀

…………

答辩时间：1998年1月20日上午8时

它的右侧是一张招聘广告，不知道站在那儿的学生是在研究哪一张。

我走近食堂，正在盘算是吃拉面还是吃扯面，西方文论专业的万元稹打了饭过来。

“班超，你准备好明天上午的答辩了吗？”一边说，故意把“答”变了声调，一边把饭往口里送。

“你恶不恶心啊。”我笑着打了他胳膊一下，走进食堂。

焦仲卿和刘兰芝的冤魂化作孔雀飞越东汉。

我听见他们墓前鸳鸯相向的鸣声。

我联想到梁祝的化蝶，李杨的化作比翼鸟……将爱情悲剧浪漫化，来世实现美好愿景，这似乎是中国文学一贯的传统。

一旁的家属楼有人又在大声播放音乐了，潘美辰热切呼唤：想要有个家，一个不需要多大的地方。焦仲卿和刘兰芝他们何尝不是“想要有个家”。

课间休息时有女生亮着嗓子在座位上同潘美辰一起“想家”，有男生上来递给我一支烟，我抽烟的样子像小孩偷了他爸的烟在练习，坐在第二排的伍婕好笑了。

“《红楼梦》开卷的‘楔子’，提醒我们整个文本的叙述者实际上是那块被遗弃的补天顽石，它幻形入世，将悲欢离合写成《石头记》。又为访道求仙的空空道人从头至尾抄录，改名为《情僧录》。辗转到孔梅溪，又改成《风月宝鉴》。然后曹雪芹自称披阅十载，增删五次。”

我面对的是三个教授和两个副教授组成的答辩组：戴眼镜而抽烟的教授秦山涛，戴眼镜而不抽烟的教授苏枚乘，不戴眼镜而抽烟的教授林向秀，不戴眼镜、不抽烟的副教授齐孔融，戴眼镜而偶尔抽烟的副教授黎韦庄。

我毕业留校的师兄梁孟郊任秘书，记录我的答辩词。我下一届的师妹苗文君跑服务。

秦山涛问：“你指出《红楼梦》的叙述者至少有四个，石头、空空道人、孔梅溪、曹雪芹。你指出这一点的意义何在？”

我答：“这种叙事角度的处理，从侧面体现了曹氏的佛道思想。曹雪芹成了戏剧化的叙述者，在这个故事中充当一个角色，这种对故事的参与，使曹氏本身也被推到亦真亦假这种尴尬的境地……”

万元稹、汤顾况、钟范晔、龚柳永、夏易安、范文姬、文鉴湖等人把系活动室围满，义气地为我捧场，虚心地听我“讲解”。

正在劳作的人们看见东汉美女秦罗敷，都停下手中的活，耕田的丢下犁，锄地的放下锄。过往的行人纷纷驻足，交通出现麻烦。

迟到的伍婕好走过讲台，坐到最后排。好些学生走了神，有几个男生目送她坐下。

一个长相一般的女生假咳了一两声。

秦罗敷不着边际地夸自己的夫婿，机智地抵御了太守对她的非礼。

下课后，有个男生对我说，太守对秦罗敷是正当求爱，罗敷当着太守夸自己的夫婿是在设置爱情障碍，太守应该穷追不舍。我说这想法很新颖，但考试时千万要把太守说成是荒淫的家伙。

伍婕妤从最后排来到讲台，说眼看要迟到，就坐出租车赶来。

“你的答辩很精彩，恭喜你成为又一个文学硕士。请客，这个咸鸭蛋算是请我。”

“可靠消息，你留校，恭喜你荣升秦大中文系的讲师。请客，你打的这个排骨味道不错。”我碗里的排骨立刻被龚柳永挖走了一半。

“味道果真不错？我来尝尝。”汤顾况这一尝，我的菜碗准备见底。

“还剩下我吃了一半的馒头。钟范晔，你要不要？”

“要！”钟范晔答得掷地有声。

于是都笑。万元稹笑得很狰狞，咸鸭蛋在嘴里边干扰他笑。

“班超还真得请客。三年研究生下来，学位拿到了，调研逛了一圈深圳、海南，讲课挣了钱，对了，你现在代几个夜大的课？”

“八个。古代文学作品选、现当代文学作品选、外国文学作品选、写作、会计原理、刑事诉讼法、婚姻法、妇产科护理学。”显然，“写作”课以下，我乱说一气。

“哇！妇产科护理学！”

“哥连女朋友都不曾有一个。”

响起敲门声。“郁班超在吗？”女声。

“就来。”万元稹连忙接上话，拿了梳子在我头上捣弄。我任他折磨。

“来了。”

我叫万元稹之流拿了饭碗赶紧滚。他们一边滚一边像港台影视那样异口同声：“你——请——客——”

门开了，是公寓管理科的卢班昭大婶。“查查卫生。”

那个东汉女子想她远行的情人想得衣带渐宽，直慨叹“思君令人老”。

另一个东汉女子提出大胆假设：山要是无陵，江水要是枯竭，冬天要是打雷，夏天要是落雪……

伍婕妤已经两次没来听课了。

我讲课时忍不住要往教室门口看，盼望她突然出现。

对面本科生的宿舍楼上，有人将录音机的音量开到很大，正深情款款：“爱上一个不回家的人。”

我所在的研究生楼，考古专业的那个“走廊歌星”在楼道里应和：“等待一扇不开启的门。”

我关闭门户，拉严窗帘，将声音挡在门外，面壁构思小说《绝对故事》。

有人敲门。

“郁班超在吗？”装的女声。

敲门声由温柔转向粗鲁。

“敲，敲，敲个鸟。”我开门。

“干什么勾当？敲门老半天不开！”

进来几个苍蝇，空气不新鲜。

“在写情书？”

“《绝对故事》，在写小说？”

“‘天将午夜，突兀一地大风，树醉汉样摇，影筛糠般抖，楼房窗棂什么什么作响’，准备叫印刷厂填空啊？”

“这在往外硬挤呢！”

“写小说像挤牙膏，而且挤的是那种袖珍的宾馆牙膏。”

“吃的是奶，挤出来的是草。”

“难产。”

“难产好，经过一番阵痛，然后诞生新生命。”

“也许是畸形儿。”

“与其你一个人硬挤，不如我们帮你神侃。”

这时候，对面本科生楼上录音机里，高八度一个劲唱：“我很丑可是我很温柔。”

汤顾况跟着做同样的表白，但他“温柔”了三四次就“温柔”不起来了，惹得几个全笑。

魏　晋

南朝的那个女子“开门郎不至”，于是她“出门采红莲”。

伍婕妤又一次缺课。

女子在秋天的南塘里采莲，莲花高过她的人头。“低头弄莲子，莲子青如水。”她其实是借“采莲”表达对“郎”的思念。

讲台上的我侃侃而谈，心里空落落。

下课后，我推着车怏怏出门。在校门口两个男生跟上来说，郁老师，今天周末，去舞厅乐乐。我想到回宿舍后一个人，就说好吧。

我和两个男生通过幽暗的楼梯登上“放松”舞厅的第二层。门口的礼仪小姐投给两个男生熟人似的笑，看来他俩是这里的常客。霓虹灯旋转着缥缈的光，邓丽君的《君心我心》作为慢三的舞曲响起来时，三个嘴巴涂得殷红、露着莲藕般胳膊的女子凸现在我们面前。我的学生将我推向一个高挑女子，说：“跳个痛快。”这种场合我经历得少，所以呼吸着舞伴身上的芳香时我有些头晕。灯光越来越暗，我感觉有人撞了我一下，故意的。我偏过头，是我的学生，他冲我做了个鬼脸，我这才注意到他和舞伴贴得很近。我再看看周围，很多人都变成了他们那种舞姿。就在我的舞伴主动松开手、向我怀里贴过来时，我在一道亮光里看见仍然保持着距离、保持着交谊舞姿的一对，当亮光打到那女的脸上时，我差点叫出声：是伍婕妤。我的舞伴向我贴来和我看见了伍婕妤，这两件事都使我如同触了电一样，赶紧将身体弹开去，从旋转的灯光和旋转的人群里逃出来，有些踉跄地下了楼梯，有些歪倒倒地骑车走了。

林向秀和秦山涛两位教授长期不合。

林向秀很瞧不起秦山涛把《红楼梦》考证得像曹雪芹的家史。

秦山涛对林向秀拿《红楼梦》去比较左拉的《卢贡-马卡尔家族的命运》大不以为然。

而且他们一个钟情于林黛玉，一个倾心于薛宝钗。

他们先是舌战，弄得一个面红，一个耳赤。战场，或是讨论会，或是办公室，甚至是路上邂逅。

而后是笔伐，初以春秋笔法，继以匕首投枪的杂文，弄得校报上好一阵子火药味。

再后由他们亲自口诛，发动其研究生进行明清文学专业的内战。

系教学楼前的小径上，秦教授带着他的四个研究生从东而来，林教授带着他的四个研究生从西而来，不期而遇。

如两军对垒，如两峰对峙，如两虎对视。

东边一个研究生指着西边说："你个娇里娇气的林黛玉！"

西边一个研究生指着东边说："你个滑里滑秋的薛宝钗！"

这局面引来众多围观者，大半学生，小半教工，在两支队伍后面加大，排成长龙，蔚为壮观。

弄得像武打片，像时下港台片。

（钟范晔、龚柳永、汤顾况、万元稹和我，在我的寝室里神侃，想侃出一部五十集电视连续剧，我负责超现实主义部分。两军对垒的细节是我炮制的。用真名做剧中人名也是我建议的。）

轻柔的敲门声。

"无聊。"我大吼。

"郁班超在吗？"

是真女声，而且是伍婕妤的声音。

"来了，"我的声音分明有些激动，几步抢到门边上，把门打开。

"我以为又是谁在恶作剧。快请进！"

乳白色衬衣。

"你喊得好凶。"

"是吗？坐。"

粉红色裙子。

"两个人住？"

“那位家住本市，长期不在，等于我一个人住。喝茶。”

乌黑长发。

“一屋子的书。”

“有一半是图书馆借的。”

好看的酒窝。

“听你的口音像是南方人。”

“我是江西人。”

亭亭身材。

“毕业后回江西?”

“这儿，已经留校。”

浅紫色提包。

“我缺了好几次课，特地找来补补。老师有时间吗?”

不像是舞女。

“有，有。你从东汉开始缺的课?”

我把曹氏三父子介绍给伍婕妤。“对酒当歌，人生几何。”曹操的声音穿越时空，抵达我们的耳际。

后来，林向秀招了三个男研究生：汤顾况、万元稹、龚柳永。秦山涛招了三个女研究生：文鉴湖、范文姬、夏易安。

于是就有戏了。

文鉴湖鬼迷心窍爱上汤顾况，说汤顾况是准钱锺书，将来要做学者兼作家。

万元稹本来迷恋文鉴湖，见势头不对，立即转向，把箭射向范文姬，还行，一射就中。

至于龚柳永和夏易安，入学报道那天，两个人眼光就暧昧，关系自然进展快。

然而他们的导师，两人不共戴天。

罗密欧与朱丽叶模式的永恒冲突。

又一届《红楼梦》研讨会在秦市举行，会址就设在离秦大不远的秦汉宾馆。林向秀和秦山涛两位教授都带了他们的研究生去。林、秦二人开会，从来不坐一排。会议桌把林教授和他的三个男研究生与秦教授和他的三个女研究生分成东西两边。秦山涛拿了鄙夷的目光去看对面，发现林向秀的三个男学生在朝自己这边挤眉弄眼，赶紧看自己的三个女弟子，她们竟然在暗送秋波。

秦山涛意味深长一声长咳。

林向秀立即在对面响应。

这咳嗽像是能传染。整个会场一大片咳嗽声。

（万元稹建议把他追范文姬改成范文姬追他，并指定大巩饰演范文姬。龚柳永则提出让伍婕妤扮演夏易安。我表示同意。）

我桌上的小录音机里，理查德在敲打命运。

我等待敲门声。

理查德准备把什么献给爱丽丝。

敲门声响起。

“我以为你不会来了。”

“临时加班，让你久等了。”什么样的“加班”？陪人跳舞？我阻止自己想下去。

“对了，你那儿有电话号码吗？”

“我给你我的传呼号。”这传呼号给许多舞伴？我也不过是这些“舞伴”中的一个？我使劲晃了晃脑袋。

浅紫色提包之外，多出一个绿色小网兜。

“《献给爱丽丝》？”一网兜桃子放在录音机旁边。

“你要把桃子献给爱丽丝？”我努力赶走脑子里的胡乱念头。

伍婕妤莞尔一笑。

这样纯真的笑，不会是舞女的笑。

伍婕妤在录音机跟前坐下，拿出《中国古代文学作品选》。我放一杯茶在她面前，拿来教本，在她旁边坐下。我按下录音机的暂停键，制止敲击着琴键的理查德，让他休息一会儿。

“今天补陶渊明。”我把伍婕妤带进桃花源，源里阡陌交通，鸡犬相闻，人们不知道有汉朝。

“我从桃花源摘来桃子给你。”桃花源中人正在款待渔人，伍婕妤拿桃子款待我。

“看看晋朝的桃子是啥味道。”我接过桃子，无意中碰到她的手。我有些冲动，有意去握她的手。

她抽回手，神色有些慌乱：“你吃桃，我看看这些书。”她起身走向书架。这种慌乱不像是装出来的，她不是在我面前装纯洁，不是。

我想起那天舞厅里唯独她没跟人搂着跳。

汤顾况、龚柳永、万元稹请文鉴湖、夏易安、范文姬去看《秋菊打官司》。

他们并排而行，把图书馆前面的马路占满。

说说笑笑，浩浩荡荡，大出风头。

范文姬突然停住脚步：“你们看谁来了。”

百步开外，秦山涛教授反剪着双手很有风度地踱过来。

范文姬、夏易安有些踌躇：“怎么办？秦导决不容忍我们跟他死对头的男弟子走在一起。”

“还这样亲密无间。”万元稹有意紧贴范文姬，搂她的腰。

龚柳永也以同样的措施对待夏易安。

汤顾况亮出胳膊，文鉴湖上前挽住。

他们昂首阔步，步步逼近迎面而来的秦教授。

秦教授从沉思中蓦地回过神，摘下眼镜，复又戴上，凝视对面，如是有三。

汤顾况气宇轩昂招摇过市地从秦教授面前走过。

万元稹回头一笑：“秦教授，你好。”

秦教授气得跺脚：“现在的世界真不像话。”

秦教授气得摩掌：“林向秀，有其导师必有其研究生。”

秦教授气得昏倒。

（“这样，让秦教授非常慈祥地叫住万元稹，等万元稹过来后，秦教授冷不防送上去一耳光。”汤顾况描绘着这个镜头，一边就摆出扇万元稹耳光的架势。万元稹赶紧制止：“不要进入角色。”龚柳永笑道：“丑化大学教授的光辉形象。你们以为秦教授是谁啊？”“这样，让秦教授很慈祥地叫住范文姬，等范文姬过来后，秦教授平易近人地说：‘范文姬同学，你的论文不能通过。’”我像导演给演员说戏。钟范晔看看手表：“电影快开演了，走快点，看完电影再接着侃。”自行车铃声在后边响起，我们往路边让。在校门口，我们碰到一起散步的林向秀、秦山涛两位教授。“你们出去啊，听说你们像王朔一样在侃电视剧，把我和林教授作为主人公，把我和林教授的关系描绘得很紧张。最后结局怎样安排的？”秦教授说完，和林教授一起哈哈大笑。“嘿嘿嘿嘿嘿。”我们五个跟着傻笑。）

谢灵运穿一双木屐四处旅游，把祖国的山水名胜加工成一些精美诗句，于是有了山水诗。

课间一个男生问我：谢灵运是公费旅游还是自费旅游。接着几个学生一起讨论：谢灵运的木屐和现在的旅游鞋，哪一种更适合登山？

我的目光越过他们，在教室里搜寻，又望向门口，不见伍婕妤的影子。

下节课，我的情绪明显不对头。我讲《木兰诗》，花木兰在那里“脱我战时袍，著我旧时裳”，花木兰十年以后回到女儿身的由衷喜悦没有感染我。

下课后，我有意等学生走了再离校。一出门，我就骑向“放松”舞厅，买了门票，进去坐到一个角落，瞪大眼睛在起舞的人群中搜索。《往事只能回味》像涟漪漾开时，我找了一位小姐滑向舞池。项庄舞剑，意在沛公。我带着小姐满场子转，眼睛偷窥身边每一个女的。没有伍婕妤的影子。我心里有一种说不出的轻松。但我还是忍不住向我的舞伴问：“你认识一个高挑身材、瓜子脸、有一对酒窝的小姐吗？”我太急切，就报出伍婕妤的姓名，我不知道这种场合一般不用真名。

我的舞伴撇了撇口红涂得过重的嘴，眼影画得太重的眼睛剜了我一眼，带着一种怪怪的笑，说：“怎么，你是喜欢她，还是想打她的主意？”小姐红红的嘴巴凑近我耳朵：“她太‘正经’，只跟人跳交谊舞。我跟她不同。”小姐驾轻就熟地将头伏到我肩上，我脸一红，在最后一个婉转的音符上，我离了舞池，离开舞厅。来到月色灯影相映的大街上，我想我也许应该还待一会儿，从舞伴口里知道更多关于伍婕妤的消息。“她太‘正经’，只跟人跳交谊舞。”这句传达出来的信息应该是好的，令我感到愉悦。我停下车，抬头看楼顶上的圆月亮，好心情地念了句：“今天晚上，很好的月光。”

唐　宋

星期五晚上，我上夜大讲课。这次讲课后，夜大放半个月的假。

我站在讲台上，代替陈子昂在幽州台上抒发千古之忧思。面对悠悠之天地，陈子昂怆然泪下。我们看见他脸上流淌的永远的泪水。

伍婕妤没来听课，又没回我的传呼。我心里慌。

星期六晚上，我一个人待在宿舍，没去跳舞，没看电影，仰面躺在凉席上，专注地看天花板，听对面宿舍的录音机里唱“跟往事干杯”，要把那往事当成一场宿醉。

侃电视剧侃出了汤顾况和文鉴湖弄假成真的爱情。汤顾况放弃了留校，随不得不回去的文鉴湖去了拉萨。汤在历史系任教授的父亲一改往日的儒雅形象，朝儿子破口大骂：“你，你就愿意为了一个女人去那地方。”儿子旗帜鲜明：“我还就愿意去那地方，不愿意待在你身边。”汤顾况在父亲气得直哆嗦和母亲直抹眼泪的时候走了。母亲的眼泪使他有点动摇，但最终他还是走了。

同时离开的，是万元稹。他坐上南下去佛山的车——范文姬听说她在电视剧里被万元稹苦苦追求，很是感动，很是骄傲，每每来敲万元稹他们的门。万元稹叫苦不迭，后悔当初同意用真名做剧中人名。为了躲避范文姬的长相，万元稹提前去佛山市文化创作研究室报到。

夏易安在北京读化学硕士的男友前天赶来，责问夏易安同龚柳永怎么一回事。夏易安仔细向男友解释艺术真实与生活真实的区别。龚柳永则反方向去了北京，考博去了。

钟范晔为摆脱渭市师专定向，一个人跑海南去了，学位证书、户口档案他决定统统放弃。轻轻地他走了，不带走一片云彩，却留给我一句话：伍婕妤很可能是在利用我通过自考。我不相信，但想到伍婕妤缺课，和好几次给她打传呼不回，我就心里慌，又空落落。

我穿上长衣长裤出门，骑车去街上。我在一个一个歌舞厅里进进出出，接下来的暑假里我差不多跑遍了全城的歌厅、舞厅、酒吧，我听到许多歌厅里的逸事。听到这类故事时我忐忑不安，我想伍婕妤便是生活在这样的环境里，常在河边走，难保不湿鞋。

我进到一个叫“心太软”的歌厅时，那里的人正在讲刚刚发生的一件事情：一个客人跳舞时碰了一下小姐的屁股，小姐板着脸说不跳了。客人左手塞给小姐一张百元钞，右手又不安分。小姐把钱扔回去，说：“我只陪跳舞。”我不知怎么感觉他们说的是伍婕妤。《红豆》在舞厅里弥散开来，我邀了胖小姐跳舞，我问她那些人说的是谁。胖小姐扭动着庞大的腰身，说：“有一次听人喊她什么好。”我心里一颤。我问伍婕妤在哪儿。胖小姐眯着小眼睛，说：“你是她什么人？”

李白斗酒诗百篇。李白一边喝酒一边写诗，呼明月下来对饮，从天上唤下来黄河，叫著名的贵妃为他磨墨，叫太监为他脱靴子。暑假后第一次课，我给学生介绍李白。

李白要放到现在，适合公关：李白能说会道，适合谈业务；酒量大，适合应酬。

几个男生就李白的酒量问题探讨了两个课间休息时间。

伍婕妤的座位又空着，常跟她同桌的女生问我：“据说李白几个儿子全是傻子，有这事吗？”

我回答：是。

女生笑，说："李白真伟大，留给我们这么多诗，留给自己几个傻小子。"

我望着她旁边的空位出神。

下课离校后，我跟着感觉走向一家名叫"飞翔"的舞厅，想碰碰运气，碰见伍婕妤。舞厅的门口围着一堆人，他们在谈论什么。我莫名其妙地心跳加快，走过去听见他们说有个客人在KTV包厢对一个陪唱小姐动手动脚，小姐坚决不从，挣扎中，小姐的头撞到茶几桌角上，流了一地的血。客人见状溜了。我的脑袋嗡嗡响，感觉告诉我，这就是伍婕妤。我上去一把抓住一个说话的女的问："小姐现在在哪儿？"那女的白我一眼，说："神经病！"不过她还是回答："你是她什么人？她被拉到二医院去了。"我挤出人群找到我的车子，飞身骑上去，狠命蹬着自行车冲上大街。

我冲进二医院急诊室，抓住一个护士的胳膊，问："伍婕妤伤得怎样？"护士甩开我的手，往后退了退，准是我失魂落魄的样子吓到了她。我忙说："对不起！请问刚才送来的撞破头的女孩现在怎样？她在哪个病房？"

护士异样地看我一眼，然后热情地说："你是她男友？看你急慌慌的。你的女朋友不错，有骨气。"她边说边将我带进留观室。3号病床上正在输液的人是伍婕妤。她睡着了，脸色看上去还好。守在病床边的是一位涂脂抹粉的女的，她毫不掩饰地上下打量我。"出去一下，"她说，径直往外走。我随她来到医院外边的花园。

"你是什么男友？我咋就从未听她说过你。你算啥男友？她爸妈闹离婚闹得不可开交，你去哪儿了？她们厂倒闭，她下岗，做生意没本钱，进酒吧、歌厅，老板和客人打她的坏主意，你去哪儿了？她弟弟考上大学，要入学费两万块钱，她爸妈都不管，靠她想办法，你去哪儿了？你是不是也只想玩玩她？我不知道你是干什么的，我也不知道你们感情到什么程度了，不管你干啥，伍婕妤都配得上你，虽然她下岗了。你别拿我们下岗的寻开心。你真喜欢她，你就一直对她好下去。你如果只想玩玩她，那么你现在就滚。"女孩噼里啪啦一串话，劈头盖脸向我打来。

"原来是这样。她缺课原来是因为这。"我像是对女孩又像是对自己说。

"别装蒜，你会不知道？"女孩咄咄逼人。

“真不知道。我很爱她，但到现在还没敢向她表白。”我痛苦地说。往病房走去时，我的两眼明显潮湿，为了女孩讲的伍婕妤的情况。伍婕妤醒了，她看见我时两眼空空，随后笑了笑。

我想哭。

我讲孟浩然和王维。

我们先是随孟浩然进入绿树村边合、青山郭外斜的田家，一起开轩面场圃，把酒话桑麻。接着王维又将我们带进新雨后的空山，那里明月松间照，清泉石上流。我们听见一阵竹喧时，看到归来的浣女；我们看到一叶莲动时，看见顺流而下的渔舟。伍婕妤便是莲。

然后高适把我们带到了大漠穷秋、孤城落日的悲凉塞外，让我们看清那个年代和历史的真实：战士军前半死生，美人帐下犹歌舞。

伍婕妤曾经在帐下歌舞。别的舞女是在赌青春，她可是在以生命相搏。“没什么大问题，”医生说，“但要做一个小手术。”手术前的家属签字，是我签的。

岑参让我们看到的另一幅奇美的边塞景观。一川大如斗的碎石，在我们眼前随风满地乱走。那里八月就飘雪，那雪忽如一夜春风来，千树万树梨花开。

有女生说：“现在是很难看到这么大的雪了，就连小雪花也难得看到了。气候反常，可怕的厄尔尼诺现象。郁老师，你担不担心地球被毁灭？”

“就算地球不存在了，我们肯定会找到别的栖息之地的。”我这样回答着，心里在想：地球真的被毁灭了，我对伍婕妤的爱也将存在下去。

伍婕妤是大前天出院的，我和杜微（便是那个劈头盖脸骂我一顿的女孩）扶她出的院。她额上缝的针还没有拆掉，敷着一块厚厚的纱布。走出有空调和电扇的医院，一阵热浪直涌过来。我叫了一辆出租车，为她俩拉开后边的门，自己坐到司机旁边。车里放着冷气，与车外构成两个世界。大街上不知哪家店一个劲地播放着“天不刮风天不下雨天上有太阳”……司机嘟哝：这天就是这么唱热的，风和雨就是这么唱没的。

车子开到了伍婕妤和杜微在东郊合租的民房，二层不到十五平方米的一间。杜微的BP机响了，她出去回电话。我扶伍婕妤在床上半躺下，拿了枕头和毯子垫在她背后。

我静静地看她。她低下头。

“我爱你，”我脱口而出，舌头打战。

她红了脸，依然垂着头。

我握她的手，她轻轻抽回，好看的小嘴动了动：“你不了解我。”

“我了解你，了解你。”我急切地说。我显得笨嘴笨舌，只说：“我爱你。”

“我的额上会留下疤。”

我想我是有点手之舞之了。我以为这句话是含蓄地接受了我的求爱，她羞怯的表情也传达着这样的信息。我差不多高喊了一声：

“我爱你！”

杜甫忧愤的眼睛看到的是路上的冻死骨、残存的破败家国、白发老翁为躲避兵役而翻墙逃走的背影、被肆虐的秋风裹挟而去的破旧茅屋。杜工部悠深的声音传过来：“安得广厦千万间……”我和伍婕妤的目光相遇了，她坐在四组的最后排。我们刚才是一起来的，三个小时前，我和她正在秦大房管处司马扬雄处长的四室两厅，带去了一箱可口可乐和一条中华香烟。我坐在司马扬雄的真皮沙发上，递过去一支红塔山和刚领的结婚证。司马扬雄的眼光在结婚证上伍婕妤的照片上逗留，伍婕妤的眼光在司马扬雄的四室两厅里逗留：装修豪华的宽敞的客厅，同样宽敞的餐厅，客厅至门口的悠长的走廊，宽广的阳台……司马扬雄吸一口烟，将结婚证给我，一脸慈祥，笑着说：“按规定，研究生毕业并且结了婚，可以分一个小单间，但眼下房子正紧张。”说着手伸到头上扒拉两下，但这个动作毫无意义，因为他秃顶。“这样，”司马看一眼伍婕妤，“你们回去写个申请，在外面租房，让学校报三分之一的房租。”走出司马扬雄家，在楼梯上我攥住伍婕妤的手：“跟着我你受苦。”伍婕妤一笑：“不要紧。”

装载了太多苦难的杜甫发出一生中难得的欢乐之音：青春做伴好还乡。

他漫卷诗书，欣喜若狂，经年凝结的眉头舒展开来。

我和伍婕妤、杜微在夜市摆起地摊，卖起羊肉串。杜微是伍婕妤的初中同学，比伍婕妤早下岗，伍婕妤进歌舞厅就是她拉去的。跟我熟了后，杜微开玩笑说：“是我将伍婕妤带进歌舞厅的，你不会觉得我是教唆犯吧！”然后她严肃地说：“其实不管教唆不教唆，婕妤还是婕妤，婕妤只唱歌跳舞，坚决不让客人近她的身，我就做不到。”我说：“既然你们不甘心过那种生活，就别干了，我们三人一起到夜市烤羊肉串卖，有下岗职工再就业服务中心，办个执照我想不难。”当我们的小摊点出现在南大街夜市，当我把伍婕妤串好的羊肉拿到炉子上烤而杜微在旁边烧着砂锅，当我们卖光了带去的羊肉和砂锅料，数着一张张钞票的时候，我们开心地笑了。我们买了几瓶啤酒，回伍婕妤和杜微合租的民房。我们自己烤羊肉串自己吃，喝酒庆贺我们开业大吉。杜微兴起，放下碗，直接拿起酒瓶喝，大大咧咧地和我打老虎杠子鸡，伍婕妤也加入游戏。我看一眼不到十五平方米的房子，喷着酒气，说：“我们学校正闹着分房。”杜微放下酒瓶，看了看我，又看了看伍婕妤，打着酒嗝，说：“我有个主意，你俩赶紧把结婚证领了，好分房子。今天这酒既是庆贺我们开业大吉，也是你俩的订婚酒。”伍婕妤打了杜微一下：“你胡说啥呀！”杜微说：“我说的是正经话。明天你们就把结婚证领了，后天就拿了它，再买点烟酒去找房管处处长。”杜微还不知道我俩已经领了结婚证。

杜甫一生中喜欲狂的日子过于短暂，与他的生命纠缠不清的是万里悲秋、百年多病。他深厚的悲愁如无边的落木萧萧而下，似不尽的长江滚滚而来。

杜甫的忧患渡过历史的长河，深深浸透了我们。

万元稹从佛山来信：房子！房子！现在住的是两人一间的单身宿舍，什么时候才能拥有自己的独立空间？活到现在三十一岁了，从来没有自己单独住过一间房！

夏易安从北京来信：摩天大楼林立，却找不到我的栖息之地！

范文姬武汉来信：和教务处一位大龄青年结了婚，接下来的中心任务是为房子奋斗。集资建房，三十六万元，只有找人借了慢慢还。

龚柳永北大来信：不能不考虑一下，毕业后，北京博士遍地，今后要找一个有住房的单位，真不敢想象有多难？

汤顾况、文鉴湖拉萨来信：分了套两室一厅的房子，课不多。不适应这边的气候，正在学会适应。

钟范晔发自海南的信中只有短短两句话：生活越来越显示出它苦涩的一面。上学时胡侃电视剧的洒脱和轻松真是一份奢侈。现在连这样的穷开心都没有……

韩愈在被贬去潮州的路上，执策长叹：云横秦岭家何在？雪拥蓝关马不前。在屡遭排挤的柳宗元的眼里，惊风乱飐芙蓉水，密雨斜侵薜荔墙。一贬朗州，再贬连州、夔州的刘禹锡，发出沉痛而达观的声音：沉舟侧畔千帆过，病树前头万木春。一部文学史，仿佛就是文人失意落魄的历史，这历史从屈原就开始了。被称为“诗鬼”的短命诗人李贺，于极度压抑中发出痛苦嘶喊：黑云压城城欲摧。

婕妤在最后排听我讲中唐文学。杜微也来了，她给伍婕妤当陪读。她显然觉得这挺好玩。我的心情并不轻松。学校正集资建房，大套一百一十多平方米，五十多万元；中套九十多平方米，四十多万元；小套七十多平方米，三十多万元。买个小套，加上最简单的装修，也要四十多万元。我上哪儿弄这么多钱？而且正如钟范晔所说，我的身后连着一大堆“穷”：要资助在北京上大学的婕妤的弟弟；要对付江西老家的一摊子事：给年老多病的父母买药治病，给种田的哥哥姐姐、给上学的侄子外甥这里那里贴点——大部分来自农村、留在城里工作的人，身后都连接着一个庞大的需要负担的大家庭，尤其是偏僻的乡村；还想自费出版由毕业论文扩充而成的三十万字的论著，它直接影响到评职称，连带住房、工资……钟范晔在信里叫我写小说挣钱，他帮助联系出版商。我一度动心，偷偷写了七八页，又一把火烧了。我还是老实挣这课时费……我瞒着婕妤找了两个白天的成人补习课上，嗓子越来越哑，口里含着润喉片。

下课后，我建议去夜市吃烤肉，往常是我们烤了卖给别人吃，今天我们吃别人烤的。杜微指使伙计：“先来三十串肉的，三十串筋的，不要太嫩，也不要太老。不要忘了放辣子，也不要太辣。不要太淡，也不要太咸。”说着，杜微点燃一支香烟。伍婕妤小声说：“别刁难人家，人家也是下岗的，不容易。”杜微笑着对我说：“瞧你媳妇多善良。”我说：“他还说不是下岗，他是从江西过来打工的。”我听出伙计的江西口音，看见这个老乡一脸憨厚，忙忙碌碌，满是一副讨好顾客的样子，心里有点不是滋味。

我吃着喝着的时候，旁边桌子闹哄起来。头发抹得光亮，左手拿着大哥大，隆起的肚子从低矮的桌面上凸出来，一个男的，正在朝伙计——我的老乡拍桌子：“烤的啥玩意儿！你吃吃，看你吃得下去不？活该下岗，连羊肉串都烤不好，还不该下岗？”伙计赔着笑脸，摊主走过去和气地说：“不好吃，重新为你烤。”我身边突然起一阵风，是杜微突然站了起来，拎了桌上的啤酒瓶朝那男的走去。我们听见她尖厉的声音：“下岗咋了？下岗咋了？你爱吃吃，不爱吃就滚，别在这里提什么下岗不下岗。我们下岗的不伺候你这种货。”我受了鼓舞，没拿啤酒瓶，但是走过去，我感觉婕妤跟在我身后。呼啦啦一下子拥上来许多人，是附近的一些摊主，他们齐声喊：“谁在这里欺负我们摆摊的？”

回到住处时，我没有想到刚才挺身而出的杜微哭了，她伏在婕妤的肩头抽搐，然后抬起头，揉了一下眼睛，说：“我不能再和你们去烤羊肉串了。又累，挣钱又少，又来得慢，又受人轻视，简直是黑云压城城欲摧。”她将听我课时学到的诗句活学活用了。亮着两排白牙齿笑了笑，杜微说：“算了，我还是回歌厅干我的老本行，唱唱跳跳……”

杜微说她回歌厅之前再陪婕妤听我一次课。

大雪纷飞的日子，白居易为一个卖炭的老翁高兴和忧虑。他高兴的是老翁的炭又能卖出去并能卖个好价钱，他忧虑的是大冷的天老翁穿得太单薄。伍婕妤说，我们跟卖炭翁一样的心情，盼望天气热，去夜市吃烤肉喝冷饮的多；又盼望下几天雨，解解凉。

秋风瑟瑟的浔阳江头，琵琶女饱蕴情思的琴声使谪居的江州司马泪湿青衫。杜微说，是啊，同是天涯沦落人，我和婕妤下岗，你的日子也好不到哪里去。房子没有，工资不高。

刀光剑影的马嵬坡，白居易为李杨爱情奏出千古绝唱：天长地久有时尽，此恨绵绵无绝期。杜微说：我祝你们在天愿作比翼鸟，在地愿为连理枝。杜微是在一家名叫“红玫瑰”的酒店的一个包间说这话的，她说她在回歌厅之前要为我们把婚事办了，就拿自己的一笔积蓄订了一桌酒席。杜微为自己和我倒满一杯沱牌曲酒，站起来和我碰杯，说：“从今天起，我就把好友婕好托给你了。你要待她不好，我饶不了你。”然后她半开玩笑地说：“你艳福不浅，我们婕好可是回眸一笑百媚生的人。”这时婕好从我身边站起来，她搂住杜微，哭了：“你还是留下来跟我们在一起！”杜微噙着泪，说：“我还是去干老本行。”伍婕好抽泣着，说：“你一个人千万保重。”

杜微离开了她和婕好租的民房，将它留作我们的新房。我们要她留下来，我们另外找房子，杜微笑笑说：“以前是为了陪婕好，我歌厅里有的住。”伍婕好扑上去抱住杜微，两个人又流泪。杜微走后，我将婕好揽到怀里，替她擦去眼角的泪水。杜微送给我们的一串风铃在窗户边发出好听的脆响。

天气开始转凉。我在夜大学的课进入晚唐。出生于这座古城的诗人杜牧以酣畅恣肆之笔重建起一座气势恢宏富丽堂皇的阿房宫，又以犀利之笔毫不留情地将它轰毁。他让我们看到一个王朝匆匆消逝的背影。而李商隐在昨夜星辰昨夜风里，咀嚼着深入骨髓的相思之苦。

天气变得早晚凉、中午热。我们的小屋添了一套灶具。我要买一台洗衣机，婕好说就两个人的衣服，手洗就行了。我捧着她白皙纤长的手说：“你不该跟着我这个穷鬼。”婕好黑亮的眼睛看着我，说：“你对我好，就比啥都好。”我看着她楚楚动人的样子，就去吻她，我们在崭新的煤气灶旁边长吻。我抱着婕好走向床，我注意到没有家具的空空的屋，注意到由两块木板拼成的床，注意到我们贫困的生活，心里一股惆怅直往上蹿。我沮丧地从婕好身上下来。

下午带了这心情去系上，却又接到龚柳永从北京打来的长途。他劈头就说：“你一定知道汤顾况的事情了？”

“汤顾况，咋了？”我意识到自己渐渐忽略同外界的联系了。

“汤顾况到底受不了西藏的气候，对文鉴湖不辞而别，粮油、户口、档案、毕业证，全不要，悄悄跑到深圳了。我也是刚从夏易安那里知道的。”

我一时不知怎么说。

“喂，喂，你怎么不说话？”龚柳永在电话那头喊，“好好呵护你的爱情，她是很脆弱的。”

先天下之忧而忧、后天下之乐而乐的政治家范仲淹显示出他多情的一面：酒入愁肠，化作相思泪。他甚至责怪芳草无情，更在斜阳外。醉翁之意不在酒在于山水之间的太守欧阳修，也假借闺中女子之口，泪眼问花，花不语，乱红飞过秋千去。养尊处优的宰相晏殊，无可奈何花落去，独上高楼，望尽天涯路。他看到儿子晏几道在微雨燕双飞的日子，落花人独立。多情郎柳三变游弋在歌女中，皇帝老儿便对他说：何要浮名，且去填词。他于是打着“奉旨填词”的招牌，穿梭于舞榭歌台，让那些十七八岁的女郎执红牙板唱：今宵酒醒何处？杨柳岸晓风残月。

是不是正如龚柳永所说，相对于重的生存来说，感情是不能承受之轻，文人们才不绝地吟咏风花雪月？

我突然晕倒在讲台上。上午系上两节课，外边的一个补习班两节课，下午另一个补习班三节课，我终于倒了。

我被一个高大的男生背出去，叫了一辆出租车送往医院，挂了两瓶水后我醒过来，看见婕妤慌得脸都白了。医生跟她说我得的是梅尼埃病，累的，这种综合征大多是老年人才得。

婕妤坚决要我好好休养一阵。

婕妤突然说她想念母亲。这是我们认识后她第一次提到她母亲。我听杜微说过，婕妤漂亮风骚的母亲跟一个退伍军人跑了，而她英俊的父亲不知去向。所以我一直不提她父母。现在婕妤自己提起，但她只淡淡地说她有些想母亲。星期四是阴天，有轻轻的南风，午饭后婕妤说她想去看看母亲。我说买点啥带去，她微微一笑，说：“不用。”我的眼光在她好看的酒窝上逗留了一会儿，上移到她的长发上，我看到了一根白发，又看到了一根，我真不愿意看到它们。我将婕妤搂到怀里，轻轻扯掉那白发。婕妤突然抱紧我，仰起脸来吻我。我们动情地拥吻，婕妤为我打开她美好的身体。我在她脸上触摸到凉凉的泪水。我捧起她的脸，问："妤，你怎么了，你在哭?"婕妤含着笑说，没哭。婕妤含着笑，坐上一辆出租车去她母亲那儿。

我独自去夜大。迎着喧嚣的市声，披星戴月。

苏轼向明月发问：不应有恨，何事长向别时圆？苏轼发出千古祝愿：但愿人长久，千里共婵娟。

秦观为织女的爱情放歌：金风玉露一相逢，便胜却人间无数。秦观将牛郎织女短暂的"七夕"相会拉成永恒：两情若是久长时，又岂在朝朝暮暮。

这天晚上，婕妤没有回来。

李清照为自己画像：莫道不消魂，帘卷西风，人比黄花瘦。李清照自觉地充当旧时代妇女的代言人，从自己照出女性的命运：寻寻觅觅，冷冷清清，凄凄惨惨戚戚。

陆游为前妻唐琬扼腕：春如旧，人空瘦，泪痕红浥鲛消透。陆游发出泣血的叹惋：山盟虽在，锦书难托，莫，莫，莫!

已经三天了，婕妤还没有回来。

婕妤走时没说什么时候回来。我不知道她母亲住哪儿，也不知道她父亲住哪儿，又翻不出杜微的传呼号。打电话找她弟，说是到外地实习了。

她会像汤顾况受不了西藏而对文鉴湖不辞而别一样，受不了我们贫穷的生活而一去不返吗？这个念头弄得我心跳神慌。我在小屋里团团转，点燃一支烟，点燃二支、三支、四支……烟头在地上积成一堆又一堆。

"不会的，"我举起我们的结婚照，仔细看，"她不是那种人。"

另一个念头来到我的脑子里：婕妤会不会出事?

我骑车驶向大街，盲目地穿行在人群中。

狂放的李白抽刀断水，愁思接天，白发三千丈。

南唐后主李煜不堪回首故国，愁绪悠悠，恰似一江春水向东流。

北宋人贺铸堆积一川烟草，满城风絮，梅子黄时雨，来排解闲愁几许。

吴文英将“愁”字拆解，那本是离人心上秋。

李清照看满地黄花堆积，听梧桐更兼细雨，想独自怎生得黑，终于捺不住喊一声：怎一个愁字了得！

伍婕妤一去不返。

金　元

我在古城的大小歌厅转，从“夜来香”窜到“黎明柔”，从“野蔷薇”窜到“梦巴黎”，在穿旗袍、着短裙、打扮艳丽的小姐当中找杜微。

找到杜微，我便可能得到婕妤的消息。

然而不见杜微的影子。

两个补习班的课我退了，夜大的课我转给系里一位同事了，伍婕妤音讯杳然，我无法静下心来讲课。课程现在应该是进入金代了，元好问以他的丧乱诗反映着王朝的变迁，董解元在风云变幻中寻觅西厢下的一缕柔情：君不见满山红叶，尽是离人眼中血。

我进到大雁塔底下的“黎明柔”歌厅时，屏幕上刘德华正在痛苦痛悲痛心中寻寻觅觅来生缘，我立刻敏感地联想到我的寻觅。我随便叫了一位小姐走下舞池，没精打采地带着她旋转，小姐讨好地看着我说：“你不高兴？”我于是问她认不认识一个叫杜微的，小姐眉毛一挑：“不认识。”接着小姐带着我旋转，一边舞一边对我说：“我给你说个段子，你猜猜，你好好猜猜嘛！”语气嗲声嗲气。我推开：“我不想跳了，我只想打听一个叫杜微的。”

现在夜大学的课该是到元代了。张养浩宣读着王朝变迁背后振聋发聩的声音：兴，百姓苦；亡，百姓苦。王实甫在董解元的西厢后边找到一个有胆有识的婢女红娘的身影。窦娥喊冤，天为她六月下雪，地为她大旱三年。赵氏孤儿，程婴为他献子，公孙杵臼为他捐躯。马致远在枯藤老树昏鸦古道西风瘦马夕阳西下里断肠。关汉卿是炒不爆蒸不烂煮不熟锤不扁响当当一粒铜豌豆。

明　清

我回到夜大讲台上。同事得喉癌住院了，他本来在系上有两个班的课，在外边代两个自修点的课，别的同事戏称他是“当代最喜欢讲课的人”。他当然有他的苦衷：女儿都上初中了，还和他们夫妇同住在筒子楼十四平方米的一间里，他得赶紧弄到三四十万，换大一点的房子。讲课太多，嗓子就出问题了。我想我也会得喉癌。

我索性撕开了喉咙，吼一般地讲。

满朝文武奈何不了一个董卓，将一个纤弱的女子推向权力斗争的漩涡，刘室王业是抛出貂蝉的青春、爱情、女性的独立人格换的。

杜丽娘柳梦梅的生死恋，需要实行对礼法、家规、妇道、女诫等的艰难突围……

下课后我领了七百五十元的代课费，骑车直奔同事住的三医院，将课时费给他。然后，在一个叫“帝王”的歌厅门前停下来，走进灯红酒绿中间。

在旋转着的灯光里旋转着的人当中没有伍婕妤，在昏暗的角落没有伍婕妤。不管伍婕妤变成了什么样的人，我现在首先要找到她，要见到她。我从“帝王”出来，窜进对面的“花非花”，又到“甲壳虫”，到“老枪”，到“老地方”。在“老地方”，我要了两瓶啤酒，蹩到一个角落，猛灌自己。有人截住我的啤酒，已经有些眩晕的我被带到一个昏暗的包间……

我站在讲台上，讲卖油郎独占花魁，杜十娘怒沉百宝箱。

十娘啊十娘，手捧着百宝箱，纵身投进滚滚长江，再也不见我的郎……

课后我骑车穿过夜晚的都市，回到我在东郊的租房。

打开门，有个女孩躺在床上。“婕妤！”我从心底里迸出一声喊。我抢到床边上，床上人翻过身来，是杜微。我闻到酒味——一进屋我就闻到了酒味。她醉了，脸被酒烧得通红。

我放下讲义夹，看见桌上一个小红坤包，十瓶啤酒，我拿起来摇了摇，全喝空了。旁边是一袋吃剩的牛肉干。她酩酊大醉，打着呼噜。我的眼光落在她白皙的腿上。我移开目光，看了看天花板，又回到杜微的身上。我在床边坐下。酒味之外，我闻到杜微身上的芳香。我爬到她身上，进入她的身体。

杜微的酒醒了。她抬起右手扇了我一耳光。

我颓然跌坐在地板上。

她狠狠地瞪着我，咬牙骂："真想不到，你也会这样。婕妤为了你这样一个人去卖笑！"

"婕妤"两个字使我霍地站起，我捶着自己的胸说："我该死！刚才，我真该死！"我狠命捶着自己的胸，还抬手扇了自己几个耳光，然后一把抓住杜微的衣袖："求你告诉我，婕妤她在哪？她在哪?"

"好吧，我来告诉你，婕妤她在哪，哈哈，"杜微突然爆发出一阵怪笑，当怪笑带着一种苦涩收尾时，她像自言自语："婕妤找到我，说是想挣点钱。说你四处讲课嗓子都讲哑了，讲得晕倒在讲台上。说你老家太偏僻，太穷，你负担太重……婕妤随我去了广东。"杜微说着起身去桌上的坤包里掏出一张纸片，朝我扔过来："这是三十万块钱支票，婕妤为你挣的。"杜微的眼神变得恍惚。我拿着支票的手直发抖。我从杜微的眼神里读到什么，伸出手去一把抓住她的衣袖："婕妤现在在哪里？她在哪里？我要见她。"

杜微看了看我，带着哭腔说："她出家了。我搞不清婕妤她为了啥，出家当了尼姑。"

一代歌妓李香君不惜毁容，怒斥阉党，血染她和侯方域定情的桃花扇……

宝玉在洞房花烛夜揭开新娘婚纱，潇湘馆里的黛玉吐血焚稿："宝玉，你好——"滚滚红尘里至今仍有黛玉隐约的哭声在萦绕……

我在水云庵大雄宝殿门口，看一群僧人敲木鱼。我看到一张过于清秀的脸，光头。她虔诚而平静地敲木鱼。功课完了，她抬起头，看见了我，但是眼光陌然，空洞，很快转到别处。

我的眼泪夺眶而出。

（原载于《特区文学》2001年第2期，略有改动）

傻子与数学家羊

重阳节那天是我十二岁生日，这是万姨告诉我的。她说离这一天还有三个月，这一点她不说我也算得出来。万姨还说今年是我本命年。本命年是什么东西我搞不清楚。

我把羊群赶到二郎山的半山腰。前面那白白胖胖的是山羊还是绵羊，我又记不得了。它们在阳光下喵喵地叫，他们都说是咩咩叫，喵喵叫是猫叫，但我怎么听都是喵喵叫。我在一个石头上坐着。山上有许多人，好像又有人拿照相机对着我。他们是来陕北游玩，游了延安，游了榆林，又来游神木的。神木没有别的，有个二郎山，有个沙山，有个兔尾河，有个神府煤矿。这都是万姨告诉我的。我放羊时遇到过不少游人，他们有的拿照相机对着我，说："这男孩真漂亮。"但如果他们有兴趣跟我谈一会儿，就会发现我是傻子。我的智商只有六十五。这是神府煤矿子弟小学的盖老师说的。我在那里上过两年学，语文不行，数学很好。一些运算题，别的孩子歪着脑袋、扳着指头弄半天，我不歪脑袋，不扳指头，在心里默算，一下子就算出来了。数学老师惠老师很喜欢我。但我最终没有读下去。一是那些家伙都不肯跟我同桌，只有两个女孩儿肯跟我坐。那些家伙还老是欺负我，不是敲我的脑袋，就是揪我的耳朵，还叫我弯下腰去，两只手撑地给他们当鞍马跳。二是我好几次将尿尿在裤子里，搞得教室里一股臊味。后来万姨从子弟小学的门房调到二郎山卖门票，我就跟着过来了。我叫万姨弄一群羊给我放，羊不会揪我耳朵、敲我脑袋，不会把我当鞍马跳，不会不跟我同桌。这些羊哪些是山羊哪些是绵羊，万姨他们告诉过我好几次，我总搞不清。但它们有多少个，什么时候少一个，什么时候多一个，我总能数清楚。我好像对数字特别懂。就说重阳节具体是什么我不太清楚，但现在离重阳节还有三个月这点我很清楚。

万姨说有人拍了我的照片去北京拿了大奖，我坐在一个石头上，张着嘴看着羊，羊群喵喵叫着在我周围转。万姨说是上海的一个画家拍的，那画家留长发，像个女子。我记不得了，给我拍照的人很多，我记不得了。这画在山下万姨的门房就有一个，还有个名，叫什么《小羊倌》，什么意思我不太懂。还是有个名字好。我就有姓名，叫严夏，说是因为我是夏天生的。我的这些羊也都有名字，是我起的。前面那个白白胖胖的，叫阿基；中间那个花花高高的，叫毕达；旁边那个黄黄瘦瘦的，叫大陈；后边那个黄黄高高的，叫大华；走在最后边的那个白白的瘦瘦的，叫大祖。我说过我数学好，对数字特别懂，惠老师就常给我讲一些数学家的事。现在我成天跟这些“数学家”在一起，我很得意。有一回一个武汉人游二郎山，给我拍照，我冲羊群得意地喊：“大祖，你过来！”“大祖？”武汉人眼睛瞪得大大的。我又喊：“阿基，别跑那么快！”武汉人搞不懂，傻呵呵直笑。

山上起风了，我不觉得冷，我好像已经习惯了。山顶上的庙里有许多人在烧香磕头，二郎山上庙很多。山上有一些风筝在飘。我有很多年没放风筝了。一九八九年三月五日那天是我最后一次放风筝。那天下午爸爸、妈妈带着我到矿区的空地上放一个花风筝。风筝被榆树枝挂住了，爸爸爬上树去取。他又矮又胖，很笨，跳下来时差点摔倒。妈妈赶紧上去扶他。这时候几个警察来到我们跟前。他们看看爸爸说：“你是严跃进？”爸爸说：“我是严跃进。”他们又看看妈妈：“你是张满玉？”妈妈说：“我是张满玉。”他们再看看爸爸：“她是你婆姨？”爸爸嘿嘿一笑：“她就是我婆姨。”警察转向妈妈：“你带孩子先回去，我们有话跟你老汉说。”妈妈从爸爸手中拿过风筝，牵了我朝矿下宿舍楼走去。我说要尿尿，妈妈一松手，我就跑到爸爸那里，我对警察的衣服感兴趣。我站在警察后边盯着他们的衣服看，听见他们对爸爸说：“你结婚多久了？”爸爸说：“七年了。”瘦警察从黑皮包里掏出一个照片给爸爸看：“你认识她吗？”爸爸看了看，说：“当然认识。你们咋有我婆姨的照片？”胖警察说：“你现在的婆姨不是你婆姨，她真名叫叶自美。你婆姨五年前就死了。”爸爸嘿嘿一笑：“同志，别逗我。”大个子警察说：“人命关天，谁逗你了。”女警察回过头看见我，她说：“小朋友，我带你去放风筝。”牵了我就走。

万姨说，今天来游二郎山的是西安一个杂志社的记者，杂志社是什么，记者是什么，我不懂。他们一共来了四十五个人，这点我清楚。他们来榆林开什么笔会，完了就来神木了。榆林我去过一次，是一九八九年十一月十一日，开那个公审大会，审判妈妈。在一个公园里，风很大，人很多很多，我和爸爸站在最前头，妈妈在台上，胸前挂着牌子，手被铐着，头低着，两个警察拿枪押着。一个胖警察拿着一张纸念，念的什么我不太明白，但最后一句我听清楚了，是“判处叶自美死刑”。我好像听见妈妈哭了，妈妈的嘴好像张了张。

好像下起了雨，有人在往庙里跑，有人在往山下跑。我的羊没跑，还在那儿吃草；我也没跑，还坐在这个石头上。万姨好像在山下叫我：“夏夏，下雨了，快下来。”我一动没动。雨很快就停了，庙里的人出来了，山下的人上来了，阿基朝我走过来了，把一对奶子朝着我，我从兜里掏出一个杯子去挤，挤了满满一杯，“咕咚、咕咚”我就喝。羊奶从嘴角漏出来，打湿了我的蓝上衣。阿基甩着尾巴走了。它前面有两个女的穿得很花，正往山上爬，我听见她们说：“瞧那男孩多漂亮，漂亮得跟个女孩似的。”她们是在说我吧，也有很多人说妈妈漂亮，连警察都说。警察找爸爸谈完话后，爸爸、妈妈都被叫去矿区保卫处，我也去了。我盯着警察的衣服看。警察盯着我看，说：“你们的儿子漂亮，张满玉，不，叶自美漂亮。”警察又盯着妈妈看，说，“这点很像。但为啥他不像你们一样正常？因为叶自美是个站街女，叶自美有性病，所以她生的孩子就有毛病。”我看见爸爸的脸很黑，妈妈的脸白得吓人。站街女是什么我不懂，后来我有一点点懂。那些家伙欺负我，追着我打，还大声喊：“严夏的妈妈，严夏的妈妈，跟百人睡千人睡。”数字我很懂，我想百人千人真是不少。那两个穿花衣服的女子朝我这儿走过来，她们伸出白白的手拍拍我的脸，有一个还捏了捏我的脸蛋，另一个掏出卫生纸擦去我嘴角的羊奶。阿基在远处喵喵地叫。

万姨说阿基快要生孩子了。二月份大祖生了孩子，跟大祖一样白，被盖老师抱走了。我还没来得及为它起名字就被盖老师抱走了。阿基有了孩子我不让人抱走，要抱走只能让惠老师抱走。给阿基的孩子起个什么名字呢？我还没想好，可能还要问问惠老师又有了什么新数学家。我要带它们到山下沟里喝水去。大陈跑到前边去了。它救过我。是去年十一月十一日，我带它们下山喝水，我想起那天是妈妈被枪毙的日子。公审大会完了，妈妈被押上警车，她站在车厢前边，七八个警察拿长枪站在她后边。中间还架着一个大枪。我和爸爸坐在后面一个车子里，后面还有两个车子，车子里还有一些人被押着，再后面跟着几个摩托车。出了榆林城，车子往北开去，在一个叫毛乌素的地方停下来。妈妈被押下车，风很大，她的头发被吹乱了。我好像听见妈妈哭了，妈妈的嘴好像张了张。我看不清她的脸，风把沙卷得到处都是。就是想到这里，大陈过来把我撞到一边。我惊醒过来，看见山上滚下来一个大石头，大陈的脚被砸伤了。它是为我负的伤，我跑过去抱住它的脚“哇哇”哭起来。要不是大陈，我就会被那个石头砸死。

从我坐的石头那儿下去，过了七个榆树，万姨说有两个是柳树，有一个小水沟，它们跑过去喝水。山下公路上有人在唱歌，是赶马车的老头在唱，唱的什么我听不太懂，但唱的什么词儿我听清了：

骑好那个马来那个穿好衣，
我把那个人家那个当成个你。
手提上个扯手那个脚踩上蹬，
给这些个活命命个安顿个声。
双手那个拽住那个马车呀手，
说不下个时候那个不要你个走。
叫一声个妹子儿那个撂开呀手，

七月你个不来那个守到秋。

我听好些人唱过这个歌，万姨就常唱，说是神木的陕北民歌。妈妈也常唱，还是万姨教的，万姨说妈妈原先只会唱海南民歌，学会了唱陕北民歌后，就进了矿上的文工团。矿上人常跟爸爸说：“跃进修的什么福，找了这么个又俊又会唱歌的婆姨，还大老远从海南送上门来！”万姨说是一九八三年九月，下着小雨，爸爸和几个矿工刚从井下上来，万姨带了妈妈站到他面前，万姨说：“跃进，你看谁来了？”爸爸手里拿着安全帽，愣了半天，嘿嘿一笑：“是满玉。满玉你怎么来了？”矿工都围过来，都嘿嘿笑：“跃进成天念叨他婆姨，总算给念叨来了。”“跃进婆姨好俊，比照片上的还俊！”爸爸买了点心、糖果、瓜子、烟，逢人就发。万姨说妈妈对爸爸特别好，经常把爸爸送到井口，完了又到井口去接。第二年有了我，矿上人都夸我漂亮，这个抱一抱，那个抱一抱，我就长大了。谁也没有想到我会是个傻子。万姨说她做梦也没有想到跃进的婆姨会是假的，这么俊这么贤惠的女子会是一个杀人犯，还是一个站街女。毕达喝完了水在跟大华抵角，另外几个在一旁喵喵叫。毕达赢了，昂着头朝山上树林里走去，阿基跟了上去。万姨他们说有角的、尾巴直直的是山羊，没角的、尾巴弯弯的是绵羊，我不管什么山羊绵羊，我只知道他们是我喜欢的数学家。我也不喜欢别人喊他们山羊绵羊。

我和大陈几个也往山上树林里走，太阳快爬到我头顶上去了，榆树上开满红色的花，万姨说是什么桃树，可我怎么看都像榆树。风筝被榆树枝挂住了，爸爸爬上树去取，他又矮又胖，很笨，跳下来时差点摔倒，妈妈赶紧上去扶住他，这时候几个警察来到我们跟前。我盯着警察的衣服看。警察盯着我看，说：“当然，有性病生的孩子并不一定就有毛病，这是医学知识，你们不懂，我懂。但这个孩子就是有毛病，叶自美就是有性病。叶自美咋会有性病呢？因为叶自美是个站街女。叶自美咋会是个站街女呢？你讲讲。”胖警察朝旁边的瘦警察努努嘴。瘦警察翻开一个本子，咳嗽了两声，说：“叶自美，女，现年三十三岁，海南省商县蟹村人。一九八二年二月，叶自美离开家乡去海口打工，受腐朽思想影响，意志薄弱，经不起金钱诱惑，堕落为暗娼。

叶自美，还是你自己交代。你是怎么当上站街女的？又是怎么遇上同乡张满玉的？又是怎么杀死张满玉的？完了是怎么冒名顶替来到神木的？你自己交代。”瘦警察盯着妈妈说。妈妈把头埋得低低的，不说话。胖警察将桌子一拍，大声说：“叶自美，你要老实交代。你的材料我们已经全部掌握。他们几位是海口市公安局的，大老远专程来的。我们联合调查了你很久。你要老实交代。”胖警察拍着桌子，大声说话，把我吓得哭起来。女警察过来要牵我出去，这时候妈妈说话了：“我是做过站街女，但我没有杀张满玉。”好像万姨在下边叫我：“夏夏，快下来吃饭。”我一动没动。大祖走过来，我掏出杯子上去挤，挤了满满一杯奶，“咕咚、咕咚”我就喝。羊奶从嘴角漏出来，打湿了我的蓝上衣。

山上又起风了，一些花从树上吹落下来，大陈它们身上红红的，很好看。要不是大陈，我就会被那个石头砸死。爸爸就是被石头砸死的。妈妈被枪毙的第二年，是一九九〇年四月四日，爸爸正在井下挖煤，上面塌方了，有人在远处朝爸爸大声喊，叫爸爸跑开。爸爸跟没听见似的，石头掉下来把脑袋砸开了。这是万姨告诉我的，万姨说那个时候爸爸肯定是在想他的婆姨。万姨又说爸爸的叔叔也是被石头砸死的，万姨的老汉也是被石头砸死的，他们都是被砸死的。爸爸的叔叔是海南省商县虾村人，后来来神木当了矿工。一九八一年十月，井下塌方，爸爸的叔叔和万姨的老汉都被压死在里边。爸爸老远从虾村赶来看叔叔，后来就留下来，顶了叔叔的班。他们都是被石头砸死的，要不是大陈救了我，我也会被石头砸死。

我也救过大陈一回。大陈低着头走路，撞到一棵榆树上，我赶紧朝他跑过去，我朝他跑去时看见有个家伙端着猎枪对着他。这个家伙，大陈那么瘦他也要打。我“啊啊”叫着冲上去用身体挡住大陈，那家伙放下了枪。那些家伙什么都打，羊、兔子、野鸡、野猪、山雀，连小羊羔也要打。大祖和孩子正在晒太阳，有个家伙拿枪对准了它们，大祖“喵喵”直叫，用头把孩子往自己身后顶，孩子不走，孩子挡在它前面。我正在解手，我“啊啊”大叫，赶紧提起裤子朝那家伙扑上去。这些家伙把山上的羊啊兔啊都快打光了。他们还砍山上的榆树。他们要敢打我的“数学家”，我跟他们拼了。万姨那次说要把毕达杀了吃了，我向万姨吐唾沫，我从来没对她吐过唾沫，我从来都很听她的话，但是那次我对她吐了唾沫。瘦警察吐一口唾沫，说："呸，你真是给我们海南人丢脸！"胖警察说："也给我们陕北人丢脸！"爸爸突然从我旁边站起，朝妈妈扑上去，一把卡住她的脖子，大声说："你，你还我妻子！"妈妈脸憋得通红，但从她嘴里咕噜咕噜冒出一些话："你跟她一起才待了一个多月，你和我在一起这么多年，我们还有儿子……"我看见爸爸卡住妈妈的手松开了，软塌塌地垂下来。

一个男的拿着照相机朝我们走过来，走到跟前了，他蹲下身去，举起照相机对着我们。一个女的跟过来，说："最新一期《女友》我编的那篇《陕北啊陕北》，正需要一幅这样的照片。这男孩真漂亮。"那个男的两腿一伸，趴到草地上去，照相机一直举着对准我们。我想他又要拍什么《小羊倌》了，又要拿到北京去得什么大奖了。他不像那个上海画家，他不是长发，他一根头发也没有。我七岁时头上长疮，万姨把我带到理发店，也剪得一根头发也没有。妈妈被拉去枪毙那天，后面车子里押的那些男的，个个都是一根头发也没有。"你头发长，张满玉头发短。当然，短头发可以长长。但是，你鼻梁低，张满玉鼻梁高。你整容把鼻梁垫高了。"瘦警察说，一面从黑皮包里取出一张照片，又举到妈妈面前："这是你整容前后的照片，那家美容院作为资料拍下来了。你还敢耍赖说你是张满玉！你还不承认你是叶自美！尽管你们两个长得出奇地像，但她鼻梁高，你鼻梁低，你现在的鼻梁是垫的。"女警察走到爸爸跟前，说："你就没有怀疑过她？你就没有感到她身上有什么不对劲？"爸爸看一眼妈妈，说："她的脚好像小了，腿好像长了，皮肤也好像白了。再说，满玉也没有她那么会唱歌。我跟满玉是人介绍的，刚结婚一个多月就接到电报说叔叔出事了，我就过来了。路费太高，满玉没有跟着来。想着等我赚些钱去接她来，没想到这个女人来了，我还以为真是满玉……满玉，你死得冤啊！"

阿基和毕达从那边林子里走出来，它们身上沾满红色和白色的花。山上的那些人在往山下走，太阳往前面移过去了一点。有人边下山边大声唱歌：

第一次我到你家你呀不在，
你妈妈打了我一锅盖。
第二次我到你家你呀不在，
你爸爸打了我一烟袋。
第三次我找你你不在，
你家的大黄狗把我咬呀咬出来。

是好几个人在一起唱，不像是唱，像是吼。我念书时，那些家伙就经常在上学和放学路上甩着书包一起吼这首歌。爸爸和矿工们下井和上来时，也常一起吼这个歌。妈妈和万姨也唱这歌，妈妈更爱唱的是："一个在那山上哟嗬一个在那沟，咱们拉不上那个话话招一招手。"大个子警察朝门外的女警察招一招手，女警察进来带妈妈出去解手。大个子警察把身体朝爸爸面前弯过来："是啊，你怎么就没有怀疑过她？你不觉得你跟她过性生活和以前有什么不同？"爸爸看着大个子警察，说："她长得像满玉，又有我去的信和寄去的钱，还有户口迁移证。问起家乡的事，她说的一点不差，我就信了她。"胖警察弯一弯身体，说："你没寻思着你的性生活有什么变化？"这时候女警察和妈妈回来了，瘦警察说："叶自美，我不管你是真解手还是假解手，你休想抵赖了，赶紧交代。"胖警察把桌子一拍："放老实点。"大个子警察将一个黑皮包往桌上一摔，取出几张照片举到妈妈跟前："这是我们在海口市大山路51号房地底下挖出来的张满玉的尸体。你以为你能瞒天过海？你以为在房间里挖个坑把尸体埋进去，不会有人发现？"女警察说："老天有眼。今年城市扩建，旧民房拆迁，建商业大楼，打地基时挖出了张满玉的尸体。老天有眼，尸骨都烂了，但是我们发现一枚章子，上面刻着张满玉的姓名。你不会想到会有这一枚章子吧？"瘦警察说："你以为你能瞒天过海？我们抓到原来的房主，他说那间平房你租过，你还带了张满玉在那儿住过。我们又找到商县蟹村你老家，你家人说你好几年没回，只收到你从榆林寄去的信和钱。我们又找到张满玉的娘家，他们也说好几年没见到女儿，只收到从神木寄去的信和钱。我们将两处的信对了笔迹，查出是出自同一人之手。你以为你能瞒天过海?”胖警察说:“哼，你不说，我代你说。你家穷，就去海口打工，但是你受腐朽思想影响，意志薄弱，经不起金钱诱惑，堕落为站街女。你专门租了民房卖淫。张满玉想她老汉，就离家经海口来神木，你和一个老嫖客在租房外边乱摸乱啃时被张满玉撞见。你们是同乡，你怕她暴露你的丑事，你又从张满玉口里得知严跃进在神木当矿工，工资高，偏偏你们两个长得出奇地像，所以你顿起杀心，一来不会暴露你的丑事，二来冒名顶替来神木，远离是非之地。老汉是工人，工资高，从此安定下来。你以为你拾掇得天衣无缝?哼，你不说我代你说!”妈妈的身子一歪，离开椅子朝一边倒去，手里的镣铐“丁当、丁当”响。

毕达的脖子上有一个铃，走起路来“丁当、丁当”响，是我挂上去的。我又坐回原先那个石头上，他们几个又“喵喵”叫着在我周围转，叫了一会儿不叫了，安安静静地站在我旁边。我掏出杯子，在阿基那里挤了满满一杯奶，“咕咚、咕咚”我就喝。羊奶从嘴角漏出来，打湿了我的蓝上衣。我用手背抹了抹嘴唇，听见万姨在山下叫:“夏夏，下来吃晚饭。”山上又起风了，我和大祖它们走下山去，它们身上落满白的和红的花。

（原载于《山东文学》1997年第11期）

伯母与麻雀

那年的天空一阵喧哗。敲锣，敲鼓，敲脸盆、碗、铁片，敲一切可以发声的东西。爆竹声，呐喊声，鼓噪声，麻雀窜来窜去时翅膀的扑腾声。这种种声音永远留在伯母的耳边，几十年来挥之不去。

那时候伯母是仙桃街出了名的美人。伯母一出门，总会有男孩子糯米糖一样黏上来。伯母就像太阳一样，众多男孩像行星一样绕着她转，就发生了许多“行星”相撞的事。伯母的父亲大概是怕闹出大乱子，从此严禁女儿出门。那时伯母高中毕业没考上大学，正在家待业。伯母的父亲就叫她啥事也不干，待在家里不出门就行。伯母的母亲为这跟父亲吵起来，争吵声搅了伯母的午睡，她听见母亲粗声说：“你是在温室里培育花朵。”父亲声音不大但口气很硬：“现在将莲莲放出去，会有男孩继续为她打架，甚至可能闹出人命。”伯母不知道偏向谁。

父母上班后，伯母将客厅里的收音机拿到自己的小卧室，趴到棕棚床上，扭开机子。在唱京剧。换台。一个男的说，冲破旧习俗。换台。是一首铿锵有力的歌。换台。一个女的说，检查组来了。再换台。是另一首铿锵有力的歌。伯母“叭”一下将机子关了，起来到墙上挂的一面小圆镜前将辫子松开，又重新梳成麻花状，趴到窗台上望了望，还是想出去转转。过去开大门，大门被反锁了。伯母在不大的客厅里站一站，进到父母的房间。床头的书架上，上面摆的是文集、汇编等，下面是妇女干部手册之类，是在宣传部做妇女工作的母亲的书。伯母的眼光移向另一头的书架。整整一书架，全是在大学教动物学的父亲的书。伯母抽出一本画册，在床沿坐下来翻看：悠闲散步的老虎，喜悦中的大象，浪花中走来的灰熊，舞弄着自己漂亮翅膀的信天翁，给小杜鹃喂食的大杜鹃，自由游泳的河豚，水中玩耍的海熊，有着美丽花纹的非洲斑马，吐着芯子的眼镜蛇……蛇使伯母放下了画册。伯母跨着步子进了厨房，轻轻呼出一口气后，拿筷子挑了几根炒土豆丝到嘴里，慢慢嚼着回到自己的卧室。伯母又趴到床上去，两只小腿跷起来。再次扭开收音机。合唱，伯母小声跟着唱完。里面变成新闻。换台。全是新闻。伯母于是关了机子，打个懒洋洋的哈欠，仰卧。天花板上糊一层报纸，伯母转着头看，看完后伯母的头悬在床边，这样她瞧见了墙上的书包。伯母溜下床，取下书包，翻出几何书，摊开在床边，做一道平面几何题。做一道立体几何题时，伯母半蹲在地上的右腿麻木，她蹙着眉头等到腿恢复，站起身来走走，停在小圆镜前，再次将辫子散开，但没有编回去。伯母披散着一头秀发在小卧室里转了一个小圈，窗外的一声鸟叫将伯母招引到窗台边，于是她看到一只通体翠绿的鸟停在电线上。"真好看，"伯母手托下巴伏到窗台上。"真好看，"伯母将窗子打开。"真好看，"伯母将头伸出窗外。

五天后的早晨，伯母被几声鸟叫唤醒。她起身拉窗帘，没看见鸟。她走向房门，鸟叫声清晰地响在门边上。她打开房门，穿中山装、戴眼镜的父亲提着一个鸟笼在朝她微笑，她看见两只艳丽的鸟，一只翠绿，一只金黄。伯母的脚跳离了地面，随着一声"爸爸"亲昵地喊，伯母跳起来刮了一下父亲的鼻子，站在厅里的母亲冷眼看了看他们父女，撇撇嘴。伯母捧着鸟笼喜滋滋地进了卧室。吃早餐的时候，伯母将早点端到房间里，她扒了一口稀饭专注地逗鸟，争吵声从厨房传来："花啊鸟啊，什么调调。""这是家里，把你的思想工作留到单位去做。""对你这种小情调，到哪里都要批判。"伯母走过去，将卧室的门关了。

金金和翠翠——伯母给两只鸟起的名——来后的第五天，金金用嘴啄开鸟笼门，在伯母的卧室里乱飞乱撞，不断往窗户那儿扑。伯母看金金飞得筋疲力尽还在寻找窗户缝，就走向窗台，手伸出去后又缩回来，再一次伸出去，将窗户打开。金金朝她扇了扇翅膀，朝楼顶上的天空飞去了。伯母转过身来，端详了一会儿翠翠，过去打开刚才关好了的鸟笼门，两手伸进去捧出翠翠来，返回到窗边上，伯母说："你也去吧！"翠翠扇了扇翅膀，飞去了。伯母的大眼睛朝天空瞪了好一会儿。

晚上，伯母刚刚入睡，父母卧室里的争吵声将她惊醒。"这是你教出来的好女儿，一点没有勤俭节约的本色，花钱买来的鸟不到一星期就放了。""这说明莲莲心善，不忍心见鸟被关着。""花钱！浪费！一点没有艰苦朴素的作风！我看你们父女俩思想都成问题。"接着收音机被拧开，一个女的说："××大学有一部分同学洗衣服用开水洗，吃馒头要把皮剥了丢掉，这是严重的浪费现象……""你能不能把声音开小点，莲莲睡了。""睡什么睡！正好讲节约的事，她正要受一受教育。不是你护着，我还想打她一顿呢！"伯母在被子里流下委屈的泪。这一夜，她翻来覆去没睡着。

这一天吃晚饭时，乡下的表哥来了。他进门，摘下草帽，说："乡下麻雀成灾。社员们特地派我来向姨父请教：怎样防治麻雀？"伯母的父亲放下筷子，推推厚厚的眼镜片，说："从理论上说，麻雀是消灭不了的……""理论，又是你的理论，"伯母的母亲招呼表哥坐下，替他盛了一碗饭，斜看着父亲，说，"你的理论脱离实践。"伯母觉察到父亲横了母亲一眼，不再说话，埋下头去吃饭。表哥可能是饿了，没顾上继续问，捧起饭碗到嘴边，先是慢慢地吃，很快就吃得又快又响。伯母看见父亲看了表哥一眼。表哥专注地吃完三碗饭，用又粗又大又黑的手抹了两把厚嘴唇。伯母瞅一眼父亲的手，细长白净，是出身农民、做妇女思想工作的母亲嘲笑的对象。伯母觉得母亲的手其实也很白净，母亲是在故意将手弄得粗糙。这样想着时，伯母听见表哥打了一个很响的嗝，表哥说："姨父，你帮忙想想法子，麻雀把我们的谷子都快吃光了。"伯母发觉表哥说话时眼睛朝自己这边瞅。伯母脸一红，掉过头去。父亲呷了一口茶，又推推眼镜片，说："只能小规模地捕捉，不宜大量捕杀。"伯母的母亲拧开收音机，说："现在听新闻，听完新闻再讨论怎么除麻雀。"

伯母起身去卧室。母亲在身后厉声说："去哪，你去哪，老实坐下来听！"伯母的眼泪流出来。母亲在表哥面前不给她面子。每天到播新闻时，母亲都要她和父亲坐在收音机旁。伯母觉得母亲实在霸道，就顶嘴："天天听，不都差不多。""说什么，你说什么，我看你这丫头很有问题！"母亲差不多是在咆哮。"莲莲说的有道理，你是做思想工作做过头了！"父亲站起来大声说。父母当着表哥的面吵起来，母亲甚至拍桌子，惹得父亲也踢了椅子一脚。伯母流着泪跑进自己的卧室，等待她的是又一个不眠之夜。

三个月后一个冬日的中午，伯母试着做了一盘炒鸡蛋和一盘炒青菜，小心翼翼捧到饭桌上，看过来看过去地端详。门开开，伯母的母亲进来，母亲的眼睛根本没往饭桌上瞅。"妈，你看——"伯母激动的声音没有得到响应。母亲一进门就去拧收音机，一个台一个台换过去。伯母看着母亲，甚至有些委屈。脚步声响起，伯母眼睛一亮，戴眼镜、一身中山装的父亲出现在门口。"爸，你回来了。"伯母含着期待迎上去。父亲放下讲义夹，眼光朝向饭桌，停在那儿。伯母兴奋得心咚咚跳。"你妈今天下班早？饭菜都做好了。"伯母几乎有点胆怯地说："不是妈做的。"伯母低着头，感觉父亲在看她。"呵，我知道了，"父亲高兴地一拍手，"是我们莲莲做的，我们莲莲学会做饭了。"伯母又想跳起来刮父亲的鼻子了。伯母正处在她的小小虚荣心当中，听见母亲亮着嗓子说："都静下来，有重要新闻！"就听机子里一个男中音说："在五年、七年或者十二年内，在一切可能的地方，基本上消灭老鼠、麻雀、苍蝇、蚊子。"伯母看见父亲抬起食指顶顶镜片摇摇头说："麻雀是消灭不了的。防治麻雀不是消灭麻雀本身，而是要消灭雀害。"母亲斜看父亲一眼，说："别打岔！"更凑近了耳朵。"我查过资料了，麻雀并不是害鸟，"父亲说。伯母见父亲的注意力被母亲转移过去了，她的炒鸡蛋和炒青菜被冷落了，一点热气都不冒了，她失望地走进自己的卧室。

收音机上说："全市人民在今年十一月下旬起普遍开展了以扑灭'四害'为中心的大扫除运动。"伯母听见父亲说："老鼠、苍蝇、蚊子要除，麻雀要区别对待。""听广播！"母亲和收音机的声音盖过了父亲的声音。伯母在床上辗转反侧。

收音机上说:“市领导号召全市人民动员起来，过一个勤俭节约的春节，做好除‘四害’的准备，打一场消灭老鼠、麻雀、苍蝇、蚊子的战斗!”父亲说:“城市里的麻雀吃害虫，是完全有益的。”“听广播!”母亲和收音机的声音盖过了父亲的声音。伯母无法使自己入睡。

收音机上说:“新春伊始，全市人民积极投入除‘四害’的准备，市共青团成立了‘捉麻雀青年突击队’……”父亲说:“一七七四年，普鲁士国王下令消灭麻雀，杀雀者重奖。国民竞相捕雀，几年工夫麻雀全被捉光了，各地果园却布满了害虫，国王不得不急急收回成命，又被迫从外地购回雀种，加以繁殖保护。”“听广播!”母亲和收音机的声音盖过了父亲的声音。伯母把自己在床上折腾到大半夜才入睡。

伯母被一阵嘈杂声吓醒，是的，是吓醒。伯母在昏昏沉沉的梦里听见锣鼓声、枪声，然后她的手抓住一样东西，是被子角。她猛地坐起，醒过来。耳边嗡嗡响。她用力摇了几下头，下床到窗台边，一阵一阵声浪朝窗口涌进来，伯母快要被击倒，感觉有些头晕。似乎是锵锵的锣声和咚咚的鼓声。有人嗬嗬的喊声，来自树上和屋顶。伯母捂着耳朵朝窗外看。她先是看见对面墙上巨大的宣传画，一位妇女，横眉竖眼地指着老鼠、麻雀、苍蝇、蚊子，用粗红的笔划上叉叉。接着她看见一位穿白衣服的妇女在房顶上跑来跑去，挥舞着一根大竹竿，竿上绑着一条床单。接着她看见许多穿白衣服，在房顶上奔跑着挥舞着毛巾、床单、旗帜的妇女。一群群麻雀慌乱地扇动着翅膀，没命地狼狈逃窜。有的疲惫地掉下去。有的落下去，是在一声枪响之后。伯母捂住耳朵。眨眨眼睛，发现最先看到的那位妇女竟是自己的母亲。母亲狂乱而似乎有节奏地挥舞着床单，嘴里发出嗬嗬的尖叫声，震得伯母捂着的耳朵发麻。伯母身子一凛，逃回到床上，扯过被子蒙严脑袋。鼓声、叫喊声从大清早持续到深夜，伯母一直把自己蒙在被子里。伯母的父亲到青岛开会去了。伯母不知道母亲回屋没有。伯母天亮时才迷迷糊糊睡去，但是很快，那些声音将她吵醒。

伯母虽然受不了地上、树上、房顶上弥漫的嘈杂声，但到底掩不住十七岁的好奇，找了两个小棉花团，堵住耳朵，趴到窗台上看。妇女穿着白衣服，挥舞着床单、毛巾。城里的建筑物上，安了草人。树上满是拿弓、拿枪的人，街道上满布着敲锣打鼓的人，许多拿了气枪、弹弓的男孩耀武扬威地在走，有好些是爱缠伯母的“糯米糖”。高音喇叭响了：“我宣布，向麻雀的总攻，现在开始！”立刻，所有的锣鼓一齐敲响，伴随着呐喊声、放枪声、敲盆敲碗声。伯母看见麻雀瞎飞乱撞，无处停歇，想起“金金”在她卧室里乱飞乱撞的情景。伯母自己也被鼓噪声击得一个踉跄，赶紧过去扒住床头，退回到被子里。房顶上，母亲尖厉的怪叫声穿透玻璃，穿透被子，抵达伯母的耳朵。她感到这尖叫声令人毛骨悚然，死劲往被子里缩，缩……

伯母的父亲从青岛回来。伯母捂了耳朵坐到父亲的卧室里，看父亲摇一摇头，叹一会儿气，叹一会儿气，又摇一摇头，自言自语：“胡闹，胡闹。要后悔的，要受教训的。”这时母亲回来，一身白衣服，手拿床单、毛巾。伯母觉得父亲看母亲的眼神怪怪的，父亲动动嘴角在笑。母亲坐下来，喝了几口水，拧开收音机，音量很大：“昨天一天消灭麻雀近一万只。”父亲过去将收音机关了。母亲又拧开，声音开得更大：“组织了捕捉麻雀的妇女突击队。”伯母回自己的卧室，一头钻进被子里。

吃晚饭时，乡下的表哥来了。他一进门就摘下草帽，说：“姨父姨母，我是来报喜的。上两个月，光我们一家，就捉了一万多只麻雀。”伯母的母亲很快接上话头：“这个还用你报，都上电台了，上报纸了。”母亲的脸上洋溢着振奋，起来麻利地盛来一碗饭。伯母转头看父亲，父亲阴着脸埋头吃饭。又听表哥兴奋地说：“还有一喜。我姐下星期出嫁，出嫁的褥子是雀绒絮的，出嫁的酒席有几桌麻雀宴。爸要我来接你们。”“好啊，好啊！”伯母的母亲说着打开收音机，跳过唱京剧、花鼓戏的台，停留在新闻上。伯母见父亲拂袖起身，口里连连说：“麻雀宴，哼，麻雀宴！”

天天的鼓噪声，使伯母的睡眠出现危机。

伯母将枕头挪到床的另一头，掉过头睡，耳边嗡嗡响。将枕头放到中间，横着身子睡，脑袋里嗡嗡响。

伯母数数，数到成千上万，不会在某个幸运的数字上滑入幸福的睡眠。

伯母从头到脚数身上的骨头，头盖骨、颧骨、下巴骨、肩胛骨……数到脚趾骨后又回转来，小腿骨、膝盖骨……头盖骨。骨头有限，重复无限。

伯母看书，越看越精神。

伯母吃安眠药，跟没吃似的。有一次吃多了，睡是睡着了，却差点永远醒不来。

咚咚咚，锵锵锵，嘀嘀嘀，砰砰砰，噼里啪啦，呜里哇啦……喧嚣声朝伯母盖下来，她在翻来覆去的煎熬中迎来一个个伤心的黎明。

伯母依然美丽，但是眼圈黑着，没精打采。伯母的父亲带着女儿四处求医。中药、西药、打针、针灸、气功，不顶用，顶多带给伯母一两个睡眠之夜，然后就失效了。父亲看着女儿一天天憔悴下去。

这一天，他见妻子从外边回来，一把夺过竹竿、床单，将竹竿折断，将床单剪烂。伯母的母亲大叫大喊，停下来，静静坐了一会儿，眼光落在瘦削不堪的女儿身上。

这一天，吃晚饭时，乡下的表哥来了。一进门，他就摘下草帽说："姨父姨母，不好了，乡下闹虫灾。是不是麻雀被赶光了的缘故？"伯母见父亲将饭碗往桌上重重一撂，霍地站起来说："早就说麻雀益大于害。"表哥手里的草帽跌落。

又一个秋天到来。伯母哭喊着送走下放到农场的父亲。伯母的母亲在丈夫走后木木地坐在客厅里。收音机播音："除四害的内容修改为在十二年内，在一切可能的地方，基本上消灭老鼠、麻雀、苍蝇、蚊子。打麻雀是为了保护庄稼，在城市里和林区的麻雀，可以不消灭。"

收音机里说："三百万人总动员第一天歼灭八万三。"

收音机里说："大战一天，灭麻雀掏雀蛋共二十五万只。"

收音机里说："为摸清'敌情'，围剿麻雀总指挥部派出十几辆摩托车四处侦察，树林、城墙、公园……"

喧嚣依旧。高音喇叭里依然一天天播着最新战况……只是挥舞床单、毛巾的妇女当中少了一人，她在女儿的卧室里呆呆地看着女儿往被子里缩、缩、缩……找了一床厚厚的被子帮女儿堵住窗子……

四年后的三月，伯母的父亲从农场放出来，他手拿一张报纸往家里赶。

报纸上画红杠的地方写着：最新指示，麻雀不要打了，代之以臭虫，口号是“除掉老鼠、臭虫、苍蝇、蚊子”。他看见朝他走来的女儿。

伯父是当初在伯母身边的男孩当中默默不语的那一个，是伯母被关在家里时经常在伯母的窗下悄悄徘徊的那一个，是当年除麻雀时也拿着弹弓在街上走但不耀武扬威的那一个，是讲起自己的工作来头头是道却要托介绍人向伯母求婚的那一个。几十年来伯父深爱伯母如初，精心照顾伯母如初。在外人看来，伯母风韵犹存，说话做事都很得体。但伯母的头还是经常疼，耳边还是经常嗡嗡响。求过很多医。

伯母的父亲早已离世，母亲也早退休，跟女儿女婿住一起。伯母的母亲爱到小区楼下的空地跳广场舞，一帮老太太把音箱的音量开到最大，放出来的音乐是铿锵有力的老歌。或者到附近不远的公园，和几个老头老太太拉起二胡唱起歌。伯母的母亲边唱边跳，歌声激越，舞姿有力。

楼下空地和附近公园的这些声音，都能抵达伯母的耳朵。伯母有所恢复的睡眠又跌进失眠的深渊。伯父就在漫长的夜晚给她轻声讲故事，给她按摩头、肩和背。白天一旦有空，伯父就陪伯母散步，运动运动，为晚上艰难的睡眠做准备。

午后到黄昏，经常可以看到一些乌鸦在空中飞，头发白了的伯父伯母手拉手在散步。

（原载于《当代小说》2000年第6期）

导师与钥匙

临近暑假，我冒了炎热赶往华大，拜访著名教授、博士生导师范子晔。我首先找到博士楼，敲开一个宿舍的门。一个留着寸头、戴一副深度近视镜的博士接待了我。他说："范教授的住址我不清楚，我给你介绍几个跟范教授有关的人的地址。"说着他提笔在一张华大信笺上列了一串名单递给我。

站在楼道里，我狠瞅了一下手里的名单：

侯勃，男，三十二岁，山东人，范教授91级博士，住本楼4203舍。

杨刚，男，二十七岁，湖北人，范教授91级博士，住本楼4203舍。已退学。

陈宏男，男，三十五岁，上海人，范教授92级博士，住本楼4228舍。

赵挺，男，三十岁，广西人，范教授92级博士，住本楼4228舍。长期出差在外。

钟坚，男，二十八岁，黑龙江人，范教授93级博士，住本楼4215舍。现休学。

马奔，男，三十四岁，内蒙古人，范教授93级博士，住本楼

4215舍。

我觉着这博士挺逗，却很感谢他开给我名单，便按图索骥，顺利找到第一个目标：侯勃。

出现在我面前的是魁梧结实的汉子，赤膊短裤，健壮发达的身体令我羡慕不已。

“你说你要考范教授的博士？你一定读过不少他的书了？”浑厚的男中音，接近于电台播音，“他的学问确实做得好，可以说是天才。”说着为我倒上一杯凉茶。

我确实渴了，一仰脖喝下去大半，忙里偷闲不住点头说：“我看过他的一些书，打心眼里佩服。”

侯勃起身为我续上茶，坐回椅子：“我不抽烟，也没备烟。”侯勃冲我一笑。我赶紧一笑，说：“我也不抽烟。”

侯勃自己喝了一口茶，然后说：“说起来你们还是老乡。他一九六五年下放到一个山区小学待了近二十年，他妻子跟他在山里待了一年后就跟别人跑了。这些经历一方面促他发愤，有了后来的大成果，另一方面，”侯勃略一停顿，“怎么说呢，他变得古怪。”侯勃把桌上的台扇调大一挡。

“也许天才都有点怪吧。”我在电扇的风里轻轻舒展一下臂膀。

侯勃撇了撇嘴，淡淡一笑，说：“你决定考他的博士吗？你得有准备。读他的博士很累，我现在算是毕业了。”侯勃长长舒了一口气。

我看了看手里的名单，说：“范教授开的课程挺难是吧？我看跟你同舍的杨刚退学了。”

“杨刚退学，另有原因。怎么说呢？我看你大热天从老远赶来，跟你实话实说，考别的博士吧，范教授这个人难对付。待会儿你可以问问马奔他们。”

离开侯勃时，我心里想，这是一个典型的山东人，热情直爽。走向马奔的宿舍时，远远听到孩子的嬉闹声，闻到浓浓的煤油味。来到近前，我看到一幅居家景象。

一个丰满的妇人在门前的煤油炉上炒一盘青菜。炉子旁边凌乱地摆着醋瓶盐袋酱油瓶。从门口拴出一根长绳到楼道尽头，上面晾着大人孩子的衣裙裤袜。我想这便是马奔的爱人了，凑上前问：“请问马奔在吗？”

妇人头也不回，大着嗓子喊：“马奔，有人找你。”

竹帘掀动，探出来一个小男孩的头：“谁找马奔？马奔在水房呢。”

跟着出来一个小女孩的头：“马奔在水房洗菜呢。”

是两张像极了的脸。

四枚黑眼珠机灵地转着瞅我。我瞅向楼道。一个粗壮敦实的男人走过来，把一筐土豆丝递给妇人，礼貌地朝我点点头。我做了自我介绍。

马奔掀起竹帘，客气地把我请进他的宿舍或说是家，热情地招呼我坐下，倒了杯凉茶，接着就在一张椅子面上切姜和大蒜。两个孩子在床前的大洗澡盆里玩水，一面转着眼珠看我，稚气的脸上挂着水珠，挂着好奇。床是架子床，上层堆着杂物，下层加宽成双人床，用砖块垫起来。靠窗的一张床上，我想这可能是正休学的钟坚的床位，一只小台扇正摇头晃脑。

马奔一个劲儿招呼我喝茶，两手熟练地切姜。

我意识到和马奔谈话得我主动，就从两个孩子进入话题。

“你真福气，有一对可爱的龙凤胎。”

“福气啥？负担！”马奔把切好的姜和蒜端给妻子。我转向两个小孩。

“告诉叔叔，你们叫什么名字？”

“我叫马平，他叫马原。”

“她是姐姐，我是弟弟。”

看来他们经常应付这样的问话了。这时候马奔端了一碗菜进来，一股浓郁的蒜味扑鼻。马奔把菜放在床前一张堆满了书的桌子上。我转去注意屋子里的书。三个书架占去大部分空间，桌上、床上、地上另摆了不少。我走向墙角的书架，一眼就看到好几本书的书脊上醒目地写着作者的姓名：范子晔。我跟马奔说：

“我打算考你们范导的博士。请问读他的哪些书好？”

“人民文学出版社新近出的他的两本书尤其值得一读，”马奔郑重地望着我，然后低头去摆筷子，说，“不过，你决定考他的博士吗？”我听到和侯勃相同的声音，赶紧说：

“侯勃也这样说。是不是范教授这人难对付？”

马奔不经意地笑了笑，把椅子朝桌子跟前挪了挪，说：“一起吃顿便饭？”

“不了，我刚吃过。”我连连摆手，马平马原两个叫：“叔叔吃饭，叔叔吃饭。”马奔的爱人端了炒土豆丝进来，也招呼我吃点。我倒很不自在了，连说你们吃你们吃，我去找找陈宏男。马奔看我执意要走，一直把我送到门外。

我沿着灯光昏黄的楼道往东，去寻4228陈宏男的宿舍，一眼瞥见一个只穿了背心短裤的女人，一闪就进了刚才马奔出来的水房，手里像是抓着一团卫生纸。我来到她闪现的地方，水房里边果然是厕所。我拐进写着“男”字的那间。

出来后，我到水房洗了手，又将嘴凑到水龙头下咕咚咕咚喝，抬起头时，看到墙上贴着“寻物启事”：

> 本女子前日在图书馆文科阅览室，不慎丢失茶色近视镜一只，有拾到者请交8430舍，重谢一个kiss。
>
> 7月6日

我紧紧盯着后面那个“kiss”，听见旁边的水龙头哗哗响。侧身一看，是刚才那女的，看不出年龄，胸高高的，从小蓝背心里呼之欲出的样子。短短的短裤下边是肥白的大腿。她把一双圆润的手伸到水龙头底下冲，瞥了一眼那张“寻物启事”，又瞥了我一眼。我走出水房门口时，回了一下头，与她的目光相遇。

我敲陈宏男的门，没有动静。我又敲了三下。

“人不在。”我偏过头，是她，那只圆润的手在掀隔壁宿舍的门帘。

“请问你知道他上哪儿去了吗？”

“不知道，”一只脚已经跨了进去，“要不，你过来坐等。”

“也好。”我想了一下，便走过去。橘黄色门帘一掀。

一股刺鼻的香味。地板很亮。床铺很整洁。床里的墙上一张大大的刘德华的像。靠窗的另一张床上有一把吉他。侯勃的房间干净却凌乱。男女生宿舍的区别便在这里。

“随便坐。”她说。自己在床沿坐下。

“你读的什么专业?”我在一张方凳上坐下时说。

“西方哲学史。”她用手扫着床沿,“陈宏男往他导师那儿跑得勤,他导师也常来他这儿。你是他同学?”

“不是。我打算考范教授的博士,想先向陈宏男打听打听。”

“范教授才华横溢,他是华大的一张王牌。不过,我听说他的博士不好上。”脸上掠过一丝浅笑,笑的内容有些暧昧。

第三次听到同样的声音,我的神思从她迷人的胸脯上移开。

“杨刚退学了,钟坚休学了,”她撩了一下额前的短发,像自言自语,“赵挺长期出差在外。”她拿起床刷随意扫了扫,嘟哝着:“全男的。”

“你说什么?”我说出口后才觉得这样发问似乎有些失礼。

“我说他们全是男的。”她好像并不介意,甚至冲我笑了笑,“范教授对我们女同胞感到失望,或者说不感兴趣。这当然与他生活中的两个女人有关。他被下放到山里,妻子抛弃了他,一个山村女教师却热烈地爱上了他,但仅仅因为他带那女教师回了一趟城,女教师就变心了。女教师宁可留在城里给人当保姆,也不愿再随他回到穷山沟了。这以后范教授就心灰意冷,但怎么说呢,”女博士在这里显出和侯勃一样的语气,“总之,怪怪的吧。”暧昧的笑又浮上来。女博士在浮上来的笑里,补充说:“有的东西,有些人是天生的,有些人是后天的,带着个人和公众的历史记忆。”

“范……”我正要说话,橘黄色门帘被风掀起一角。一只苍蝇乘虚而入。她站起来,操了苍蝇拍,弓起身。

“总之,据说范教授这人难对付。”她说,蹑手蹑脚去打苍蝇。

“侯勃也这么说,”我的目光忍不住落在她一颤一颤的胸上,“马奔也这么说。”

“你要是见到陈宏男,陈宏男不这么说。”没打着,苍蝇逃离。“他是范教授的得意弟子,难得的弟子。”她用眼光搜寻苍蝇,嘴角含笑。

“我来吧,苍蝇怕我。”我站起身。

她将拍子递给我，圆润的手碰了一下我的手。

苍蝇落在床上，我屈起一条膝抵在床上，凑近给了一拍子。

她接过拍子，把上面的苍蝇尸体甩到门外。回头时她说："陈宏男回来了。"

"和范教授一起来的，范教授经常来。"她又说，并且狡黠地一笑。

"范教授？"我走向门边，听见隔壁门口钥匙串的响动声。

一个软软的老的男声："找不着钥匙了？"

另一个软软的年轻的男声："两把钥匙一模一样。"

（原载于《花溪》1998年第10期）

飞翔与滑行

朋友，我不过是以小说的形式在向你倾诉，如果你正面对它，如果你愿意读下去，请把它当成一个远方朋友在静夜的灯下急切地诉说。

在写下这个称作小说的真实故事后，我将从爱莲的生活里撤出。爱莲是我的妻子，我们是在读大学时在西市的一条小街上认识的。如果你不认为爱情是老生常谈，我愿意将我们的爱情全部呈现出来。

大学二年级的时候我找到了一份活儿干，到离学校十多里远的太乙街上给一个车间主任的儿子当家教。我在旧车市场上买了一辆残败的自行车，一路嘎吱作响却飞快地骑过晚饭后散步的人们旁边，骑向车间主任的两室一厅和他胖乎乎、傻乎乎的上初中的儿子。当我给他讲语文、数学或英语时，这小子会瞪起一双眯眯眼怪怪地看着我。车间主任对我说：只要你把他教好，打骂随你，你就当他是自己的儿子。他可真会开玩笑，我还不满二十岁。不过有时候我真的想给那傻小子几下子，他真是一截朽木。但这截朽木带给我每晚三十块钱的讲课费，而且在我十点钟离开他家时，他胖胖的母亲必为我准备一碗香喷喷的肉丝面做宵夜。那小子笨是笨，嘴巴却很甜，每次我走，他都送到楼梯口，摇着胖乎乎的手说，大哥哥再见，大哥哥好走。

这条巷子过于长，幽僻了些，有次我讲完课出来，外面刮起呼呼的北风。骑出一段路后，我听到轮子底下咯噔咯噔响。我的身子变得一颠一颠的，我知道胎又破了，而且破的不是地方。两头望望，巷子老长，找不到修车点。只在出去的巷口有一个。我得推着它在冷风中好一段跋涉后走向巷口那个秃顶的老头，他沾满油渍的手在我的期待中变得美好而温暖。风很大，梧桐叶子被吹起来，在雾一样的灯光里翻卷。尘土被吹起来，空气变得呛鼻，我不能张开嘴，必须眯起眼。我的影子和破车的影子构成一个滑稽的斜角，被风摇荡到树影斑驳的路面和路两旁黑影绰绰的建筑物上。路左边是刚建成还空着的楼房，路右边是正在拆除的平房。我竖起西服领子，挡着风进入胸部。巷子很空，只偶尔有一两个夜行的人，我的破车子的嘎吱声显得分外刺耳，在空巷子里有了笃笃的回声。

在一个丁字路口，一个人的影子盖到我的影子上面。随后一个也推着自行车的人从胡同出来，他们暴露在路口昏黄的路灯下。车子比我的好一点，人穿一件灰色夹克，十八九岁的样子，剪着挺精神的寸头，模样像是很清秀。他发现我在看他，忙转过头去推了车子在我前面走。我往下看，果真在他的平底皮鞋旁边看到了干瘪的车胎。我想笑。

“兄弟，你是不是车胎也破了？”我紧走两步，跟他并排，背过风头大声说。

他朝我转过头，慌慌地看了我一眼。很清秀。

我说：“巷口有个修车点，再熬一会儿吧。”

他看我一眼，迅速掉过头看向前面。

巷子里嘎吱嘎吱响着两辆车的重奏。

我注意到他车篓里的初中英语书和语文书，猜测他跟我干着同一行当。他也似乎在看我车篓里的书。

我说：“你在哪里带家教？”

他脸一红，淡淡一笑，两个好看的酒窝现出来，右手往东指指，亮着嗓子说：“那边，东大街。你也在带家教？”

“嗯，我也在东大街。对了，你是哪个大学的？”

他看了看我，然后回答："音乐学院的。"

"我是秦西大学中文系的，"我自报家门，"离你们学校不远，以后家教可做伴。"

他像是推得有点吃力，我把我的自行车交到右手一只手里，腾出左手。我看着他说："你是不是推了有一段路了？来，把车交给我。"

他看向我，像是有点怯生生的。

我不等他回话，靠近他，直接伸出手去一把握住他的车把。

"小兄弟，我来帮你推。"我听见他微微气喘，"你看，你都累得喘气了，我来帮你推一会儿。"

他脸一红，手犹犹豫豫慢慢松开，将车子释放出来。然而又微笑着上前，伸手推他的车座，是要帮我助推。

我冲他笑笑，大声说："你不用推，好好歇歇。我一个人对付得了。"

他听话地松开手。

"你学音乐，歌唱得挺好啰！"我有一搭没一搭地同他拉话。

"一般般。"他淡淡一笑，脸又一红，好看的酒窝又露出来。他抬手掩住微笑的嘴，我注意到他的手捏成兰花状。

说笑着走了一段路，他说："推两辆车太累，还是我自己推。"说着就上前来，左手抓住空着的车把，右手扶住车座。我看了看他，他冲我微微一笑，灯光下明亮的眸子一闪。我将车子还给他。

然后是嘎吱嘎吱的车声，我们有一搭没一搭的说话声。然后到了巷口修车摊点。然后两个人骑上车，同行了一段路，在将近音乐学院的一个岔路口分开，互报姓名，约好下次带家教结伴同行。

这种流水账似的讲述有没有让你感到疲惫？我真的是谢谢你，愿意看这篇平庸的文字，愿意听我啰嗦。我还是放快一下速度吧，罗列一些事情后，进入这篇东西的后面部分。

一是有次带家教我出发得早，绕道去音乐学院门口候他。我骑坐在自行车上，双脚点地，看着巍峨的校门和进进出出的学生。搞音乐的，因此许多男生蓄着很长的长发。他们在我面前像女生一样将长发甩来甩去，还时不时抬起手将耳旁的头发往后一拢。有人吊着嗓子出门。有人弹着吉他出门。吊着嗓子的人过去后，我看见走过来两个女生，右边的那个分明是爱莲！一身粉红色棉毛衣，脚上是高跟鞋。似乎左边那位在讲着笑话，爱莲掩嘴笑着。我呆了，现在想起来我那时是呆呆地张大了嘴。但还算反应快，忙掉转车头闪到一棵梧桐树后边，看她们过了马路向西走去，爱莲像是一直在笑，她的同伴像是喋喋不休。我这才想起爱莲今晚在家教点没课。

接下来我给车间主任的胖小子讲数学时，显得心不在焉。我看到的不是数学公式和那胖小子，我看到的是爱莲闪亮的眸子和黑长的睫毛，清秀的说话时爱红的脸，纤长的兰花状的手，动人的有着酒窝的、爱用手掩住嘴的笑。我出了一道方程式，叫胖小子解，他歪着他的大头，眼睛瞪着那道题。我也两眼直直地坐在椅子上，在脑子里解着另一道方程式。我的梦中情人是一个长发飘飘的女孩，可我不得不承认，我喜欢上了短头发的爱莲。爱莲为什么要女扮男装？是因为搞音乐，所以剪了个前卫的男孩一样的发型吗？可今天之前我见到的她为什么衣服也是男式的？祝英台是为了外出求学。花木兰是为了替父从军……胖小子向我凑过来他的大头："我解不出来。"我脱口而出："我也解不出来。"

第二天晚上，我从车间主任的家里出来，在丁字路口见到的爱莲，依然穿男式夹克。一起骑了一段路，爱莲说："你今天话少？"

"风太大，"停了一会儿，我说。实际上风连叶子也不曾吹动。

"你真逗，"爱莲笑。

我看着她笑。

"你看我干吗？"她略一低头，"看前面的路。"

我真的去看前面的路。两个男的朝我们的车子撞上来。我小声提醒爱莲："别停下，擦过去。"然后一抬头，一抬手，朝前面"喂"了一声。两个男的转过头去，果真有几个行人说笑着在朝这边走。我给爱莲使一下眼色，爱莲脸有些白，但反应还算快，我们迅速绕过两个男的，狠劲蹬起车子。骑出巷子老远了，后面没有人追上来，旁边是喧嚣的车辆和说笑的行人，爱莲仍是慌慌地蹬车，我忍不住一笑："没事了，停下来歇一会儿吧。"爱莲瞪大眼睛往后面看了看，停下车子，随我到草坪处坐下。

"两个家伙是吸毒的，接下来他们该说：'撞了人连声对不起都不说？咋办？给点医疗费。'他们毒瘾发作了，没钱买毒品。我领教过一回。其实他们没力气，不堪一击。"我看着爱莲说。

"你以前——碰到过？"爱莲喘着气。

"到底是女孩子，吓成这样！"我脱口而出。我本来是在心里这样想着的。

轮到爱莲呆望着我了。她看了我一会儿，然后目光变得躲躲闪闪，头低下去，小声说：

"你，你咋知道我——"

"昨晚上我在你们校门口看到你了，"我老实回答。

一辆出租车飞驰而过。又一辆出租车飞驰而过。第三辆出租车飞驰而过。

爱莲抬起头，深深地看我一眼，然后眼光转向别处，轻轻地说："大一下学期我就开始带家教，有天晚上讲完课出来，在巷子里三个流氓将我堵住，幸亏两个警察凑巧经过。第二天我就把长发绞了，绞成现在这样短，一到带家教时就换一身男式衣服。"

"你非得带家教？你家里——"我心里不是滋味，我想爱莲一定和我一样家境贫寒，她分明比我还惨。

晚班车呼啸而过。出租车飞驰而过。情侣依偎着走过。

爱莲看着远去的车子，说："我家就我爸和我。我爸是个盲人，他拉二胡。"

"他在街头拉二胡，供我念书。"路灯光下，爱莲的脸上分明有两行泪。

过了好一会儿，我说："爱莲，你想留多长的头发就留多长的头发，想穿什么样的衣服就穿什么样的衣服。以后家教我全程给你做伴。"

二是大四下学期来临、毕业将近的时候，爱莲长出一头瀑布般的长发。一个春阳正好的周末，我收到爱莲寄给我的一封信，信里只有一张音乐会的门票。晚上，我坐到音乐学院明亮的礼堂里，当主持人宣布"93届毕业生音乐晚会正式开始”时，迎宾小姐将一位中年盲人领到我旁边的座位上。

是爱莲的父亲。

大三的暑假爱莲带我去了一趟米脂，她家住在米脂中学里。校园的东边是李自成住过的宫殿，爱莲的家就在宫殿底下的一间窑洞里，小但是整洁。爱莲父亲的二胡挂在炕上方的墙上。爱莲的父亲身材高大，话不多但是幽默，窑洞里响彻他朗朗的笑声。他看不见，但是行动麻利。夕阳将宫殿的雕梁画栋照得金碧辉煌。我们三人待在空荡荡的宫殿的南面平台上。爱莲的父亲坐在一个马扎上，二胡架在他的腿上，夕阳照得二胡的琴弦闪闪发亮。爱莲父亲“看”一眼我们，他粗大而灵巧的手下流出荡气回肠的《二泉映月》来，如泣如诉，催人泪下。我闭上眼睛，任由感人的音乐将我托起来，往上提升。夕阳西下，一弯清冷的月亮升起来，从爱莲父亲的手中、从他手里的琴上升起来。哀婉苍凉的曲子是奏给过早病逝的、生前是米脂秦腔剧团名花旦的爱莲的母亲的。清冷的月亮升起来后，爱莲凭依栏杆拉动小提琴的弓，梁祝化作蝴蝶从她的弓上升起，在月色里飞翔。我的灵魂在那个月夜里、在哀婉而曼妙的音乐里飞翔。离家返校时，爱莲和我一人拉着父亲一只手，把带家教挣的一些钱硬塞给他，叫他不要再到街上拉二胡。拗不过我们，父亲眨动那双大而空的盲眼说：“那我先给你们存着。”父亲摸索着爱莲的小提琴，说：“你毕业的时候，我要去听你的演奏。”

他真的来了。他坐在我旁边，粗大的手突然攥住我的手，他的手在发抖，激动地发抖。他看不见他的女儿穿一身蔚蓝色套裙，一头长发瀑布样流泻下来；他看不见她站在缥缈的舞台灯光下，像天使一样；他看不见女儿瞥见台下的爸爸时，清丽的脸上流淌的莹莹泪光。他“看见”在女儿挥洒自如的弓上，在婉丽的曼妙的音乐里翩然飞翔的两只蝴蝶。

我要向你罗列的第三件事是我和爱莲的婚事。我毕业留校，爱莲留到音乐学院附中。她本来是要回到米脂她父亲身边的，而我打算随她去陕北。分配方案就要公布时，爱莲父亲大老远赶来。是个炎热的下午，我和爱莲正要进校门去她宿舍，听见有人叫我们，分明是她父亲的声音。他刚刚下车，他是凭感觉辨出是我们的。高高的他将我们堵在校门外，从衣兜里掏出一封爱莲写给她的信，撕成两半，狠狠地“瞪”了爱莲一眼，硬硬地说：“我不要你回去，你在我身边，我反而不自在。我要你留在城里，我要你出息。大城市机会多，有发展前途，你们老老实实待在城里！”然后他口气缓和下来：“我想不会是你的成绩和表现不够留城里吧？要不我去向你们领导说情？”他当然知道他的女儿不可能不优秀，嘴角浮出一丝笑容：“我咂摸着你肯定够留城里，我要你好好把小提琴拉出个样来，好好在城里发展。”爱莲掏出手绢，踮起脚尖，给父亲擦去额上的汗珠。

我和爱莲是在我们上班后的第一个中秋节结的婚。一朵圆圆的月亮盛开在对面楼顶。闹洞房的人走了，客人散去了，新房里剩下我、爱莲和她的父亲（我的父母因为路远和秋收没有赶来）。我们在新分的一室一厅里，在粉刷一新的墙和崭新的家具旁边，在大红纸剪成的“喜”字面前，在彩纸扎成的花下边，在香蕉、糖果、瓜子和花生中间，在轻柔的萨克斯曲子里。“我给你们拉一曲，”爱莲父亲突然说。取了二胡，坐到一张矮凳上，他拉的是《良宵》。轻盈柔和、清新洒脱的旋律在室内荡漾开来。他的身体俯仰摇荡，头拗过来拗过去，脚一踏一踏打着节拍，整个儿沉醉到音乐里。我被感染，从一个大红喜字旁边取下小提琴，递给光彩照人的爱莲。我自己找来一只口琴。我的新婚之夜旋律飞扬。曲终，爱莲父亲站起身，提起二胡走向门边，将一个红包交给我，眨动着大而空的盲眼，笑着对我说：“我把爱莲就交给你了。这是你们存我那儿的。”就一下把门关上了。红包沉甸甸的，分明是他街头卖艺得的钱。我们追出去送他。

回来的时候，圆圆的月亮印在我们的窗玻璃上。我在门口抱起爱莲，在《回家》的萨克斯曲子里走过彩纸满地的过道和客厅，来到彩纸缤纷的婚床。我们的身体和灵魂都被托起来，升到一个美妙的高音。

朋友，现在我开始对你叙说故事的后半部分。真希望我的讲述没有使你觉得太疲乏。你是不是点燃了一支香烟，或者泡上了一杯浓茶，或者往后翻了翻，看还有几页能完？

我和爱莲的婚姻生活平静而充实，在柴米油盐的琐屑中，有音乐和文学的点缀，有庸常生活的诗意和“远方”。儿子云云更是上天赐予的瑰宝，他带来的乐趣超过所有温馨的喜剧。

然而一次“偶然”，以及之后滚雪球式的许多个“偶然”，给我们行进中的生活乐章，带来不谐和音。

一次我到一家发廊理发，坐到椅子上后，一个女的过来说，理发的师傅不在，我给你洗个头吧，我就洗了。然后她说进去敲个背吧，我就去敲背。她按摩我头部的手往下延伸，到我的肩，我的胸，我的腿。然后她脱掉外面罩的薄衬衫，向我俯下身。我的身体筛糠般地抖，我的眼睛闭上。大热的天你还冷？她发出怪怪的笑声。我感到一团柔软的东西堆积在我的手上，我颤抖的手犹犹豫豫伸向它……老板是哪里人？我感到这称呼含义丰富，这时她在我胯间捏了一把，我睁开眼，打了一个冷战，翻身坐起，掏了钱出门。我昏昏沉沉出来时，与一个人撞了个满怀。那人胖胖的，横在我面前，小眼睛突然一亮：商老师，你是商老师！你不记得我了？你给我带家教……我慌慌地说你认错人了，慌慌地离去。我一回到家，就抱住爱莲，爱莲看着我说：你怎么了？你在发抖？爱莲的目光让我受不了，我只是紧紧地、紧紧地搂着她，喃喃地说我爱你、我爱你。

然而接着就有第二次。我去书店买书，经过一家发廊，一个妖冶的女子在门口亮出她明晃晃的大腿，她是在以她肉体的炸弹轰炸行人，而我不幸成了她的俘虏。我是犹豫十分钟后，轻轻呼口长气，响应她的召唤的……此后我像是有了鸦片瘾。我不断跟爱莲撒谎，一个人出门，像孤魂野鬼在街上游荡。有一次我一看招牌上的“美容”二字，就又激动又慌张地低着头往里钻，胖胖的女老板亮着嗓门说：师傅要洗车吗？我以为是行话，抬起头，看见几根绿色的塑料水管。“哦——唔，”我红着脸支吾着狼狈出门，走出一段路后回头看那招牌，原来是“汽车美容中心”。

我和爱莲依然热烈地相爱。我们的日子依然充实而富有情趣：弹琴、唱歌、跳舞、看电影、打球、逛公园、逛商场、郊游、聚会，我跟爱莲父亲学拉二胡和唱信天游，爱莲和我母亲切磋织毛衣……我们的性爱和谐而有激情。

生过孩子的爱莲身材窈窕而丰腴……可是我的心里有了鬼，我像是被鬼附身。明明有宁馨、充实而诗意的生活，我却习惯在幽暗里滑行；明明有一个温馨的家，我却要将自己飘荡成孤魂。

当我走进“花非花”发廊时，我知道自己又一次被欲望打败了，又一次向肉体发出的信号举起了白旗。我走进去时屋里的一台小电视机正在播放晚间新闻，一个在用纸牌算命的小姐过去换了个频道，变成了孙悦在唱“别让快乐走了吧吧吧”。召我进屋的小姐跟着哼起这支歌，在哼歌的间隙她用了沙哑的声音对我说：进里间敲背吧。她在努力使声音显得性感。我在按摩床上躺下时依然浑身发抖。你怎么发抖？她在我身边坐下，压低身子贴紧我。我闭上眼睛，嘴唇直打哆嗦……你太紧张了，她说。我两眼呆滞地瞪着天花板，头有些晕，身体像是在往下陷。过了一会儿我猛地翻身坐起，迷糊着穿上衣服，摸出一百块钱扔在床上，一把推开她，跌跌撞撞出门，歪歪斜斜骑车上街。一声刺耳的长啸，一辆出租车在我面前急急刹住。司机探出头来，瞪圆了眼看我，咬着牙说：找死！我忙掉转车头，灰溜溜骑上人行道。我产生瞬间的联想，觉得这是一种象征、一种警示，提醒我在荒唐滑行的轨道上赶紧刹车。我胡乱地踩着车踏板在大马路上转来转去，在小胡同里窜来窜去，霓虹灯闪烁，发廊门前的彩色灯柱旋转而且闪烁，高楼上方的深空里微弱的星光在闪烁。我找到一个公用电话亭给爱莲打电话，说是碰到了一个老乡，晚上不回去睡觉了，叫她和儿子不要等我。我骑到学校的后门，将车子锁在马路边的一棵树上，爬上学校后边的一座山。我找了块石头坐下，从那里正好可以看见我住在西区11号楼501房的后窗。我看见窗帘变暗了，是爱莲熄了灯，和儿子睡下了。我在山上一直坐到天亮，眺望夜色中我的家。

朋友，我是在爱莲和我们的儿子云云睡熟的时候悄悄下床，来到书房的电脑前，一气敲下这些文字的。我将它写出来之后，就从硬盘里消除了。写完后我真的从爱莲的生活里撤了出来。现在我在一个远离城市的偏僻的小山村，一个建在半山腰的小木屋里，木屋的主人是个七十来岁的独眼的放羊老汉，他一个人住。山上满是榆树，山坡上零星地种些麦子和玉米。山风天天吹着。七八里以外才另外有人家。我走的时候带了几本书、几件衣服、一只口琴、一盘爱莲演奏的录音磁带。这篇文字就夹在带走的书里。我跟爱莲说这学期没课，我到乡下住一段日子，去搞点社会调查。爱莲舍不得我走，但又支持我下去走走。我是在我母亲来帮着照看云云、带了云云出去玩的时候动身的。爱莲一直把我送上汽车，汽车在扬起的尘土里开出去老远，爱莲在尘土里朝我挥手，我的眼泪哗哗流下来。我是想要离开你呀，爱莲。面对你和儿子，我感到心虚，感到不配。我逃到偏远的山村，或许是出于恐惧……

可是朋友，我现在坐在半山腰上的这间木屋前。山风将我的长发吹得呼啦啦响。放羊老汉在太阳底下吧嗒吧嗒抽着旱烟。羊群在远处的阳光里闪耀着许多白点。我坐在山风里，心里多么想念远方的爱莲和云云啊！我多么想坐回到爱莲和父亲的琴声里啊！

山上风大了，雨脚压过来，羊群跑了回来，老人唤我进屋。我坐在屋前的石头上，一遍又一遍地放着爱莲演奏的《梁祝》。一只山鸽扑打着翅膀落到旁边。我把这篇东西放到它嘴里，托它带给你，我的朋友，真的谢谢你能阅读这篇文字，真的谢谢你能听一听我的倾诉。

与杨贵妃有关

我的故事与杨贵妃有关。美丽绝伦的杨贵妃小时候却是个秃子。一天，她到村子东边的山沟里玩耍。沟里有两个水潭，左边一个咸水潭，右边一个甜水潭。她渴了就到甜水潭里喝水，热了就到咸水潭里洗。清澈见底的潭水照着她清秀动人的面容，也照见她连连叹息的愁容。这时从远方走来一位老人，老人捋一捋飘飘的长须，温和而朗声地说："孩子别发愁，你按我说的办，就会有头发了。"小玉环向老人扬起挂着眼泪的笑窝。老人拖长了声音说："你只要每天清早到咸水潭洗一次头，中午洗一次，傍晚洗一次，坚持数年就有头发了。"说完老人拂拂衣袖，飘然而去。杨玉环按照老人的说法，风雨无阻，天天不断，坚持洗了五年，到十五岁时终于长出头发，杨玉环美丽的脸蛋配上了一头青丝般的秀发。人们本来称村子为"秃头村"，后来杨玉环成了贵妃，人们嫌秃头村名字不雅，便改为"独头村"，那个咸水潭就唤作"贵妃池"。

父亲跟我说起这个美丽的传说，是在我十五岁时一个潮湿燠热的梅雨之夜。我记得是在吃晚饭之前，我坐在饭桌边填写初中升高中的表格，父亲端了一盘炒好的蒜薹上来，他放好菜转身的时候说："你在籍贯一栏填上山西永济，我们老家是那儿的独头村。"雨声小下来的时候，我们父子俩面对两菜一汤坐下，但那一刻我对它们毫无兴趣。我把饭碗往旁边一推，要挟父亲：“你给我讲讲老家，我再吃饭。”父亲望着我，讲起了那个美丽的传说。父亲的声音和户外的雨声都显得有些邈远，像远处的鸟鸣掠过我耳际。我睁着大眼睛，开始认真地想这个我和父亲生活了十多年的名叫猪拱地的小镇。我单知道我的生命是从我未知的母亲那里而来——父亲告诉我母亲在生我时难产而死，却不知道它也是从一个我未知的地方而来。我所熟悉的猪拱地不是我的故乡。父亲的形象是和猪拱地青石板铺成的街道连在一起的，他常年坐在街道东头那个矮旧的铺子前，为猪拱地人提供刻字服务，先是雕章子，后来刻碑文。印象中父亲偶尔离开我和猪拱地，说是出外采购篆刻材料。父亲瘸着左腿在铺子前忙碌的形象伴随我长大——他告诉我瘸腿是他小时候得关节炎落下的。这个形象原来是来自我一无所知的养育了杨贵妃的地方。在淅淅沥沥的雨声里，我想象着我传奇的故乡。

三年后我考到南京大学历史系。在父亲背着行李卷一瘸一拐地把我送上开往省城的汽车时，我想象着自己将成为一名历史学家而踌躇满志。但想到从此父亲在刻字铺里的身影将更加孤单，我的得意里便浸入了一股悲凉。父亲瘸着腿追赶汽车向我挥手，这景象在我眼前久久挥之不去……

开学后的联欢晚会上，有个节目是击鼓传花，传到谁，谁起来用家乡话讲一个故事。一头黑亮长发、一袭齐膝花格子毛衣的李美青站起来，她一开口，好看的酒窝便出现在脸颊。讲完后她换用普通话说：“我讲的是《西厢记》里张生和崔莺莺的故事，我的家乡便是这个动人故事的发生地，山西永济西厢村，村里有驰名中外的普救寺，寺里有十三层高的莺莺塔。往西不远的首阳乡独头村，是杨贵妃出生的地方……”我情不自禁地站起来，声音有些发颤：“我就是杨贵妃的老乡。”却是一口浓重的江苏丹徒口音。我记得全班同学哄然大笑，从此大家都称我为“杨贵妃的老乡”。

大二的暑假，南京持续高温，像真正的火炉一样烧烤着街道。我在食堂找到穿花格子连衣裙的李美青，在她对面坐下，扒了几口饭后我抬头看她，嗫嚅着说：“老乡，我跟着你去趟我老家吧。”李美青好看的酒窝一现，莞尔一笑，说：“好啊好啊，去看看你和杨贵妃的出生地。”我嘿嘿一笑：“也去看看你和崔莺莺的西厢村。”“好呢，”李美青说，“也算是避暑，我们那儿凉快。”我是在收到我父亲的一封信后冒出这个念头的，在那封信里他说他要去一趟外地。想到回丹徒父亲不在，待南京又太热，我就突然冒出这个想法，与这想法一起到来的是内心里的悸动。

二十多个小时的跋涉后，绿皮火车将我们带到永济小城。李美青拉着我跳上一辆咣当作响的公交车，去汽车站换乘汽车回她家。在骤起的山风里，在扬起的尘土里，中巴车在崎岖的山路上颠簸前行，我的心颠簸得更厉害，一种“近乡情更怯”的体验如下午艳阳下明晃晃的山路一样清晰。这蜿蜒的山路正将我带向我生命的来路，我那神秘的来处也许就在前面某一个弯道呈现。我感觉车子是一个移动的玻璃房子，正带着我进入梦境。

一群鸽子从山坳飞出。鸽群过去后，郁郁葱葱的苦楝树的枝叶呈现出来。李美青指着那一带枝叶说：“快到独头村了，要不要先下去看看？”不知来自身体哪一处的颤动清晰地传遍我全身，说话的声音明显发颤：“好啊好啊，先下去看看。”

在散布着白色裸石和红色花椒树的山下，稀稀落落的一些土屋和几间窑洞掩映在绿色苦楝树丛中。它们中的哪一间是曾经诞生过那位著名美人的地方？哪一间是我祖辈曾经生活过的空间？是曾经孕育过我的空间？我缓缓地走过萧瑟的小村，跟随李美青沿着山路往东行，她说前面就是贵妃池。在突然吹过的一阵山风里，我打了一个寒噤。我瞥了一眼路边一个废弃的窑洞，看见里面黑乎乎的。然后到了山的东边，两个小水潭连成一片，水中间一棵粗大的老杨树，碧绿的枝叶垂到水面。水上漂着些墨绿色浮萍。午后的斜阳照到潭里，泛起点点波光。几个妇女说笑着围在潭边洗衣服，裤腿卷起，双脚浸在水里，棒槌在她们长长的辫子和红润的脸颊前起落。两只麻雀栖息在潭中的杨树上，说笑声和棒槌声并没有把它们惊飞。“这就是传说中让杨贵妃长出一头秀发的潭水了，”李美青说着，抬手撩了撩被山风吹起来的长发。我的眼光停留在她的脸上，轻轻说了一句：“我的故乡盛产美女。”斜阳下李美青红润的脸添了一抹红，她朝我扬扬手：“那我们现在回西厢村？”跟着李美青返回山路上时，我瞥见沟西边两个杂草丛生的坟包。

我和李美青拦了一辆手扶拖拉机回她家。傍晚的小飞虫飞满我故乡的原野。许多炊烟伴着夜鸟腾起在原野的上空。李美青在斜阳里眯缝着眼，指着路旁的大山说："这就是首阳山，当年伯夷和叔齐就是饿死在这里。"我的眼前便出现两个固执得有些可爱的商朝遗老形象。我在拖拉机突突突的声音里大声跟李美青说："你们家乡盛产传说啊！不，也是我的家乡。""那是！"李美青扬了扬自豪的脸，山风把她飘逸的长发撩起，斜阳镀得她漂亮的脸更加亮丽，我的眼光在她脸上逗留了一会儿。

进入西厢村时，夜幕罩下来，我眼前呈现一片绯红，仿佛夕阳落山前漏下了一些红光在这里。整个西厢村与一大片柿子树林紧紧拥抱着，这个季节柿子开始泛红。李美青说："你要是秋天来，更是一片醉人的火红。"我们就在她家院子的红红的柿子树下，在一阵柿子的清香里，吃完她母亲做的香喷喷的牛肉面。从院子的东头看出去，一座巍峨的古塔近在眼前，这便是莺莺塔了。

次日午饭后，李美青便带着我出现在莺莺塔下。我们是爬完一百零八级台阶后，抵达莺莺塔的。李美青告诉我，一百零八级台阶象征一百零八个磨难。她这样说时，掏出纸巾擦了擦额上的汗珠，又抬手拢了拢长发。我看着她的样子说："是啊，经历一百零八个磨难后有情人终成眷属。"说话间，我们围着莺莺塔转了一圈，在东北角的矮墙根李美青停下，她指着墙与树说："张生就是在这里，翻墙过来把红娘当莺莺抱住。"说完浅浅一笑。我往后略退了退，然后纵身一跳，我想学张生爬一下矮墙，但手没抓牢，身体像蚯蚓一样滑落下来，我以哈哈哈大笑给自己解围，李美青咯咯笑了。笑声中我们开始登塔，午后的阳光开始变换方位，当太阳来到塔的另一面时，我们登上了十三层高的塔顶。掩映在红色柿林和绿色苦楝树丛中的西厢村将全部的秀丽在脚下铺开。李美青充分享受了一下家乡的美景后，在艳阳里眯起眼睛，抬手往北一指，说，那是黄河；又往南移了移，说，那是首阳山；手往前延伸，说，那是独头村。李美青的手似乎已移到别处，而我的眼光停留在独头村的方向。我盯着远处隐隐约约的村落看了好一会儿，喃喃地说："我想再去趟独头村！我想再看看我的老家！"李美青的声音在我耳边响起："我陪你去，我们骑自行车去!”

我们头戴宽宽的草帽，肩上搭一条擦汗的毛巾，各骑着自行车，车把上挂着塑料瓶井水和馍馍。奔走在紧一阵疏一阵的蝉声里时，我感到我们是两只生了翅膀的鸟，一下子扑进了故乡的原野。我们一路丁当响着向独头村进发。经过首阳山下，我又想起那两个饿死的商朝老头。然后我就闻到了一股浓郁的爆竹味，在独头村口看到地上零星的爆竹屑。有几个小孩跟在我们车子后边跑，然后又跑到我们前面去，一边跑一边回头看我们，像是在给我们带路，像是要把我们带到村子东头去。然后孩子们停下来，回头看我们，又掉过头去看某处。孩子们停下来的地方就是“贵妃池”，孩子们看过去的地方是那两座长满杂草的坟包，现在放了些花圈，前边新立了一块石碑。有个戴黑袖章的人正抄着铁锹给碑培土。一个我非常熟悉的身影。那是中等身材、穿着藏青的卡其布衬衣、左腿有些瘸的我父亲的身影。透过父亲的身影，我看到黑色的碑文:“杨可鸣、程美君之墓。杨可鸣同志永垂不朽”。碑上的字体是我所熟悉的苍劲的魏碑。当我看到花圈丛中的遗像时，我的心里直跳，我感到我像是在哪里见过他们。我呆呆地站了好一会儿，冲着父亲的身影喊了一声爸。父亲猛地掉过头，红肿着眼睛惊愕地看我和李美青。父亲呆呆地站了好一会儿，然后，他叫我在碑前跪下。

他说:我不是你亲爸，这里躺的是你亲爸亲妈。旁边那个窑洞就是你家老屋。你爸妈和我是朝鲜战场上的好战友，也是有幸活下来的当中的几个。你爸回来后先是做了首阳村——那时叫大队的党支部书记，因为工作积极主动，或者因为紧跟形势，受到上面赏识，被提拔到镇里——当时叫公社，后来提拔到县里，一直做到县委书记。你爸回老家来了几趟，看到抛荒的田地，饿死的乡亲，深深自责，觉得愧对父老乡亲。你爸就想到了死，以死谢罪。你妈看出了苗头，说，你死我陪着你死，饿死人的事我也有份。一九六一年七月二十七日，县委召开扩大会议，你爸站在会场门口，同所有参加会议的人都握了握手。没想到这是他在和大家诀别。第二天，也就是二十年前的今天，夜里，你爸妈回老屋来，祭奠了祖坟，然后两个人身上绑了石头，双双投到了贵妃池。死前他们把不到一岁的你交县委大院的门房阿姨看管，再转给外出开会回来的我，我在你身上发现你妈缝在你衣服里的一封信，是写给我的，说是把你托付给我……那年年底，我带着一岁的你去了江苏……

我感到一阵强烈的眩晕。父亲和李美青上来扶住我。我一头扑到坟包上，呜呜咽咽地哭起来，我的脑子异常清晰，我在想我第一次看到“贵妃池”和我老家的窑洞时，心莫名悸动。

如血的残阳斜照水潭，水面漂浮着黄色的纸钱，两只麻雀扑打着褐色翅膀落在水边的杨树上。父亲带我们去看我的老屋——那个我发现里面黑乎乎的废弃了的窑洞。我看见我的老屋洞顶有几处脱落，洞壁长出厚厚的青苔，地面长满野草，洞里弥漫着一股潮湿阴冷的气息，洞左边有一小块断碑被野草覆盖。这时候父亲低声说：“二十年来我常常跑回来，我跟你说是采购材料。我弄来一块碑，躲在这里给你爸妈刻碑文。十七个字我刻了十多年。今天是你爸妈二十周年祭日，这碑文终于刻成。”我的腿肚子一直在打哆嗦，在一个角落，双手抓着老屋的黄土。当父亲和李美青要扶起我时，我的手竟然扒出一个小坑，触到一个硬硬的东西。我扒的地方是一个老鼠洞，我扒出的是一个生了锈的铁皮罐头盒，是我在电影里见过的朝鲜战场上的罐头盒。打开盖子，我们看到一张发黄的霉报纸，我哆嗦着手把报纸翻过来，发现一页信贴在背面，从模糊的字迹辨认出它是我生父的遗书：

> 我对不起父老乡亲，我想使永济繁荣富强，突飞猛进，可结果是荒了田地，害了百姓。我对不起美君和孩子。也对不起伯远，我们以为伯远在那次飞机失事中牺牲了，可当四年后我和美君结了婚，伯远活着出现在我们面前。伯远和美君入伍前在江苏老家就订了亲。伯远一直不娶，伯远心里还保持着对美君的感情……

在一起回江苏的火车上，父亲告诉我和李美青：他和我母亲都是丹阳泥巴坨村人，从小一起长大。他的篆刻就是那时学会的，是母亲的父亲——也就是我的外公教的，外公不单是将一门绝活传给了他，还做主把自己的女儿许配给了他。朝鲜战争爆发，父亲报名参军上了前线。母亲说：你去，我也去。入伍前他们在家订了婚。

在松骨峰战斗中，一颗流弹朝父亲飞来，几乎同时一个战士向父亲扑来，抱着父亲滚下山去。救父亲命的是我的生父杨可鸣，山西永济独头村人。生父自己却受了重伤，看护他的是我的母亲。在接下来的战斗中，父亲所属的连几乎全部牺牲，尸骨抛撒荒野，父亲将一条断腿留在战场，死里得生。他从一个战友那里打听到生父和我母亲回国后去了山西永济，他在永济县委找到他们。生父和母亲挽留父亲在身边工作，他便留下来。

父亲看着车窗外的黄河，说："那年我带着一岁的你是坐汽车去的江苏，原打算回丹阳老家，得知你外公外婆都已过世，我也没了亲人，就去了丹徒的猪拱地。我以为离开永济和丹阳就能忘掉伤心的过去，但是不能，无论在哪里，你爸妈的死，都让我难过。"父亲咳嗽了一声，眼睛仍然看向窗外，喃喃地说："就像当初我曾后悔找去永济，以为如果不去永济找你爸妈，就不会勾起战场上的回忆。其实无论在永济、丹阳，还是在丹徒，我都会常常梦见炮弹横飞、血肉横飞，做在死人堆里爬来爬去的梦，常常被这样的梦惊醒。"然后，他将眼光从车窗外收回来，定定地看着我，说："是时候跟你讲这些了。这许多年我一直对你刻意隐瞒你爸妈的事，其实早该告诉你，用句时髦的话说，你有知情权。战场上的事我也一直憋在心里自个儿难受，但其实还是藏不住。我被噩梦惊醒，动作不大，没吵醒你。但和你看电视时，一放打仗的戏我就找借口离开。"

现在是一九九六年七月最后一个周末，艳阳天，我和妻子李美青骑了两辆山地车，我驮着姐姐程程，美青驮着弟弟杨杨，我们带着我们的双胞胎儿女，从工作单位永济市博物馆出发，行驶二十多里，来到西厢村普救寺。我们一家四口，手牵手爬过一百零八级台阶，远远看到一个身穿长袍的老人，一瘸一拐从莺莺塔下的寺庙里迎出来。杨杨和程程异口同声地喊：爷爷。

六十六岁的父亲从猪拱地来到永济，为他的晚年选择了新的生活。

明天，他将和我们一起去独头村的"贵妃池"畔，祭奠我的生身父母。

（原载于《青年作家》1999年第3期）

湖边的雪人

刘甲和妻子疲惫地登楼。学校放了寒假，后半夜空荡而沉寂。屋子里传出来电话铃声。刘甲像被蜇了一下，猛抬腿一步跨了三级楼梯，抢到门边上。楼道里声控开关控制的灯泡亮了。刘甲哆嗦着手摸出钥匙，连捅了好几下才打开门，嘟嘟响着的电话铃声快要将他的心催出来，他抖瑟着腿跨进屋里。妻子汪芳喘着气白着脸紧跟进屋。地上留下他们潮湿的脚印，他们的身上抖下一些雪粒。刘甲扑向客厅里的话机，双手抓起话筒，听到的却是忙音。刘甲不甘心，对着话筒连喊喂喂，听到的仍是忙音。刘甲瘫坐在沙发上。妻子汪芳腿一软，顺着墙根溜下去。他们没拉灯，就这样浸在黑暗里。

极度的困倦将刘甲夫妇击倒，一个在沙发上，一个靠着墙根，都睡过去，刘甲的右手还死死压在话机上。迷迷糊糊中电话铃响起，两个人都被弹起来。刘甲抓过话筒，汪芳踉跄着奔过来，黑暗中撞翻了一个小凳子。她听见低沉而短促的男声：

“你们的儿子在我手里，准备三十万元。”

接着是他们的儿子天天带着哭腔的声音：“爸爸，妈妈。”刘甲和汪芳同时撕扯般地喊：“天天，天天！”但电话里换成了那男的声音：

“你要报警，我就撕票。我会随时打电话给你。”

电话被挂断。刘甲声嘶力竭地喊喂喂，听到的却是忙音。话筒从刘甲手里滑落，而汪芳跌倒在刘甲身上，刘甲的脸触到一片冰凉，那是妻子头上融化的雪水。

中午时分，麦村和蓝妹在湖边堆好了七个雪人。蓝妹解下自己的蓝围巾，围到紫树脖子上。紫树是蓝妹给第七个雪人起的名字。而麦村在给第六个雪人黑豹贴胡子，他正在贴右边的一撇，是一枚枯树叶子。路路从湖上踏冰而来，蹲到红月跟前。路路是他们的狗，而红月是第四个雪人，红月的脑后垂着一条红丝巾做成的长辫子。

麦村挥一挥手，说："路路，到蓝妹那边去。"路路便走近穿天蓝色滑雪衫的蓝妹。麦村按下照相机的快门，蓝妹的手正从紫树脖子上下来，她红润的脸颊被雪白的紫树映衬着，黑亮的长发上嵌着点点白雪。路路抖了抖身上的雪花，白里透黄。它直起脖子，大大的狗眼直瞅着麦村手里的相机，咧了咧狗嘴。它很会照相。

蓝妹摸索着从七个雪人旁边走过。"紫树、黑豹、白云、红月……"她脆脆的嗓音说。

麦村正弓着身子给她抢拍，脚底滑了一下。

蓝妹停了下来，朝麦村的方向站住，淡淡一笑，说："不拍了吧，拍出来我又看不见。"

"我会让你看得见的。"麦村拿照相机的手悬在空中。他偏过头朝东北方向看去，几棵榆树后边是一座破庙，麦村的眼光在那里略做逗留。

这期间路路离开了一会儿，回来时它闪了闪耳朵，冲他们叫了两声。麦村挥挥手，说："知道了。"路路是来喊他们吃午饭的。

刘甲夫妇同时扑向橘红色的话机。刘甲挡了挡汪芳，说："我来接。"他怕她控制不住而大哭大喊。他努力让自己镇静，但拿着话筒的手还是禁不住发抖。那个男人的声音传过来："钱准备好了吗？"刘甲努力让自己镇静，说："钱我给你，你别动我儿子。"

"还是那句话，你要报警，我就撕票，杀了你儿子。"那男的声音低沉而短促。汪芳听到了，她疯了一般要来夺话筒。刘甲的妹妹刘艺赶上来，将她拉进卧室。刘甲听了那男的话，僵在那里。汪芳的闹腾使他恢复神智。他攥紧话筒，生怕电话被挂断，赶紧说：

“我不报警，不报警，我给你钱。”他甚至带了央求的语调。

“大后天的下午六点，带钱到北塬后边北山口一棵歪柏树下，将钱放在狗身上的袋子里，我会放了你儿子。不准报警，不准跟踪，只准你一个人去。”电话挂断，刘甲僵在沙发里。

汪芳披头散发，哭喊着来到客厅：“天天，我的天天！”她甚至拍了一下大腿。

“哭什么哭！”刘甲大吼一声。汪芳被这一吼镇住，停止哭喊，竟安静地坐到沙发里，只是两眼依然直直的。刘甲自己也被这一吼吃了一惊。

刘甲的父亲从卫生间出来，拉灭了卫生间的灯。拐个小弯是客厅，他看见儿子木着脸坐在沙发里，头发蓬乱，胡子拉碴，眼窝深陷下去，眼睛有些泛红。儿子五年前停薪留职开出租，原先白净的样子变得黑瘦。儿媳同样蓬乱着头发，坐在沙发的另一端，大眼睛呆呆的、空空的，样子很可怜。在师范学校教音乐的活泼的儿媳，很少这样蔫头蔫脑过。女儿刘艺趿着拖鞋站在卧室门口，朝父亲看了一眼。他是大前天的后半夜带了女儿女婿从乡下赶来的。他正在收拾两间厢房，准备儿子儿媳孙子过年回家住，女儿刘艺、女婿张顺披了一身雪赶来，说嫂子打电话来，问天天回来没有。“没有啊。”父亲放下扫尘的长把扫帚，过去拉灭了屋里的灯，慌慌地说：“怕是出了啥事。我屋里的电话线被老鼠咬坏了，我随你们去打电话问问。”三个人在傍晚的雪地里走了五六里路，到了女儿在邻村的家。他们围着话机弄了两三个小时，每二十分钟拨过去一次，又给刘甲打了十来个传呼，没人接没人回。父亲感到眼皮跳了几跳，“不好！”他从炕上跳下来，将外衣拿过来披上，说：“我心里慌得很，我得去看看，现在就去看看。”张顺说现在就去，父亲说现在就去。他们赶到市师范学校刘甲的家时，张顺借着楼道里的灯看了看手表：凌晨四点半。三个人的鞋子里都灌了雪水，刘艺的脚起了几个大水泡，父亲登楼时腿沉得像绑了几个沙袋似的抬不起来。他们是在雪夜里步行三十多里路来的，先是骑自行车，但后来雪太厚骑不动了，三个人都滑倒过好几次，有两次刘艺趴在雪地里想就那样子不起来了。张顺的腰里别一把菜刀，以防碰到什么歹人。父亲和刘艺手里各拄一根木棒，用作拐杖，也用以防身。茫茫大雪，覆盖着深冬的山树与田野。雪夜的深处传出几声犬吠。父亲深一脚浅一脚地走着，喃喃地说：“千万别出啥事情，千万别出啥事情。”从他们身边过去一辆卡车，张顺不拦则已，一拦，那本来在雪中蜗行着的卡车加大油门跑了。城市的楼群像怪物在他们眼前出现，稀疏的灯火在雪中黑里泛白而白里透红。他们走进这怪物的心脏时，父亲的心突突跳得更紧，他抬头望了望高楼上方狭窄的天，再次默祷他三代单传的孙子天天别出啥事情。登儿子所住的那栋楼时，与其说他腿疼得迈不起来，不如说他害怕进儿子的屋，害怕进屋后见不到孙子。进到屋里，他看见儿子儿媳穿着外衣和胶鞋，样子疲倦难看，他的心就咯噔一下，瞪圆眼睛四下瞅，希望看到他的宝贝孙子，却听到儿媳哇的一声哭。儿媳家在外省，婆家的人就是她身边的亲人，她憋了几天，在见到刘甲的父亲后释放出来。父亲他们在雪夜里赶路的时候，刘甲和汪芳正在城市的角角落落寻找天天，他们甚至掀开一个个下水道井盖用手电筒往里照。父亲他们走上这个城市的马路时，刘甲和汪芳刚刚回到家，然后他们接到了那个电话，然后就一直呆呆地坐在黑暗里。现在张顺陪刘甲的一个司机朋友开着夏利卖去了，那是刘甲去年买的一辆新夏利，刘甲这几年开出租车挣的钱大半花在它上面了。凑齐手头的积蓄，加上学校几个同事攒的，加上几个开车的朋友借的，还差十万。刘甲扒拉了两口妹妹刘艺做的饭，没有心思吃，他高高瘦瘦的身材在饭桌边萎缩下去，抬起一双憔悴的眼看着父亲和张顺，带了哭腔说：“只有赶紧卖夏利。”

早上，蓝妹的父亲坐在靠窗的炕上看一本翻卷了角的《红楼梦》，操场上的说笑声把他的注意力吸引开去。女儿正在和麦村打雪仗。女儿掷出的一颗雪球不偏不倚正好打在麦村的额头上。麦村哈哈一乐：“你真准，谁说你看不见？”然后他开始还击，蓝妹很轻巧地躲闪，路路冲麦村“汪汪”叫了两声，麦村又哈哈乐道：“你帮她不帮我。”麦村手里的雪球扔出去后改了道，朝路路飞去，路路冲麦村凶凶地叫了两声。窗外的两个人笑了，父亲也笑了，他回到《红楼梦》上来，但是思绪再也收不拢了。

他在这所山坳里的小学待了二十多年，最先它只是一座破庙，有附近山村来的十几个学生，两个高中毕业生当老师，课余一本《红楼梦》两人传着看。后来，破庙变成了两间砖房教室，两个高中毕业生在教室后面的小湖边上安了家，一年后有了女儿蓝妹。那是些世外桃源的日子，他们在山坡上开辟了一片田地，种上小麦，种上蔬菜，挑小湖里的水浇灌。山凹是宁静的，湖水是澄澈的，女儿蓝妹是漂亮而伶俐的。学校的老师多到四个时，两间教室变成一排校舍，五岁的蓝妹得了一场眼病，眼睛里长些不知名的小东西，眼眶上不断地出脓包。小两口抱着她四处求医，住在远处山村里的爷爷姥姥四处谋偏方，脓包不出了，小东西不长了，蓝妹的眼睛却从此瞎了，夫妻俩快要哭瞎眼了。城市向北边发展，山凹向城市靠近，修了路，通了电，现在学校甚至装了一部电话，蓝妹却掉进黑暗的深渊。蓝妹的母亲，那个单纯的女高中毕业生，后来患上了乳腺癌，在蓝妹十岁的时候死去。蓝妹的母亲躺在病榻上的那些日子，父亲捧着《红楼梦》读给她听，她是在丈夫的诵读声中闭上眼睛的。再后来，一条狗进入父女俩的生活，是父亲在山上采药时捡的，他是想采到一种能治好女儿眼睛的药。那是一只受伤的野狗，歪倒在一棵榆树下，朝父亲睁着可怜巴巴的眼。就是这眼神打动了父亲，他走过去拉它，它疼得叫，他俯下身去抱起它时，它的眼里分明含了泪水。接着父亲在狗躺倒的草丛里看见一杆猎枪。现在这杆猎枪就挂在前厢房墙上的挂钟旁边。因为是半路上捡的，他给狗取名路路。路路和神秘的猎枪像是老天特赐给他们的礼物。

操场上的喧闹止息了。父亲朝窗外看去，他看到了蓝妹和麦村，路路现在不在他的视野内。不大的雪柳絮似的飘舞，蓝妹站在操场外那个叫红月的雪人旁边，麦村蹲在湖边支好了画架，他在给蓝妹画像。这个在市实验小学教美术的年轻人，是在一次带领学生来山坳里写生时，一眼看上蓝妹的。那是暮春，蓝妹穿一件橘红的上衣，蹲在湖边一块石板上捶衣服，山风将她的长发扬起，白亮的水花在她面前溅起来，夕阳将金色的斜光静静泻在她身上，也泻在旁边的路路身上。麦村一眼捕捉到这幅画面，很快将它留在画板上。当他走近这幅画，看到画上的女子是一位盲女时，他呆立在那里。怜惜产生的时候爱随之产生，蓝妹清纯脱俗的样子令他的心怦然一动。他转动画架，从不同角度画蓝妹。在劳动中的，在斜阳下的，蓝妹清丽的面庞，单纯而妩媚的笑容；蓝妹端着衣服，走下石板，走上岸，荡漾出来的自然而柔和的韵律；蓝妹眼睛看不见，但周身上下透出的与这山水浑然一体的灵性与天然……麦村颤抖着画笔，将蓝妹一尘不染的倩影留在画布上时，心里说：这就是我要找的姑娘。回到城里，麦村开始寝食不安，对着蓝妹的画像久久出神，在度过几个不眠之夜后，他再次来到小学校。他刚刚翻过山头往山下走，就听见寂静的学校里急急的犬吠，接着他就看到了操场上用板车拉着父亲的蓝妹。蓝妹拉着板车撞到了一棵榆树上，板车被撞得翘起来，路路在一旁急急地叫。麦村飞奔过来时，蓝妹正摸索着试图抱起高烧昏迷的父亲，麦村看见她的额上渗着殷红的血，麦村的心被撕扯般疼痛。那一刻，麦村就在心里说：我要娶你，我要治好你的眼睛。这个高高大大的年轻人，好几次面对阳光下摸索着的蓝妹掉下了大滴的眼泪。这眼泪叫父亲悄悄注意到了，这眼泪令父亲感动。

刘甲和妹夫张顺踏着厚厚的积雪穿越在黄昏中的城市，身后的脚印迅速被飞扬的大雪覆盖。现在他们来到城市北边，张顺手里抱一个鼓囊囊的挂包，刘甲走得有点儿跌跌撞撞。

翻过白雪皑皑的南山，张顺一眼看到了北山口那棵歪脖柏树，他低声对刘甲说：“到了。”接着他看看四周，白茫茫一片原野，不曾见一个人影。再接着他看看腕上的表，离接头的时间还有一刻钟。他听见刘甲说：“你走吧。”刘甲的声音听上去很平静，但他知道刘甲是在硬撑着。他把挂包交给刘甲时用力攥刘甲的右手，说：“我就在附近。”

张顺从白茫茫的背景上退出，他隐身到南山山腰一个暗黑的山洞里。

刘甲揣着挂包向那棵柏树走去，一步一步，走得很沉。留在雪地里的脚印很深，很深的脚印很快被雪抹平。刘甲来到柏树底下。

天地被茫茫大雪塞满，被巨大的寂静撑满。张顺从背景后边出来，他已经在山洞里蹲了四十来分钟，不见一点动静。现在他忍不住爬出来，看见高瘦的刘甲依然揣着挂包，依然孤零零立在雪地里，差不多成了另一棵枯的柏树。

他们踏着积雪走向夜晚的城市，空旷的雪野在身后展开。张顺手里抱着鼓鼓的挂包，他说："这肯定是怀疑我们叫了警察……"他没有说下去，刘甲走得有点跌跌撞撞。

下午雪小下来的时候，麦村拉着蓝妹在湖上滑冰，路路也欢快地叫着在冰上撒野。湖上荡漾着蓝妹清脆的笑声，她叫麦村松开手，自己轻盈地在冰上旋转。在一棵倒挂的柏树附近，蓝妹踏碎冰块掉了下去，路路叫着在一边乱转，麦村的脸一下子白了，他大步滑过来，跳进刺骨的湖水里救人。他踩着水将蓝妹往冰上托，冰块碎了，蓝妹掉下来。麦村撞开面前的冰块，托着蓝妹游向倒挂的柏树，蓝妹哆嗦的手抓脱了树枝，再一次往下滑。麦村托着蓝妹，撞开冰块拼命向岸边游。路路叫着将蓝妹的父亲带到时，蓝妹已经上了岸，蜷缩在那里，但是双手向湖里伸得老长，急切地喊："麦村，麦村！"麦村正在往水底下沉，他的腿冻抽筋了，蓝妹的父亲抢上去将他拉上岸。

麦村在热烘烘的炕上缓过劲来时，抬眼看了看墙上的挂钟，离六点还有五分钟。挂钟旁边的猎枪随后进入他的视线，接着是蹲在地上的路路。然后麦村的眼光停留在火炉旁边的蓝妹身上，蓝妹裹着厚厚的绒衣，火光映红她的脸。她正摸索着朝麦村走来，脸上挂着歉然的笑容。

麦村再次瞪了一眼墙上的挂钟，六点钟已经过去好一会儿了。

蓝妹的父亲煎好了两碗热汤端过来。麦村起身喝了两口，拿了两个馍，夹进去一些菜。他冲父亲笑笑："我已经好了，出去走走。"走出屋子时，他轻轻拍蓝妹的头，说："慢慢喝，我转一转就回来。"

雪已经下得很大，麦村拐进了操场东北角的破庙里，出来时手里的馍没了。在庙门口，麦村将头抵在一棵榆树上狠命地撞，仿佛要赶走大脑里的某些念头。榆树抖下缤纷的雪花。麦村闭着眼睛仰起头，在雪花里呼出长长一口气，然后他高大的身影闪进教室东头的电话室。

刘甲父子朝着北山口的歪柏树走来。雪落满他们一身，他们像两个雪人立在老柏树下。

大雪无声地堆积，时间无声地推移。无边的沉寂里，突地爆发出一声吼，是刘甲在吼。刘甲像一匹受伤的暴怒的狼一样在北风里长啸了一声。接头的时间已经过去三十分钟，狗和人都没有出现，甚至连一点声息都没有，刘甲将挂包举过头顶，发狂一样咆哮：“钱在这里，过来拿呀……”他还要喊下去时，身子倾倒下去，跌在雪地里。是父亲在他头上擂了一拳，父亲想儿子怕是疯了，这样喊会坏事的，他就一拳打昏了他，用脚踢了一堆雪将他盖住。父亲的眼里含着泪水，他抱起装钱的挂包在风雪中站稳身体。

埋伏在附近山洞里的张顺和警察都听到了刘甲的吼声。警察是张顺带来的，他是瞒着刘甲和岳父报的警。十二名警察和一条名叫旺旺的警犬从一大早就潜伏在附近几个山洞里。张顺和警察及旺旺在一起。刘甲的吼声将张顺引出洞外，警察一把将他拽住，厉声说：“不能出去，再等等。”

刘甲的父亲望穿了双眼，可怜巴巴四下里瞅着空旷的雪野，亮亮的雪有些晃眼。雪停了，他在迷茫的大片白色里看见一点红，心一下直往上提，握着挂包的手哆嗦，眼睛瞪得快要撑破眼眶，他看到的是一轮红月亮，红月亮在白茫茫的大地上升起。红月亮的周围像是有一只黑鹰在盘旋。

晚上，蓝妹的父亲坐在前厢房的炕上看电视，他没有注意到麦村从后厢房出来，左手拎了猎枪，右手牵了路路从后门走出屋子。麦村穿一双高统皮靴，蓝色防寒服衣领高高竖起，高大的身影飘向废弃的破庙。一向紧闭的庙门这时半开着，路路“汪”了一声，麦村低声喝道：“别叫。”人和狗迅速窜进去后。麦村掏出手电筒朝左角一尊高大而破损的佛像照去，空空的，绑在后边柱子上、塞在佛像破肚子里的刘天不见了，麦村的额头冒出几滴汗。他哆嗦着，拿电筒在庙里照了一圈，空空的，几只老鼠在佛像的残身上跳跃。然后他注意到地上纷乱的脚印，追出去，在庙门口脚印被大雪覆盖了。麦村的额头已经是豆大的汗珠往下滴，立了一会儿，回过神，抬腕看了看表，赶紧拎了猎枪牵了路路朝山上跑去。

麦村和路路在雪山上狂奔，一路将雪高高踢起，远远看去像是雪崩。上到山顶，麦村一把抱过路路，一屁股坐到雪地上，直溜下去。雪停下来，红月亮从白茫茫中浮出时，他们出现在北山顶。麦村将一个黄布包牢牢绑在路路肚子上，用力拍了拍它的屁股，说："路路，冲下去。"麦村的手指着山口那个黑点。

冉冉上升的红月亮在皑皑白雪中显得刺眼。麦村被这一片炫目的红刺得眼睛有点酸痛。六天前，他就是在那棵歪柏树下劫持了八岁的刘天。放寒假了，他没有回远在北方农村的老家，而是徒步穿过城市，登上北塬，翻越南山、北山去向西山那边的蓝妹家。他穿一身蓝色防寒服，肩上挎一个草绿色牛仔包，另一边的肩上挎着画夹，耳朵里塞着随身听，脚踩得雪沙沙响。随身听里播放的萨克斯曲《回家》，竟然使他泪流满面。他应该回家跟年老的父母团聚，或者接父母来城里过年，但回一趟家要花很多钱，他不如把这钱寄回去；他在学校里住的是三人一间的单身宿舍。他父亲来过一次，跟他在窄木板床上挤了一夜就走了，是坐挤挤的火车硬座车厢走的。他想他应该让父亲坐卧铺回去，甚至坐飞机回去，他应该给父亲买一两套新衣服回去，他应该让父亲带上厚厚一大沓钱回去，但他只能给父亲几件自己穿剩的衣服，只能带父亲在景点的门外边转转，远远地看看，只能买上两三包普通的烟塞给父亲，只能往父亲的衣兜装上一两百块钱，只能在火车开动的时候隔着玻璃朝父亲挥手，自己泪流满面。他身上的防寒服、牛仔包、随身听等，都是在那些大甩卖的地方买来的。处理牛仔包里装的减价滑雪衫，是买给蓝妹的，他只能给心爱的蓝妹带一件减价的衣服。一想到蓝妹，麦村的心就撕扯了一下，他的蓝妹还要在黑暗中跋涉多久呢？他给她读《红楼梦》，给她讲述蓝天、白云、山菊花的形状与色泽，讲述山外的世界。什么时候蓝妹才能睁开眼看看这山、这雪、这树啊！许多时候他发现她在躲避着他，他找到她时，她摇头说不，你应该找一个比我好的姑娘。你就是最好的，他对着整座山大声说。可有时候他感到自己的声音是这样虚弱，他只有一点工资，他的画现在还卖不出去，他甚至应聘去洗碗、洗车、做歌厅服务生，但这只能赚到一点儿钱。他拿什么使蓝妹走出长长黑夜？麦村将雪狠狠地往上踢，他感到自己的前途就跟这雪野一样渺茫，感到自己是这样缺乏爱的能力。就是在这时候他看到了孤零零蹲在北山口歪柏树下的刘天。刘天和几个孩子在公园的假山上溜冰，溜得不过瘾，就来到了城市北边的塬上，进而来到塬北边的南山上。他们在缓坡上开心地溜啊溜，刘天发现了半山腰上一个山洞，他藏了进去，蹲在那里很兴奋地等着听到同伴在外边叫他的声音，或者等有人进洞时狠狠吓一吓他。他兴奋地一直等在那里，等他终于按捺不住来到洞外时，四下里已经找不见同伴的影子了。他想哭，一咬牙忍住。但当他发现空荡荡的山坳里跑出一只野鸡时，终于"哇"的一声哭出来。麦村看见他的时候，他已经哭累了，蹲在歪柏树下，穿一身黑亮的小皮衣。孩子的眼睛一亮，"叔叔，"他试探着叫了一声。

麦村弯下身去，拍拍孩子冻红的脸，问：

"你咋一个人在这？"

孩子看了一会儿麦村，耸了耸鼻子，说："我和同学来山上溜冰，走丢了。"

"你家在哪？"麦村看一眼孩子的皮衣。

"我家在师范学校。"孩子看一眼麦村的画夹。

麦村站起身，掂掂左肩的画夹："我送你回去。你叫啥名字？"

"刘天，"孩子说，"刘德华的刘，天地的天。"

麦村牵着孩子翻越北塬时，孩子的皮衣在雪野里很晃麦村的眼。他问了一句："这皮衣多少钱买的？"孩子仰起脸，说："一千块，我爸买的。"孩子不会掩饰他的优越感。麦村的脚扭了一下，问："你爸干啥？"孩子耸了耸鼻子，说："开出租车。"然后补了一句："我妈教音乐。"麦村停下来。孩子弯一弯腰，说："叔叔，就送到这里吧，我自己会回去。"麦村呆呆的，他没有听清刘天说的话。孩子走出几步后，被麦村叫住："刘天。"孩子回过头，麦村朝他挥手："你走吧。"孩子第二次被叫住，麦村赶上来："我带你去溜溜冰，再送你回去？"孩子歪了一下头，然后看着麦村点点头。他们从南山顶往下溜。麦村问刘天："你爸开出租车一月挣多少钱？"孩子又一次仰起脸："四五千，也许三四千。”孩子因为用了“也许”一词而颇有些得意。麦村一走神，刷一下直溜下去。刘天跟着直溜下去，很开心地拍手。麦村在歪柏树下瞅了一会儿刘天，孩子冲他咧嘴一笑，他也一笑，甚至惊动柏树，柏树的雪抖落到两个人身上。麦村仰起头迎接筛下来的雪花，眉头紧蹙，脑袋直晃，然后有些艰难地呼出一口气，牵了刘天的手，说：“叔叔是画画的，山那边有个小湖，叔叔带你到湖边给你画张像，好不好？”孩子歪着头看了一会儿麦村，说：“好吧。”

傍晚时分，他们来到山坳里的小学，静静的，空荡荡的，只操场一角一个小屋子里透出来光，给这沉寂的雪夜加进一点暖意。“蓝妹，”麦村脱口而出，刘天歪着头朝他看。麦村咬了咬嘴唇，蹲下身去抓起一把雪，往脸上狠劲抹了一把，又拼命晃了晃脑袋，长长呼出一口气，然后他瞅了瞅孩子，牵了他的手走向破庙。他是闭着眼睛将刘天绑到柱子上的，用从牛仔包里翻出的面包堵住孩子的哭声，又塞进去毛巾。离开的时候，他解下随身听塞到孩子的耳朵里，甚至换了一盘流行歌带进去并按下放音键，还将自己的毛衣脱了盖在孩子的膝上。整个过程他的手一直在发抖，身体也一直在发抖。做完这些后，他在庙门口把头埋进雪里，在雪地里用力撞了撞脑门，脑门上撞出血来，像是在白白的雪地里印了点点梅花。他知道这血并非来自额头，而是从激烈挣扎的内心里迸出来的。然而他装着一副风尘仆仆的样子，出现在蓝妹的小屋门口。

红月亮越升越高，圆圆的一团火球在白茫茫的天地间滚动。麦村的眼睛刺得有些酸痛。红月亮在他眼里显出殷红的血色。他朝山下看去，路路正在接近那个黑点。他牵着路路来训练过两次。麦村忍不住偏过头去看红月亮，他看到前面山崖上有人影晃动，等他认清是穿蓝滑雪衫的蓝妹背着穿黑皮衣的刘天时，他们已经踏空从陡峭的山崖上掉下去，麦村知道那下面是幽幽的深谷，正是因为这个深谷，雪天里山路上汽车停运。麦村撕裂般地长号了一声：“蓝妹——”他不敢去想蓝妹摔下去的样子，还有刘天摔下去的样子，他并不真狠得下心伤害刘天。他回过头，看见路路正在朝山上跑来，路路的后面追着一条狗。它们在雪地里撒开蹄子狂奔。麦村两手抓起大把大把的雪往自己头上浇，想到自己本意是给蓝妹治眼病，本意并不想害男孩，却偏偏害了他们。他慢慢端起猎枪，朝路路扣动了扳机，然后他将枪口转向自己。

警犬旺旺从窑洞里窜出来。刘甲的父亲发现了张顺和警察。刘甲的父亲低声朝张顺吼："谁要你来？谁要你叫人？"然后他跌跌撞撞跟在旺旺后边跑。两声枪响后，父亲踢打着雪，苍老的嗓音吼道："谁开的枪？是谁开的枪？"接下来他跪倒在雪地里，两手抓了满满的雪，嗓子已经喊不出声来："天天，天天——"昏迷的刘甲这时被枪声惊醒，在雪地上乱跑起来。

蓝妹的父亲深一脚浅一脚走在雪夜的山里，高一声低一声地唤："蓝妹，蓝妹——，麦村——"回答他的是两声枪响。

（原载于《清明》2000年第4期）